은둔형 외톨이의 마법

이준호 장편소설

은둔형 외톨이의 마법

이준호 장편소설

팩토리나인

목차

프롤로그

이번이 두 번째 은둔 생활이다. 3년의 시간이 100m 달리기를 하듯 빨리 지나갔다. 세상과 거리를 두고 살면 모든 게 순식간에 흘러간다. 유미는 그 사실을 누구보다 잘 알고 있었다. 첫 번째 은둔 생활도 그랬으니까.

서랍장 앞에 앉은 유미가 거울 속 자신의 모습을 유심히 바라보았다. 어느덧 머리카락이 어깨 위까지 자라 있었고, 앞머리는 눈을 거의 다 덮은 상태였다. 애매한 길이가 마음에 들지 않았던 유미는, 서랍에서 은색 가위를 꺼내 익숙한 듯 머리를 자르기 시작했다. 어깨 위까지 자란 머리카락은 귀 바로 아래까지 자르고 앞머리는 눈썹 높이까지 잘라 냈다. 그리고 완성된 모습에 만족한 듯 미소를 지었다.

유미가 바닥에 떨어진 머리카락을 주워 안방을 나왔다. 잠시 흙 마당을 걸으며 머리카락을 휙 던지고는, 마당 한가운데 서서 살며시 두 눈을 감는다. 주먹 쥔 왼손을 오른손으로 감싼 뒤 가슴팍에 가져다 대며, 그 자세로 무언가를 조용히 속삭였다. 그리고 몇 초 뒤 다시 눈을 떴다.

마당의 모습은 그대로였다. 한쪽의 수돗가도 뒤쪽의 기와집도 모두 그 자리에 그대로 있었다. 바뀌지 않은 풍경을 보며 유미가 허탈한 듯 피식 웃었다. 발끝으로 바닥을 툭툭 차면서 홀로 밀려드는 아쉬움을 달랬다.

두 가지의 마음이 그녀를 혼란스럽게 했다. 다시는 마법을 할 수 없다는 서운함과 마법 능력이 사라져 다행이라는 안도감. 전혀 접점이 없어 보이는 두 마음이 가슴 속에 공존하며 살고 있었다.

유미는 디딤돌에 올라 신발을 벗고 툇마루 끝에 걸터앉았다.

"에휴."

부스스한 단발머리로 한숨을 푹 내쉬고는 습관처럼 바지 주머니에 손을 넣었다. 다시 꺼낸 손에는 검은색 머리끈이 함께 놓여 있었다. 그것을 보자 마음이 한결 편안해지면서 이유 모를 포근함이 그녀를 감싸 왔다. 이 머리끈을 볼 때면 항상 그랬다.

두 발을 살짝 들어 일자로 쭉 뻗은 뒤 물장구를 치듯 위아래로 번갈아 움직였다. 그 상태로 고개를 뒤로 젖혀 눈을 감고 크게 심호흡을 하자, 상쾌하고 시원한 공기가 몸속 가득히 퍼지는 듯했다.

"하."

가장 평온한 순간에 나오는 모습이었다. 유미는 하루에 한 번씩 툇마루에 앉아 이렇게 공기를 마셨다. 대문 밖으로 한 걸음도 떼지 않는 유미에게 있어 세상과 마주하는 유일한 순간이기도 했다.

그때였다.

끼익.

대문이 살며시 열리며 거슬리는 소리를 냈다. 흠칫 놀란 유미가 마당 너머 대문으로 시선을 옮겼다. 심장이 콩닥콩닥 뛰었다. 얼마 뒤, 한껏 긴장한 그녀의 얼굴에서 옅은 미소가 피어올랐다.

은둔 생활

2018년 봄. 요란한 소리를 내며 좁은 골목을 달리던 오토바이가 갈색으로 된 5층 빌라 건물 앞에 미끄러지듯 멈춰 섰다. 어두운 밤하늘과 홀로 우뚝 서 있는 빌라의 우중충한 분위기가 퍽 잘 어울렸다. 여기에 비까지 내린다면 한편의 공포 영화를 연상케 했겠지만 다행히 날씨는 맑았다. 저녁 공기 냄새와 고요한 바람 소리가 사람들의 마음을 평온하게 만들 정도였다.

시동을 끈 드라이버는 헬멧의 바이저를 위로 올리며 시야를 확보한 뒤 오토바이에서 내렸다. 시커먼 옷 탓에 분홍 헬멧이 아니었다면 멀리서는 못 알아봤을 것이다. 그는 오토바이의 뒤편으로 가 커다란 박스를 열고, 그 안에서 하얀 비닐 봉투를 꺼냈다. 묵직한 무언가의 정체는 다름 아닌 족발이었다. 배달 전

문 업체 직원인 그는 휴대폰을 꺼내 다시 주소를 확인했다.

"아, 짜증 나게. 무슨 똥개 훈련시키는 것도 아니고."

그는 곧장 빌라 안으로 뛰어 들어가 계단을 두 칸씩 빠르게 올랐다. 아무래도 계단 오르는 일에는 누구보다 능숙한 편이었다. 그는 초인적인 스피드로 뛰어오르며 이런 생각을 했다. 승강기 없는 3층 이상의 집에서는 주문하지 말아야 한다고. 지금 가는 집이 딱 그랬다.

투덜대며 다리를 움직이다 보니 어느덧 5층에 도착했다. 마주 보고 있는 두 개의 문 중 계단 바로 앞에 있는 501호의 문 앞에 섰다. 그리고 주머니에서 휴대폰을 꺼내 마지막으로 한번 더 주문지를 확인했다.

'음식은 문 앞에 두고 초인종만 눌러 주세요. 제가 나올 때까지 기다리지 말고 떠나 주세요.'

배달 앱으로 주문한 501호 주인의 요구 사항이었다. 배달 직원은 비닐 봉투를 문 앞에 내려두고 초인종을 눌렀다. 그리고 지체 없이 계단을 내려갔다. 배달 업무가 밀리지 않았다면 이런 이상한 요구를 하는 사람의 얼굴을 몰래 구경했겠지만, 안타깝게도 지금은 그럴 시간이 없었다.

배달 직원이 떠나고 대략 1분 정도의 시간이 흐른 뒤 아주 느릿하게 문이 열렸다. 그 사이로 하얗고 긴 팔 하나가 튀어나오는가 싶더니, 마치 피아니스트가 연주하듯 손가락으로 차가운 바닥을 더듬었다. 그 손은 간신히 닿은 봉투를 멱살 잡듯 잡아 문 안으로 질질 끌고 들어갔다. 뒤이어 살짝 열려 있던 문이 쾅 하고 닫혔다.

"드디어 먹는구나."

은둔 생활 2년 6개월째인 19살 주원의 표정은 상기되어 있었다. 길게 찢어진 눈에 덥수룩한 머리를 한 그는 평소 표정이 많지 않았지만, 지금 이 순간만큼은 누구보다도 밝은 표정을 지었다. 낮에 본 드라마에서 여자 주인공이 야식으로 족발을 먹는데 얼마나 맛있어 보이던지, 저녁에 기필코 족발을 먹겠노라고 다짐하며 하루 종일 기대감에 부풀어 있었다.

주원은 신문지가 넓게 펼쳐진 거실 바닥에 족발을 내려놓고 서둘러 주방으로 향했다. 식탁 위엔 이미 쟁반과 가위, 접시와 유리컵이 모두 준비되어 있었다. 쟁반을 들고 신문지 위에 철퍼덕 소리가 나도록 앉은 주원은, 곧바로 비닐 봉투를 뜯으며 식사할 태세를 갖추기 시작했다.

크지 않은 집이지만 내부는 나름 아기자기하게 잘 꾸며져 있었다. 주원이 등을 대고 있는 소파는 그가 좋아하는 빨간색으로, 온통 하얀 벽으로 둘러싸여 있는 집과 대조되는 모습이었다. 빨간색과 주황색을 유난히 좋아했기 때문에 가구 대부분과 물건들은 그 두 가지 색을 가지고 있었는데, 심지어 지금 입고 있는 후드 티도 빨간색, 호기심에 산 기타의 케이스도 주황색이다.

구조는 특별할 게 없었다. 거실과 현관 사이를 지나면 오른쪽에 화장실이 있고, 반대편에는 부엌이 있다. 부엌을 지나면 오른쪽에 또 다른 문이 하나 나오는데, 그곳이 주원의 방이다. 이게 전부였다. 혼자 살기에 너무 작지도 그렇다고 너무 크지도 않은 수준이었다. 주원은 그런 집에 대해 굉장히 만족했지만, 이 집을 대신 계약해 준 누나는 자신 때문에 동생이 집을 못 벗어나는 것 같다며 자책했다.

주원은 아름답게 펼쳐진 음식들을 보며 입맛을 다셨다. 그리고 곧장 젓가락을 들어 보쌈 한 점을 입에 넣었다. 바로 이 맛이다. 그토록 기다렸던 그 맛. 보쌈은 무려 한 달 전에 먹고 오랜만에 주문한 음식이었다. 엄마가 준 반찬이 다 떨어지고 나면 몇 달 동안 삼시 세끼를 전부 배달로 해결하는 그였기에, 한 달이라고 하면 확실히 오랜만이라고 할 수 있었다.

평소엔 아침 11시 30분에 눈을 뜨는 탓에 항상 아침 식사를 거른다. 이후 화장실 업무를 마치고 잠시 휴식을 취한 뒤, 오후 1시가 되어서야 아침 겸 점심을 먹는다. 아무래도 하루의 첫 끼이기 때문에 너무 부담되는 음식은 피한다. 그래서 보통 가정식을 배달해 먹는다.

저녁 식사는 밤 7시 정도에 하는 편이다. 그 전에 섭취한 음식들이 모두 소화되고, 취침할 때 속이 더부룩한 것을 막기에 가장 적당한 시간이라는 판단에서다. 메뉴는 대체로 자극적인 음식들이 주를 이룬다. 그중에서도 치킨과 피자, 돈가스가 단골 음식이다.

"그게 사실이에요?"

"네. 3년 동안 있었죠."

"어떻게 그 긴 시간 동안 동굴 속에 숨어 지낼 수 있었어요?"

TV에선 사회자와 초대 손님이 대화를 주고받고 있었다. 혼잣말을 잘 안 하는 주원의 성향 탓에 집 안은 늘 고요했다. 그럴 때 빈 곳을 채워 주는 것은 언제나 TV였다. 특히 식사를 할 땐 절대 빠트릴 수 없는 파트너.

주원은 아마 TV가 없었다면 지금쯤 제정신이 아니었을지도 모른다는 생각을 했다. 그나마 세상이 어떻게 돌아가는지 알 수 있고, 웃거나 눈물을 흘리는 등의 감정을 겉으로 토해 낼 수 있는 유일한 수단이었기 때문이다. 스마트폰도 같은 역할을 하긴 하지만 아직 그의 베스트 프렌드 자리는 TV가 차지하고 있었다.

이번에도 TV는 주원을 웃음 짓게 했다. 그 웃음이 음식 덕분인지 TV 덕분인지 정확히 알 수는 없었지만, 아무튼 그는 환하게 웃었다. 상추 조각이 이에 낀 줄도 모르고.

예능 프로가 끝나는 시간에 딱 맞춰 식사를 마쳤다. 주원은 부지런히 자리를 정리하고 음식물 쓰레기를 작은 비닐 봉투에 넣었다. 음식들이 들어 있던 플라스틱 용기는 깨끗하게 닦은 뒤 부직포로 된 재활용함에 던졌다. 그것은 곧 밖에 있는 분리 수거함으로 가게 될 것이다. 바닥에 깔려 있던 신문지 역시 같은 신세가 되었다.

모든 정리를 마치고 시계를 보니 저녁 8시 반이었다. 유리컵에 든 콜라를 홀짝이며 TV를 끄고 거실과 부엌 사이를 걸어갔다. 그곳을 지나 두 걸음 더 걸으니, 곧바로 오른편에 문이 나타났다. 작은 침대와 책상 그리고 책장이 있는 주원의 방이었다.

문을 열고 들어가자 방 안은 동굴에 들어온 것처럼 아주 깜깜했다. 문 옆에 있는 스위치를 켜니 그제야 방의 모습이 환히 나타났다. 눈이 부셔 잠시 인상을 찌푸린 주원은 콜라가 든 유리컵을 바로 앞 책상 위에 내려놓았다.

왼편에는 침대가 방의 중간을 가로지르고 있었다. 한쪽 벽을 완전히 가릴 정도의 큰 책장에는 다양한 책들이 꽂혀 있었는데, 주원이 즐겨 읽는 소설부터 자기계발서, 에세이 등이 정확하게 나누어져 있었다. 평소 정리 정돈을 병적으로 하는 편은 아니었지만 가끔 의심스러울 정도로 정리를 하곤 했다.

대표적인 정리가 바로 책장이었다. 이사를 온 첫날엔 80권이나 되는 책을 어떤 식으로 꽂으면 좋을지 무려 하루 동안 고민을 거듭했다. 사실 좋아하는 책은 어디에 꽂혀 있든 금방 찾기 마련이다. 그러니 아무렇게나 정리해도 상관없는 일이었다. '무질서 속의 질서'라는 말처럼 말이다.

하지만 주원은 그러고 싶지 않았다. 처음엔 가나다라 순으로 정리했고, 다음엔 자신이 좋아하는 순으로, 그다음엔 크기별로 정리했다. 결국 일곱 번의 교체 끝에 분야별로 나누는 방식을 택했다. 어쩌면 가장 기본적인 방식이었겠지만, 주원은 마지막에서야 이 방식을 떠올렸다.

한동안 책장 앞에 우두커니 서 있던 주원이 쪼그리고 앉았다. 그곳에서 시선을 가로로 움직이며 책의 제목을 빠르게 읽더니, 책장의 가장 오른쪽 구석에 꽂혀 있던 자기계발서 한 권을 꺼내

들었다. 그러고는 콜라를 올려 둔 책상으로 가, 의자에 앉았다. 주원은 허리를 꼿꼿하게 세운 정자세로 책을 펼쳤다. 이미 읽은 적이 있어 내용을 알고 있었지만 다시 읽기로 했다.

주원은 80권 정도 되는 책을 전부 한 번씩 다 읽은 상태였다. 무려 2년 2개월의 대장정이었다. 하지만 원래부터 독서를 즐기는 사람은 아니었다. 독서를 취미로 만들기 위해 여러 번 노력했던 적도 있는데 그럴 때마다 전부 실패했었다.

스스로에게 실망하며 몇 개월을 흘려보내던 어느 날, 과거에 봤던 애니메이션의 원작 소설을 책장에서 우연히 발견했고 그것을 완독한 뒤 독서에 흥미와 자신감이 생겼다. 이후로 독서가 습관으로 이어지게 되었다. 그렇게 TV 보기와 더불어 새로운 취미가 하나 생긴 것이다. 참고로 책장에 있는 80권의 책 대부분이 누나와 매형의 것이었다.

이번에 고른 책은 자기계발서로, 사람을 상대하는 방법에 관한 내용이었다. 아마 작년에 읽었을 거고 내용도 대부분 기억했다. 하지만 그것을 완벽하게 받아들이진 못했다. 이유는 실전에서 써 보지 못했기 때문이다. 내용을 실천할 수 있는 환경이 아닌 탓에 '대체 이걸 공부해서 뭐 할까.' 하는 의심도 있었지만, 실천보다는 지식을 쌓는다는 관점에 집중하기로 했다. 이번에도 같은 생각이다.

첫 번째 챕터에는 마음가짐에 관한 내용이 나와 있고, 두 번째 챕터에는 상대방의 마음을 읽는 방법이, 그다음 챕터에는 대화의 기술이 나열되어 있다. 그리고 마지막에는 저자가 전하는 당부의 말이 서술되어 있었다. 최근 몇 년간 책을 비롯한 다양한 분야에서 얻은 지식으로 이미 다 알고 있는 내용들이었다. 게다가 특별한 노하우조차 하나 없었다. 그럼에도 다시 찾아 읽는 것은 자신에게 상기를 시키기 위해서였고, 실제로 그 방법은 효과가 있었다.

이미 알고 있다고 해도 그 내용을 머릿속에서 자꾸 끄집어내야만 진짜 지식이 되는 것이다. 깊은 심해 안으로 집어넣은 채 한 번도 마주하지 않고 살아간다면 그 지식은 물고기 밥이 되고 만다. 그래서 주원에게는 책은 무조건 두 번 이상 읽자는 결심과 기준이 있었다.

삐용 삐용.

갑자기 시끄러운 사이렌 소리가 집 안을 가득 채웠다. 어느새 자세가 흐트러져 반쯤 허리가 구부러진 상태의 주원이 깜짝 놀라 움찔했다. 그의 눈이 커졌고 허리도 스프링처럼 쭉 펴졌다. 급히 자리에서 일어나 거실로 향하자, 휴대폰이 소파 위에 누워 요란하게 울리고 있었다. 알람을 끄고 시간을 확인했다. 새벽 1시 45분이다. 매일 이 시간이면 휴대폰은 배고픔에 칭얼대는 갓난아기처럼 울어 댔다. 주원이 사이렌 소리로 알람을 설정해 놓았기 때문이다.

주원은 새벽 2시만 되면 밖으로 나가 거리를 걸었다. 일종의 산책이었다. 하루 종일 환기가 잘되지 않는 좁은 집 안에서 생활하는 탓에, 건강이 걱정되어 하루 한 번 바깥 공기를 마시는 시간을 정해 놓았다. 딱히 산책을 방해하거나 변수가 될 만한 일은 없었기에, 지금까지 별 탈 없이 그 계획을 잘 실천해 왔다.

방으로 가 옷걸이에 걸려 있는 얇은 외투와 모자 그리고 마스크까지 착용하고 거실로 나왔다. 여전히 소파에 누워 있는 휴대폰도 외투 주머니에 넣었다. 하지만 바로 출발하지는 않았다. 주원은 그 전에 거실을 가로질러 커튼이 있는 곳으로 향했다. 커튼을 살짝 걷어 내자 숨겨져 있던 베란다 창문이 모습을 드러냈다.

밤거리는 곳곳에 설치된 가로등으로 환하게 빛났고 드문드문 지나다니는 차들이 생기를 불어넣고 있었다. 하지만 그런 것은 중요하지 않았다. 길거리에, 특히 자신이 주로 다니는 곳에 사람이 있는지가 제일 중요했다.

일단 빌라 입구부터 살폈다. 창문에게 냄새를 맡으라는 듯 정수리를 갖다 댄 채 아래를 봤지만 다행히 아무도 없었다. 다음은 좀 더 먼 곳을 살폈다. 빌라 마당부터 24시간 열려 있는 출입구 앞 길, 그리고 그 길에서부터 쭉 이어지는 도로변까지. 다행히 사람은 한 명도 보이지 않았다.

주원은 지금이 적절한 타이밍이라고 판단했다. 곧장 커튼을 치고 반대편 현관으로 빠르게 걸어가 급히 신발을 신은 뒤 문고리를 잡았다. 그리고 입술을 꾹 다물었다. 이때가 가장 힘든 순간이었다. 머리와 가슴에서는 여러 가지 마음이 소용돌이치며 뒤엉켰다. 지난 1년간 매번 이곳에 서서 나갈지 말지에 대한 고민을 했다. 그래도 그는 자신과의 약속을 잘 지켜 왔다. 새벽에 30분 동안 바깥을 걷자고 한 약속을.

다행히 이번에도 지킬 수 있었다. 그는 문고리를 아래로 내리며 문을 열었다.

"어후, 깜짝이야."

좁은 복도에 노란 불이 탁 하고 소리를 내듯 켜졌다. 고개만 살짝 내민 주원은 순간 움찔했다. 불빛이 마치 번개처럼 느껴졌기 때문이다. 이내 마음을 가다듬고 작게 한숨을 내쉬었다. 결심을 굳힌 뒤 천천히 문 앞으로 걸음을 내디뎠다.

계단을 내려와 빌라 입구에 도착했다. 흙 마당을 밝히는 가로등과 새벽 냄새가 가장 먼저 주원을 반겼지만, 그런 것에 신경 쓸 여유 같은 건 없었다. 주원은 마당 건너의 콘크리트로 된 길을 유심히 바라보았다. 지나가는 사람이 없는지 확인하기 위해서였다. 다행히 그곳에 사람의 형체는 보이지 않았다.

주원은 느릿한 걸음으로 마당을 가로질렀다. 혹시 그사이 누군가가 나타나진 않았을까, 출입구 밖을 다시 유심히 살폈다. 하지만 다행히 아무도 없었다. 지금이 기회다. 이때 누군가와 마주치면 산책은 열 걸음이 전부가 되고 만다. 주원은 빠른 걸음으로 마당을 나가 좌우로 길게 뻗은 콘크리트 길 위에 섰다. 그리고 몸을 오른쪽으로 돌려 좁은 골목길로 걸어갔다. 골목길 끝에 있는 큰길로 들어서면 사람이 보여도 피할 공간이 생기기 때문에 그나마 안전하다. 물론 피해야 할 이유는 딱히 없었지만.

빠르게 길을 따라 걸었고 줄줄이 서 있는 빌라들을 지나쳤다. 곧이어 비좁은 내리막길이 나타났다. 여기서 누군가를 맞닥뜨리면 큰 낭패다. 주원은 고개를 가로저으며 얼른 난간을 잡고 아래로 내려갔다. 난간 옆 큰 교회는 불이 꺼져 있었다. 짧은 내리막길을 다 내려오자 드디어 앞에 도로가 나타났다. 차가 몇 대 지나갔지만 크게 신경 쓰지 않았다. 그것까지 예민하게 받아들일 정도로 상태가 나쁜 것은 아니다. 그저 자신을 정확히 바라보는 사람의 시선이 불편할 뿐이었다.

주원은 잠시 멈춰 섰다. 오른편의 오르막길을 지나면 고등학교와 아파트, 문방구가 나오고, 작은 가게들이 있는 왼편의 완만한 내리막길을 지나면 넓은 사거리가 나타난다. 주원은 큰 고민 없이 왼편의 내리막길을 택했다. 사실 그가 갈 방향은 이미 정해져 있었다. 한 번도 다른 길로는 가 본 적 없었기 때문이다. 익숙한 것을 좋아하는 성향 탓에 생소한 곳은 가지도, 심지어 잘 보지도 않았다.

불 꺼진 가게들을 지나 사거리에 도착하자 맞은편에 있는 마트가 가장 먼저 보였다. 건너편 대각선엔 고층 아파트가 자리했고 오른쪽 길 건너엔 작은 상가 건물이 들어서 있었다. 상가 건물엔 PC방과 음식점 그리고 편의점이 입점했는데, 이렇게 늦은 시간엔 편의점만 불을 밝히고 있다.

가로등 불빛을 맞으며 우두커니 신호를 기다렸다. 이제야 마음이 놓이기 시작했다. 주변엔 아무도 없었고 세상은 몇몇 가로등과 편의점 불빛을 제외하면 암흑이었다. 애초에 주원은 지금의 상황을 상상하며 길을 나섰다. 아마 그렇지 않았다면 밖으로 나올 수 없었을 것이다.

마지막으로 한 번 더 주변을 두리번거리고 난 뒤 휴대폰과 연결된 이어폰을 귀에 꽂았다. 이어폰에선 이미 재생시킨 노래가 흘러나오고 있었다. 마음을 산뜻하고 편안하게 만들어 주는 노래다. 평소엔 노래와 담을 쌓고 사는 편이었다. 조용한 집에서 숨죽이고 살다 보니 자연스레 그렇게 된 것 같다. 그래서 밖을 나와 길을 걸을 때만이라도 밝은 멜로디의 음악을 들어야 했다. 유일하게 그의 마음을 주무르는 순간이었다.

밤하늘을 올려다보며 노래에 심취해 있던 주원이 고개를 내리고 앞을 바라보았다. 순간 깜짝 놀라 어깨가 흠칫 떨렸다. 잠시 한눈판 사이 건너편 신호등 밑에 사람이 와 있었던 것이다. 아무도 마주치지 않고 사색에 잠겨 산책하겠다는 계획이 틀어지기 일보 직전이었다. 주원은 안절부절못하고 계속 다리를 움직였다.

정신을 똑바로 차리고 건너편을 다시 바라보니, 한 명은 20대 초반쯤으로 보이는 여자였고 다른 한 명은 8살 정도의 어린 여자아이였다. 둘은 나이 차이가 크게 나는 자매이거나 이모와 조카 사이일 것이 분명했다. 그들은 수다를 떠는 데 정신이 팔려 있었다. 그에 반해 주원은 어쩔 줄 몰라 하며 주변만 빙빙 맴돌았다.

이내 신호가 바뀌었다. 여전히 대화 삼매경에 빠진 두 사람은 바뀐 신호등을 보지 못하고 있었다. 이때가 기회였다. 주원이 얼른 왼쪽으로 몸을 돌려 빠르게 걸었다. 불 꺼진 상점들 근처엔 다행히 가로등이 하나도 없었다. 아마 셔터가 내려진 가게에 딱 붙어 서 있으면 보이지 않을 것이다. 게다가 모든 매장엔 고

정된 어닝 천막이 설치되어 있어 숨기에 안성맞춤이었다.

그는 휴대폰 판매점과 화장품 가게를 지나 신발 가게 셔터에 몸을 최대한 밀착하고 섰다. 그사이 신호를 확인한 두 사람이 횡단보도를 건너오기 시작했다. 주원은 그들이 빨리 지나가기만을 기다리며 침을 꼴깍 삼켰다. 심장은 점차 빠르게 뛰기 시작했고 귀에 꽂은 이어폰 속 노래는 전혀 들리지 않았다. 두 사람은 이내 횡단보도를 다 건너 보도블록 위에 올라섰다. 이제 그대로 지나가기만 하면 된다. 주원은 반쯤 안도하며 그들을 끝까지 지켜보았다.

그런 그의 시선을 느낀 걸까. 여자가 갑자기 걸음을 멈춰 세웠고, 따라 걷던 꼬마 아이도 덩달아 걸음을 멈추며 여자를 올려다보았다.

"잠깐만."

여자가 불안한 눈빛으로 말했다.

"왜?"

꼬마는 그 모습이 의아하다는 듯 물었다.

"저기 이상하지 않아?"

"뭐가?"

여자가 가리킨 곳은 정확히 주원이 서 있는 곳이었다. 그녀의 시선에 주원이 자기도 모르게 몸을 움찔거렸고, 셔터를 살짝 건드리고 말았다. 그녀의 귀에 날카로운 소리가 희미하게 들렸다. 더욱 집중해서 신발 가게 앞을 유심히 보는가 싶더니, 순간 여자의 눈이 번쩍였다.

"언니, 왜 그래. 뭐 있어?"

언니의 이상 행동에 동생이 미간을 찌푸리며 다시 물었다.

"아니야. 일단 손부터 잡아."

두 사람은 서로의 손을 움켜쥐듯 꽉 잡았다.

"하나, 둘, 셋 하면 뛰는 거야."

"응."

"하나, 둘, 셋!"

그리고 이내 두 사람이 전속력으로 달리기 시작했다. 있는 힘껏.

얼마 뒤, 어둠 속에 있던 주원이 불빛 밑으로 나왔다. 방금 전까지 두 사람이 서 있던 곳으로 가 오르막길을 바라보니, 그들은 여전히 있는 힘을 다해 전속력으로 달리고 있었다. 얼마나 열심히 달렸는지 벌써 저 멀리까지 갔다.

"에휴."

주원은 그 모습을 지그시 바라보다 낮게 한숨을 쉬었다. 그 한숨은 온전히 자신을 향한 것이었다.

☆ ☆ ☆

2018년 봄. 국자 안에서 뭉게뭉게 김이 올라왔다. 국자를 기울여 그릇에 국물을 담자, 그릇에서도 김이 마구 피어올랐다. 아궁이 안에 국자를 기울여 넣고 뚜껑을 닫았다. 그렇게 모든 식사 준비를 마쳤다.

단정하게 묶은 긴 머리와 초롱초롱한 눈망울의 19살 유미가, 둥그런 양은 밥상을 가슴 높이로 들었다. 밥상 위에는 밥그릇과 국그릇 그리고 나물 반찬이 있는 접시가 정갈하게 자리 잡고 있었다. 나무로 된 낡은 문 쪽으로 몸을 돌려 걸음을 뗐지만, 움직인 지 겨우 두 걸음 만에 다시 멈춰 서야 했다. 문 바로 아래 낮은 턱이 앞을 가로막았기 때문이다. 고개를 오른쪽으로 기울여 밥상 아래를 내려다보니, 두 발과 낮은 턱이 보였다. 유미는 조심스럽게 걸음을 뗐다. 한 발 한 발 턱을 넘어 문밖으로 나갔다.

맑고 투명한 하늘에선 구름이 유유자적 움직였고 따사로운 햇살이 흙 마당을 포근하게 감쌌다. 어두운 부엌을 나온 탓에 날씨가 더욱 청명하게 느껴졌다. 유미는 잠시 하늘과 마당을 눈에 담고는 다시 움직이기 시작했다. 왼쪽으로 몸을 돌려 방금 전보다 빠르게 걸었다. 무거운 밥상을 들고 있어 걷는 폼이 우스웠지만 그런 것에 신경 쓸 겨를이 없었다.

툇마루 위에 밥상을 올려 두고 슬리퍼를 대충 벗은 뒤, 유미도 툇마루 위로 올라섰다. 안방 문을 열자 방 안은 언제나 그렇듯 불빛 하나 없이 캄캄했다. 유미는 밥상을 들고 캄캄한 안방 안으로 들어갔다. 문이 크지 않아 상체를 조금 숙여야 했지만 적응이 되어 힘들지 않았다.

"할머니, 일어나세요."

유미가 따뜻한 바닥에 누워 있는 할머니를 깨웠다. 손녀의 목소리에 할머니가 슬며시 눈을 떴다.

"으응."

하지만 대답과 달리 할머니는 인상만 쓸 뿐 몸을 일으키지 못했다. 이불 앞에 밥상을 내려놓은 유미가 할머니의 어깨를 잡아 상체를 간신히 일으켰다. 너무 세게 힘을 주면 할머니가 다칠 수 있기에 적절한 힘 조절이 필수였다.

"진지 드세요."

안방 전등을 켠 유미가 얼른 자리에 앉아 숟가락에 국물을 떴다. 그녀가 직접 호호 불어 할머니의 입안에 숟가락을 살짝 넣어 주었다.

"괜찮아요? 안 뜨거워?"

"응, 괜찮아."

할머니가 미소를 지으며 손녀를 바라보았다. 그런 할머니의 모습에 유미의 입가에도 저절로 미소가 지어졌다.

"밥도 드세요."

"유미 너는?"

"전 할머니 주무시는 동안 간단히 먼저 먹었어요."

그제야 할머니가 안심하고 식사를 시작했다.

"이따가 머리 묶는 법 다시 알려 줘요. 분명 아침에 배웠는데 또 헷갈리네."

"알았어."

두 사람은 뭐가 그리 즐거운지 웃음이 끊이질 않았다. 언제나 그랬다. 특별한 것은 전혀 없었다. 심지어 대화도 별로 없었지만, 그저 눈만 마주치면 싱긋 미소를 지었다. 그들은 서로가 함께하는 것만으로도 즐겁고 행복했다. 같은 공간 안에 있으면 어떤 나쁜 기억도 말끔히 씻은 듯 사라졌다.

20여 분이 지났을 때 식사가 끝이 났다. 유미는 할머니를 벽에 기대게 한 뒤 그 위에 이불을 덮어 주었다. 양은 밥상을 들고 밖으로 나와 디딤돌에 엎어져 있는 슬리퍼를 신고, 마당의 구석진 곳에 있는 수돗가로 향했다. 그리고 그릇과 접시, 수저를 수돗가에 내려 물을 틀어 받았다. 하지만 두 손이 물에 닿지 못하고 멈칫했다. 평소와 달리 설거지가 귀찮게 느껴졌다. 원래 유미는 식사를 마치면 바로 설거지를 했다. 그래야 마음이 편하고 좋았다. 그런데 이상하게도 오늘은 미루고 싶은 마음이 강하게 일렁였다.

잠시 망설이던 유미는 결국 물을 잠그고 자리에서 일어났다. 손에 묻은 물을 옷에 대충 닦으며 다시 툇마루로 가, 디딤돌을 밟고 올라서며 말했다.

"할머니, 나갔다 올게요."

유미는 할머니의 대답을 듣기도 전에 신발을 갈아 신고 마당을 지나 대문 앞에 섰다. 그러고는 귀를 가져다 댔다. 집 앞을 지나는 사람이 있는지를 확인하기 위해서였다. 다행히 어떠한 발소리도 들리지 않았다. 그녀는 집을 나설 때면 항상 이렇게 바깥을 확인했다.

"후."

심호흡을 한 번 한 뒤 조심스럽게 대문을 열었다. 그리고 천천히 대문 밖으로 나가 주변을 살폈다. 양옆으로는 차 한 대가 겨우 지나갈 정도의 좁은 길이 나 있었고, 대문 맞은편엔 나무들이 울창하게 우거져 있었다. 오른쪽으로 내리막길을 따라 걸어가면 구멍가게와 파출소, 학교들이 나온다. 왼쪽으로는 걸어 올라가면 산이 나타나고 그 안에 개울이 있는데, 유미는 매일 그곳을 찾았다.

평소와 다를 바 없이 왼쪽으로 몸을 돌려 걸음을 옮기기 시작했다. 한 걸음 뗄 때마다 연신 주변을 두리번거리는 눈에는 누군가 나타나지 않을까 하는 두려움이 가득했다. 혹시라도 맞은편에서 누가 나타난다면 얼른 안 보이는 곳으로 달려갈 계획을 세웠다. 다행히 지금까지 누군가를 마주친 적은 없었다. 유미가 살고 있는 기와집이 워낙 외진 곳에 있어 그 앞을 지나는 사람이 드물었을 뿐만 아니라, 개울을 찾는 사람도 거의 없었기 때문이다.

그래도 여름엔 마을 주민들이 종종 개울을 찾았다. 하지만 유미가 사는 집 앞을 지나서 가진 않았다. 마을의 지리를 잘 모르는 유미는 그저 다른 길이 있겠거니 생각할 뿐이었다. 그리고 다행히 지금은 여름이 아니라 벚꽃이 피는 봄이다.

험준한 산길을 한참 걸어 골짜기에 도착했다. 눈앞에 큰 개울이 보이고, 아름다운 벚나무에서 벚꽃 잎이 흩날렸다. 그곳엔 사람의 소리 대신 조용한 개울에서 물 흐르는 소리만이 쉼 없이 울려 퍼지고 있었다. 가슴을 옥죄는 무언가에서 벗어나 자유를 만끽하는 기분이었다.

"하, 좋다."

유미가 숨을 힘껏 들이마셨다가 크게 내뱉으며 말했다. 천천히 개울로 걸어가 신발을 벗어 두고, 맨발로 물속을 걷기 시작했다. 넓은 개울 이곳저곳을 돌아다니며 아무 목적 없이 마구 움직였다. 뛰어다니기도 하고 물을 발로 차기도 하고 중간에 있는 돌다리를 빠르게 오가기도 했다.

이때만큼은 주변을 전혀 신경 쓰지 않았다. 물론 처음엔 조심스러웠다. 주변을 의식하며 조용히 물장구만 쳤고, 아주 작은 소리라도 들리면 빠르게 몸을 웅크리거나 어딘가로 숨어 버렸다. 그러기를 몇 달. 유미는 깨달았다. 이곳은 여름을 제외하면 마을 주민 누구도 찾지 않는다는 것을. 워낙 산이 험준해서 잘 찾지 못하는 것 같았다. 덕분에 유미는 이곳에서만큼은 마음 놓고 뛰어놀 수 있었다.

어느덧 시간이 많이 지났는지 하늘의 색이 점점 변하고 있었다. 시간 가는 줄 모르고 뛰어놀던 유미가 개울에서 나와 신발을 한 손에 든 채 집으로 향했다. 매일 이곳을 찾아 에너지를 마음껏 뿜어내다 보면 하루가 금방 갔다.

사실 유미는 대문 밖으로 나서는 것을 극도로 꺼렸다. 그러다 할머니의 긴 설득 끝에 올해 1월 1일부터 하루에 한 번씩 대문 밖을 나섰고, 정확히 넉 달째가 되었다. 특히 여름을 제외하면 아무도 찾지 않는 개울이라는 설명에 용기를 낼 수 있었다. 그리고 그 말은 정확했다.

세상과 마주하는 시간은 하루 중 아주 잠시였지만 그런 변화가 할머니는 무척이나 기뻤다. 그에 반해 유미는 대문 밖을 나서는 게 험준한 산을 오르는 것처럼 버겁고 힘들었다. 그 산이 정확히 무엇인지는 모르겠지만.

그렇게 어려워하던 일도 시간이 지나며 점차 적응할 수 있었다. 이제는 유일한 탈출구가 되었고, 개울에 머무는 시간도 늘어났다. 그런데도 여전히 힘든 것이 하나 있다면, 바로 사람을 마주하는 일이었다. 그건 시간이 지나도 계속 어려울 것이라고 유미는 확신했다. 집에 있는 할머니만이 그녀가 대화하는 그리고 편하게 여기는 단 한 사람이었다.

집에서 할머니와 단둘이 살기 시작한 지도 어느덧 3년이 다 되었다. 유미가 중학교 3학년 때 이곳으로 오게 되면서부터 두 사람은 서로를 의지하며 살았다. 유미는 작년까지도 대문 밖을 나가지 않은 채 집에만 있었는데, 바람을 쐬고 햇볕을 맞는 건 오로지 마당에 서 있을 때뿐이었다. 사실상 24시간 내내 할머니와 둘이서 시간을 보내는 것이다.

"할머니, 저 왔어요."

날이 더 어두워지기 전에 얼른 집에 도착했다. 곧바로 저녁 식사를 준비했고 평소처럼 할머니와 즐겁게 식사를 마쳤다. 설거지를 마치고 다시 안방에 들어가, 벽에 등을 기대고 앉아 있던 할머니를 조심스레 바닥에 눕혔다. 10여 분이 지났을 때쯤 할머니는 깊은 잠에 들었다. 그렇게 유미의 하루가 끝이 났다.

그녀는 자리에서 일어나 전등을 끄고 조심스럽게 안방을 나왔다. 디딤돌에 있는 자신의 신발을 신고 걸음을 옮기려다, 그대로 툇마루 끝에 걸터앉았다. 한참을 멍하니 있던 유미가 고개를 젖혀 하늘을 올려다봤다. 밤 11시의 하늘은 어두웠지만 동시에 티 없이 맑았다. 곳곳에 박혀 있는 별들은 맑은 빛을 내뿜었고, 어디서부터 시작됐는지 모를 선선한 바람은 하루의 고단함을 모두 씻어 가는 듯했다.

가만히 생각에 잠겨 있기를 30분. 유미는 나지막이 한숨을 내쉬었다. 자꾸만 머릿속을 가득 채우는 지워 버리고 싶은 기억이 그녀를 괴롭혔다. 잊고 싶었지만 그러면 그럴수록 더욱 진하게 남아 꿈속에까지 나타나는 기억. 아쉽게도 그녀에겐 아직 기억을 지우는 마법은 없었다. 대신 다른 마법이 존재했다.

자정이 다 되었을 무렵 유미가 자리에서 일어나 디딤돌을 밟고 내려왔다. 그리고 마당의 한가운데로 천천히 걸어가 지그시 눈을 감았다. 주먹 쥔 왼손을 오른손으로 감싼 뒤 가슴팍에 가져다 대며, 그 자세로 무언가를 조용히 속삭였다. 이내 넓은 마당이 가장자리부터 빠르게 변화하기 시작했다. 양 가로 담장이 만들어졌고 대문 바로 앞엔 높은 미끄럼틀이 생겼다. 그녀의 옆엔 그네가, 수돗가가 있던 자리엔 시소도 생겼다. 평범한 마당이 순식간에 놀이터가 되었다.

유미가 눈을 떠 주변을 살폈다. 어린 시절 자신이 뛰어놀던 놀이터가 마당에 나타난 것을 확인한 뒤, 그녀는 곧장 미끄럼틀로 향했다. 철제 계단을 성큼성큼 올라간 다음 어린아이처럼 신나게 미끄러져 내려왔다. 유미의 얼굴에는 웃음꽃이 피어올랐다. 그리고는 곧장 다시 계단으로 달려가 쿵쿵 소리를 내며 뛰어 올라갔다. 이후로도 그녀는 쉬지 않고 미끄럼틀을 계속 탔다. 천진난만한 웃음은 얼굴에서 떠날 기미를 보이지 않았다.

잠시 후 유미는 자리를 옮겨 그네로 향했다. 그네에 앉아 힘차게 발을 구르자, 조금씩 그녀의 몸이 위로 떠 오르더니 이내 하늘을 향해 아주 높게 날아올랐다.

"와! 시원해!"

또 얼마 뒤에는 그네에서 내려와 구석에 있는 시소로 향했다. 해맑은 표정으로 시소 앞에 도착한 유미는 그 자리 그대로 잠시 멈춰 섰다. 뒤늦게 깨달았기 때문이다. 시소는 혼자서 탈 수 없다는 것을. 그와 동시에 놀이터에 대한 흥미를 잃고 말았다. 유미는 한숨과 함께 등을 돌렸다. 다시 툇마루 끝으로 가 앉았지만, 여전히 그녀의 눈앞엔 마당이 아닌 놀이터가 펼쳐져 있다.

조금 전, 힘들었던 어린 시절의 기억이 떠올라 반대로 예쁜 추억을 떠올리려 애썼다. 그 순간 가장 먼저 생각난 것이 놀이터였다. 그곳에서 엄마 아빠와 함께했던 순간이, 친구들과 뛰어놀았던 순간이 그려졌고, 그렇게 곧장 마당으로 달려갔던 것이다.

유미는 자신이 갖고 있는 '공간을 바꾸는 마법'을 이용해 하루에 한 번씩 마당의 모습을 바꿨다. 놀이터뿐 아니라 어릴 적 살았던 집과 경험하고 싶었던 여러 공간들을 자유자재로 만들어 냈다. 거리는 제한이 없다. 벽이나 울타리 같은 것으로 막힐 때까지 바꿀 수 있었다. 대신 높이는 제한이 있었는데, 보통은 건물의 2층 높이까지만 바꾸고 그 위로는 마법의 영향을 받지 않았다.

그리고 하루에 한 번만 바꿀 수 있었다. 그 역시 자신의 의지가 아닌 어쩔 수 없는 규칙이었다. 유미가 가지고 있는 '공간을 바꾸는 마법'은 하루에 딱 한 번만 가능했고, 지속 시간은 단 한 시간이었다. 한 시간 넘게 지속하려면 아주 높은 에너지가 필요한데, 그건 그만큼 아주 위험한 일이었다. 과도한 에너지로 인해 자칫하면 다칠 수도 있기 때문이다. 어릴 때 시도한 적이 두 번 있었지만 너무 힘들어 금방 포기했었다. 이곳에 온 뒤로는 시도조차 하지 않았다.

한 시간 정도가 지나자 놀이터의 모습이 서서히 사라지기 시작했다. 만들어질 때와는 반대로 정중앙에서부터 가장자리로 향하며 본래의 모습을 되찾아 갔다. 이제 유미의 눈앞엔 늘 보던 평범한 마당이 놓여 있을 뿐이다. 그렇게 현실로 돌아왔다.

"에휴."

유미는 두 무릎을 끌어안은 채 아쉬움의 한숨을 나직이 내뱉었다.

은둔 생활을 하기까지

휴대폰 알람과 함께 눈을 떴다. 주원은 어둠 속에 갇혀 있었다. 마치 관 속에 누워 있는 드라큘라가 된 기분이었다. 그 상태로 천장을 바라보았다. 분명 침대에 똑바로 누워 있으니 위를 보면 그곳이 천장일 텐데 천장의 벽지가 보이지 않았다. 그럼에도 가만히 그곳을 응시했다.

한참의 시간이 지나자 흐릿하게 뭔가가 보이기 시작했다. 천장에 매달린 형광등의 형체가 어렴풋이 나타난 것이다. 주원은 더 자세히 보고 싶다는 생각에 그곳을 뚫어져라 쳐다보았다. 얼마 지나지 않아 눈에서 눈물이 흘렀다. 무척 따가웠다. 결국은 참지 못하고 눈을 깜빡였다. 그리고 다시 천장을 보니 형광등은 어디론가 사라진 듯 보이지 않았다.

주원은 그제야 정신을 차렸다. 소변이 마려웠기 때문이다. 현실로 돌아가야 할 순간이라는 걸 소변이 깨우쳐 준 것이나 다름없었다. 찌뿌둥한 몸을 일으켜 알람을 끄고, 침대에서 벗어나 느릿느릿 두 걸음 앞으로 걸어갔다. 벽면을 더듬거리다 손에 잡힌 무언가를 한쪽으로 확 젖히자, 따사로운 햇살이 창을 넘어 방으로 쏟아져 들어왔다. 주원은 미간을 찌푸리며 밖을 바라보았다. 그곳엔 동네 사람들이 바삐 움직이고 있었다. 한때는 주원 역시 저 속에 함께했었지만, 지금은 멀리서 지켜보기만 할 뿐이다.

창문을 살짝 연 뒤, 애써 창밖의 모습을 외면하려 몸을 돌렸다. 어지럽게 펼쳐진 이불의 양 끝을 잡고 크게 흔들었다. 맹수를 피해 숨은 동물들처럼 이불에 자신의 존재를 숨긴 먼지들이 사방팔방으로 날아다녔다. 주원은 가볍게 콜록거렸지만 크게 신경 쓰지 않았다. 이불을 침대에 내려놓고 단정하게 쫙 펼친 후, 구겨진 베갯잇마저 다림질하듯 쫙 펴 주었다.

서랍장 위에 자고 있던 휴대폰을 들고 방을 나섰다. 거실과 부엌과 현관을 지나 화장실에 도착하는 건 총 다섯 걸음이면 충분하다. 문을 열자 좁고 누추한 화장실이 모습을 드러냈다. 제일 먼저 세면대가 그를 반겼고, 그 양옆엔 변기와 작은 욕조가 기다리고 있었다. 평소처럼 세면대 위 거울로 잠시 얼굴을 보고는 바지와 팬티를 내리고 변기 위에 앉았다. 그리고 휴대폰을 본다.

아침마다 반복되는 패턴이다. 잠에서 깨는 시간뿐만 아니라 이후에 하는 모든 행동들이 매일 일정했다. 눈을 뜨면 정신을 차리기 위해 잠시 시간을 보낸 뒤, 침대에서 내려와 커튼을 치고 이불을 정리한다. 이후 방에서 나와 곧장 화장실로 가면 이렇게 변기에 앉아 휴대폰을 만지고, 어느 정도 시간이 지났을 때 자리에서 일어나 양치를 하는 것이다. 이 모든 것을 한 치의 오차도 없이 일정하고 매끄럽게 진행했다.

물론 여기까진 누구나 할 수 있는 일일 것이다. 하지만 주원은 화장실을 나간 이후의 행동들도 기본적인 규칙을 따랐다. 하루가 거의 기계처럼 돌아갔다. 자신의 계획대로 되지 않는다고 힘들어하진 않지만, 최대한 하던 방식을 유지하려 노력했다. 그것이 은둔형 외톨이에겐 중요한 덕목이라고 주원은 생각했다. 그렇지 않으면 지금의 생활을 오래 유지할 수 없고, 건강까지 해칠 수 있기 때문이다. 그리고 보면 은둔 생활도 쉬운 게 아니다.

변기에 앉아 있는 주원의 두 눈이 살짝 번쩍였다. 매일 아침 이 자리에서 인터넷 검색을 하는 게 일반적인 패턴이지만 오늘은 조금 다르다. 갑자기 조카 사진이 보고 싶어졌다. 휴대폰 속 조카의 웃는 얼굴은 그를 움찔하게 했다. 그것이 행복인지 그리움인지 외로움인지는 본인조차 알 수 없었다.

그때 휴대폰에서 알림이 하나 떴다. 배터리가 5%밖에 안 남았다는 경고였다. 휴대폰 상단에 배터리 그림과 함께 옆에 쓰여 있는 숫자를 보니, 역시나 거기도 5%라고 적혀 있었다. 그럴 수밖에 없었다. 어제 산책을 마치고 집에 와 침대에 누웠을 때 도저히 잠이 안 와서, 잠시만 하겠다며 휴대폰을 집어 들었다. 잠시였으면 좋았겠지만 그대로 새벽 내내 유튜브 영상을 시청했다. 그런 탓에 61%였던 배터리가 7%로 줄어들었고, 잠도 2시간밖에 못 자 무척 피곤했다. 가끔 이런 날이 있다. 규칙들 중 주원이 가장 지키기 힘들어하는 게 취침 시간이었다.

주원은 가볍게 한숨을 쉰 뒤 팬티와 바지를 올리며 자리에서 일어났다. 변기 뚜껑을 덮고 물을 내린 뒤, 거울을 바라보며 휴대폰을 바지 주머니에 넣었다. 거울 속 얼굴은 어딘지 모르게 붉게 상기되어 있었다. 눈엔 원래 없던 쌍꺼풀이 자리를 잡고 있었는데, 가끔 피곤할 때 나타나는 얇은 실과 같은 것이었다.

오늘따라 왠지 나이가 들어 보인다. 하지만 얼굴 상태엔 신경 쓰지 않고 칫솔을 들었다. 어차피 누굴 만날 것도 아니기에 외모는 크게 중요하지 않았다. 어쩌면 이 점이 주원의 가장 큰 변화일 것이다. 과거엔 남들 못지않게 외모를 가꾸었기 때문이다.

사실 주원은 자신의 외모에 자신감이 있는 편이었다. 지금은 머리카락도 부스스하고 피곤에 절어 있지만, 마음만 먹으면 확 달라질 것이라고 자부했다. 실제로도 그렇다. 중학생 시절엔 여학생들에게 편지도 몇 번 받았었다. 물론 쑥스러워서 답장은 하지 못했지만 말이다.

그런 사실을 모두 알고 있는 매형은 안타까워하며 자주 이렇게 말했다. 너 정도 외모면 연애는 어렵지 않게 할 수 있을 거라고, 그러니까 밖으로 나가라고.

칫솔에 치약을 묻히고 양치를 시작했다. 치아 구석구석 깨끗하게 칫솔질을 했다. 어떨 땐 잇몸이 아플 때도 있었지만 개의 치 않고 박박 닦았다. 거의 5분 이상이나 닦은 후에야 입안을 물로 헹궜다. 헹구는 것도 정확히 열 번이었다. 심지어 전부 방향과 강도를 달리했다. 처음 세 번은 전체적으로 헹구고 다음 세 번은 왼쪽, 그다음 세 번은 오른쪽이었다. 마지막은 처음과 동일한 방식으로 헹굼을 마친다. 처음부터 이렇게 계획한 건 아니었지만, 자연스럽게 익힌 방법을 오랜 시간 고수하고 있다. 그렇게 하지 않으면 찝찝한 기분이 들어 어쩔 수 없었다.

양치를 마치고 수건으로 입과 그 주변을 닦았다. 화장실을 나가려고 문고리를 잡는 순간, 바지 주머니에 있던 휴대폰이 오른쪽 허벅지를 간지럽혔다. 문을 열고 나가며 휴대폰을 꺼내 보니, 그곳에는 저장되지 않은 번호가 적혀 있었다. 주원은 거실을 지나며 휴대폰을 소파에 휙 던져 버렸다. 원래 모르는 번호로 온 전화는 절대 받지 않는다.

띵동.

그때 갑자기 초인종이 울렸다. 주원은 흠칫 놀랐지만 이내 진정했다. 어차피 초인종을 누를 사람은 배달 직원 아니면 엄마였다. 이 시간엔 엄마일 가능성이 압도적으로 높았다. 주원은 비디오 폰도 보지 않고 자신 있게 현관으로 걸어가 문을 열었다. 그래도 혹시 몰라 현관문을 아주 조심스럽게 열었다.

역시나 그 앞에는 엄마가 서 있었다. 문을 활짝 열고 엄마의 양손에 매달린 커다란 쇼핑백 두 개를 빠르게 들었다. 그리고 한쪽 다리로 문을 받친 채 먼저 들어가라며 엄마를 안으로 안내했다.

"힘들다, 힘들어. 넌 5층 오르내리는 거 안 힘드니?"

엄마가 두 손으로 부채질을 하며 말했다.

"난 괜찮아. 별로 안 힘들어."

"그야 밖을 안 나가니까 그렇겠지."

엄마의 말에 주원이 움찔했다.

"덥다. 시원한 물 좀 줘."

주원은 쇼핑백을 식탁 위에 내려놓은 뒤, 싱크대 선반에 있는 유리컵을 꺼내 정수기에서 냉수를 받았다.

"이거면 한 달은 먹을 수 있을 거다."

엄마는 외투를 벗다 말고 주원이 건네준 컵을 받아 물을 마셨다.

"엄청 많네. 평소보다 더 많은 것 같아."

쇼핑백 안에서 반찬 통을 꺼내던 주원이 깜짝 놀라며 말했다. 꺼내도 꺼내도 반찬 통이 마법처럼 끊임없이 나왔다.

주원의 엄마는 넉 달에 한 번씩 이 집을 찾는다. 혼자 있을 아들을 위해 밑반찬을 가져오는 것이다. 그러면 주원은 배달 음식을 먹지 않고 엄마가 싸다 준 음식을 먹었다. 하지만 아무리 많이 싸 와도 보통 2주 안에 다 해치웠다. 그리고 다시 배달을 시켜 먹었다. 그런데 이번에는 좀 다를 것 같다. 평소보다 훨씬 많은 양을 싸 왔기 때문이다.

처음에는 엄마가 매주 집을 찾아왔지만, 주원의 간곡한 부탁에 점점 집에 오는 간격이 벌어졌다. 2주에 한 번, 한 달에 한

번, 그 이후엔 두 달에 한 번씩 찾아왔다. 이제는 넉 달에 한 번이지만, 어느 순간 엄마도 그게 더 마음이 편하게 느껴졌다.

"오늘은 집이 좀 깨끗하네."

식탁 의자에 기댄 채 선 엄마가 거실을 보며 말했다.

"요즘엔 청소 잘해."

주원이 반찬 통을 냉장고에 넣으며 대답했다.

"그게 자랑이냐. 진즉에 깨끗하게 살았어야지."

엄마가 식탁 의자에 앉자, 반찬 통을 다 정리한 주원도 엄마의 맞은편에 앉았다.

"누나하고는 연락 잘해?"

"뭐, 가끔. 매형한테도 연락 오고 하니까."

"누나랑 매형한테 고마워해야 돼. 알지?"

"알아. 이 집도 마련해 주고, 아빠도 설득해 주고."

"용돈도 보내 주잖아, 매형이."

"알고 있었어?"

주원이 뜨끔하며 물었다. 매형이 엄마와 아빠 몰래 주는 거라고 했기에 지금까지 시치미 떼고 있었는데…….

매형과 주원의 나이 차이는 꽤 많이 났다. 정확히 스무 살 차이였다. 그런 탓에 매형은 주원을 조카 보듯이 했고 주원은 그런 그를 믿고 의지했다. 사실상 유일한 지원군이었다. 실제로 독립하고 싶다는 얘기도 매형에게 처음 했었다. 주원을 안타깝게 여긴 매형이 누나를 설득했고, 이후엔 누나와 함께 엄마 아빠를 설득했다. 그 덕분에 지금처럼 나와서 지낼 수 있게 된 것이다.

"당연히 알았지. 일도 안 다니는 네가 무슨 수로 배달 음식을 사 먹겠어. 샴푸며 치약이며 이런 건 또 어떻게 사고. 엄마랑 아빠는 너한테 용돈 준 적이 없는데 말이야. 어?"

주원은 현관에 있는 빈 종이 박스가 떠올랐다.

"엄마가 또 막 꼬치꼬치 캐물었구나?"

"당연하지. 그랬더니 순순히 불더라."

'불쌍한 매형.'

주원은 엄마와 매형의 대화 분위기가 어땠을지 상상이 됐고, 동시에 매형이 안타까워졌다.

"그건 그렇고, 너 앞으로 어떻게 하려고 그래?"

"응?"

"언제까지 이렇게 집구석에 처박혀 살 거냐고."

엄마의 다그침에 주원은 아무 말도 할 수가 없어 그저 고개를 푹 숙였다.

"아빠가 지금 벼르고 계셔."

"무슨 말이야?"

"올해 안으로 특별한 변화 없으면 집으로 끌고 가겠대."

"에휴."

주원이 나지막이 한숨을 쉬었다.

"그나마 올봄까지 기다린다는 걸 엄마가 연말로 늦춘 거야."

"응……."

"엄마랑 아빠는 네가 나가서 산다길래 특별한 다짐이라도 한 줄 알았어. 대학 가는 대신 남들보다 빠르게 사회 진출을 하려나 보다 싶어서 허락해 준 거라고. 누나랑 매형도 그렇게 우릴 설득했고. 그런데 이게 뭐야. 차라리 그냥 학교 다녔으면 어디든 대학은 갔을 거 아냐. 너 도대체 뭐 하려고 이렇게 나와서 사는 거야?"

"그, 그게……."

"아니면 검정고시라도 봐. 그럼 기다려 줄 수 있어. 검정고시 합격하고 내년부터 무슨 일이라도 하겠다 하면 얼마든지 기다리지. 근데 지금 넌 아무런 계획 없이 그냥 집에만 박혀 있잖아. 언제까지 이러고 살 거야. 사람도 안 만나고. 그럼 일단 밖에 나가서 사람을 좀 만나든가."

"나갈 거야. 얼마든지 나갈 수 있어."

정말 그렇게 생각했다. 얼마든지 마음만 먹으면 밖으로 나가 사람을 만날 수 있을 거라고 주원은 확신했다. 다만, 지금은…….

"겨울잠을 자고 있는 거라고. 남들보다 조금 긴 겨울잠."

"네가 개구리냐?"

엄마는 어처구니없다는 듯 코웃음을 쳤다. 감정이 격해져 토해 내듯 얘기한 주원이 금세 머쓱해하며 뒤통수를 긁었다.

"아무튼 조금만 기다려 줘."

"너희 누나가 너 때문에 얼마나 가슴 아파하는 줄은 알아? 다 자기 때문에 네가 이렇게 됐다고 말이야. 나간다고 할 때 말리지 않고 오히려 집까지 구해 준 자신이 원망스럽다고 매일 자책해. 그럴 때마다 엄마랑 아빠가 얼마나 속상한 줄 알기나 해?"

엄마의 마지막 말에 주원은 더 이상 아무 말도 할 수가 없었다.

밑반찬을 들고 온 지 30분 만에 엄마는 집을 나섰다. 주원은 뭔가 큰일을 치른 것처럼 홀가분했다. 엄마가 한 번씩 올 때마다 이런 상황이 발생했다. 그래서 더욱 안 오길 바란 것이다. 그렇다고 오지 말라는 말은 차마 하지 못했다. 독립한 후 본가를 한 번도 찾지 않았었기에 더욱 그럴 수 없었다.

사실 주원이 아무런 계획 없이 집에만 있는 것은 아니었다. 그에게도 나름의 꿈이 있다. 바로 소설가가 되는 것이다. 처음 집을 나올 때부터 갖고 있던 꿈은 아니었지만, 이 집에 온 뒤로 매일 책을 읽으며 꿈을 가지게 되었고, 이후로 매일 열심히 글을 썼다. 하지만 그런 사실을 가족에겐 말할 수 없었다. 너무 갑작스럽기에 이야기해 봤자 뜬구름 잡는 소리로 치부할 게 뻔했다. 그래서 좋은 결과가 나올 때까진 절대 입 밖으로 꺼내지 않기로 마음먹었다. 적어도 엄마와 아빠에게는.

엄마가 가져온 반찬 통에서 밑반찬을 조금 꺼내 접시에 옮긴 뒤, 밥솥에서 밥을 퍼 그릇에 담았다. 접시와 그릇을 쟁반 위에 가지런히 올리고 거실로 향했다. 소파 앞에 쟁반을 내려놓고 리모컨으로 TV를 틀자, 때마침 즐겨 보는 예능 프로가 나오고 있었다.

분명 부엌에 식탁이 있음에도 주원은 항상 거실 바닥에 앉아 식사를 했다. 조금 불편하기도 했고 어떨 때는 심하게 체하기도 했다. 그렇지만 절대 습관을 바꾸지 않았다. 차라리 용돈에서 일부를 모아 작은 테이블을 사면 모를까.

예능 프로에선 연예인이 자신의 친구를 소개하고 있었다. 그들은 고등학교 동창인데, 학교를 다닐 때부터 붙어 다녔고 지금도 일주일에 한 번씩은 꼭 만난다고 했다. 그들을 보며 MC는 자신도 그런 친구가 한 명 있었으면 좋겠다며 부러워했다. 주원역시 내심 부러웠다. 자신에게도 속마음을 터놓을 친구가 있으면 좋겠다고 생각했다.

그에게도 단짝 친구가 한 명 있었다. 김재성. 재성이와는 중학교 1학년 때부터 친하게 지냈다. 그다음 해에도 같은 반이 되면서, 다른 친구들과는 전혀 어울리지 않고 둘이서만 붙어 다녔다. 그렇다고 따돌림을 당한 건 아니었다. 조별 과제가 있거나 운동회가 있을 땐 다른 아이들과도 함께 잘 어울렸다. 그저 쉬는 시간에 같이 대화를 나누는 친구, 학교 밖에서까지 연락하고 만나는 친구가 재성이 한 명이었던 것이다.

재성이네 집에도 자주 놀러 갔었다. 그럴 때마다 어머니는 주원을 아주 반갑게 맞아 주셨다. 다른 아이들과 큰 문제없이 잘 어울렸던 주원과 달리, 재성은 초등학생 때부터 외롭게 지냈었기 때문이다. 정확히는 따돌림을 당했고 몇몇 아이들에겐 심한 괴롭힘을 당하기도 했다. 그런 탓에 재성이의 부모님은 주원을 무척 예뻐 했다.

그렇게 중학교 3학년이 되었고 둘은 신기하게도 또다시 같은 반이 되었다. 마치 신이 일부러 붙여 놓기라도 한 듯 3년 연속

같은 반이 된 것이다. 둘은 그런 사실이 놀라우면서도 기뻤다. 물론 다른 반이 되었어도 자주 볼 사이였지만 말이다.

문제는 이때부터 발생했다. 지금까진 남들과 잘 어울렸던 주원의 성향이 바뀐 것이다. 그 역시 재성처럼 남들과 어울리는 게 갈수록 힘들게 느껴졌다. 조별 과제를 할 때도 말 한마디 하지 못했고, 가능하면 구석으로 가 다른 아이들과 부딪히지 않으려 노력했다. 그러다 보니 저절로 주원과 재성은 반에서 외딴섬처럼 지내게 되었다. 어느 누구도 그들 곁으로 다가가지 않았고 오히려 더욱 멀리했다.

이런 생활이 지속되던 어느 날. 재성이 아버지와 함께 시골에 가는 바람에 주말 동안 혼자 있게 된 주원은 방에서 한 발자국도 나가지 않았다. 대신 평소 즐겨 보던 애니메이션에 푹 빠져 있었다.

"나와서 밥 먹어."

시간 가는 줄 모르고 보다 보니 어느새 저녁 식사 시간이었다. 엄마의 부름에 방에서 나와 부엌으로 갔다. 이미 엄마와 아빠 그리고 잠시 들른 누나가 식사를 하고 있었고, 거실에선 TV가 아무런 관심도 받지 못한 채 홀로 떠들어 대고 있었다.

"김치찌개네. 맛있겠다."

주원이 한껏 기대하며 자리에 앉았다. 국물을 한 숟가락 떠서 입에 넣으니, 예상대로 무척 맛있었다. 고개를 들어 엄마를 보며 엄지를 치켜드는데, 엄마의 표정이 돌처럼 굳어 있었다. 주원은 의아해하며 엄마의 시선을 따라 고개를 돌렸다. TV에선 뉴스 속보가 나오고 있었다.

"조금 전 대형 트럭이 빗길에 넘어져 8중 추돌 사고가 났습니다."

리포터의 말과 함께 화면에는 재성이와 재성이 아버지의 사진이 나오고 있었다. 얼마 뒤 부자의 사진은 사라졌다. 이어, 어떤 여중생과 그녀의 부모로 보이는 사람들의 사진이 오랜 시간 화면에 나왔다.

"아까 그 남자애, 네 친구 아니야?"

충격에 빠진 주원은 넋을 놓고 TV만 볼 뿐 아무 말도 할 수가 없었다. 재성이 죽은 것이다. 그 사실이 믿기지 않았고 믿고 싶지 않았다. 하지만 분명 현실이었다. 단짝 친구가 하루아침에 세상을 떠났다.

그날 이후 주원은 학교를 빠지는 일이 많았다. 그전까진 무슨 일이 있어도 학교에 빠지지 않았던 주원이었지만, 교문 안으로 발을 넣기가 너무 힘이 들었다. 재성이 없는 학교생활은 고통스럽기만 했다. 탈출하고 싶었다. 매번 교문 앞에서 망설이다 근처 공원으로 향하기를 반복하며 하루하루를 보냈다.

성격이 바뀌었다곤 해도 여전히 주원은 마음만 먹으면 다른 친구들과 어울릴 수 있는 아이였다. 하지만 그렇게 하고 싶지 않았다. 굳이 힘들여 친구를 사귀고 싶지 않았고, 혼자 있을수록 혼자가 좋았다. 3학년이 되면서 마음이 맞는 친구는 한 명만 있으면 그만이라는 생각을 가지게 되었다. 그리고 그 한 명을 찾았다고 생각했는데, 생각지도 못한 이유로 그가 사라져 버린 것이다.

석 달 뒤 여름 방학이 시작됐다. 주원은 방학 내내, 나가서 지낼 곳을 구해 달라 매형을 졸랐다. 처음엔 완강하게 거부하던 그도 결국 주원의 의견을 받아들였고, 누나는 물론 엄마와 아빠를 설득하는 데에도 앞장섰다. 결국 개학이 시작되기 며칠 전 자퇴를 했고, 그로부터 두 달 뒤 집을 나왔다.

그렇게 주원은 혼자만의 동굴 속으로 들어갔다.

☆ ☆ ☆

할머니의 눈꺼풀이 서서히 감기기 시작했다. 유미는 바닥을 닦던 걸레를 한쪽 구석으로 밀어 넣고, 벽에 기대고 앉아 있는 할머니에게 다가갔다. 한 손으로는 할머니의 뒤통수를 다른 한 손으로는 등을 받친 채 거의 껴안는 자세를 취한 뒤, 아주 조심히 몸을 움직여 바닥에 할머니를 눕혔다. 그리고 살짝 걸친 베개에 머리를 정확히 두고 살짝 구부러진 다리도 쭉 뻗게 했다. 마지막으로 그 위에 이불을 덮었다.

매일 점심을 먹고 나면 할머니는 낮잠을 잤다. 하루 대부분을 방에서 누워 있는 탓에 낮잠 시간이랄 게 따로 있는 건지 의아했지만, 아무튼 식사 이후엔 무조건 낮잠을 자야 했다. 평소 유미는 그때를 이용해 개울에 갔던 것이다.

할머니가 곤히 잠들자, 유미는 청소를 뒤로 미루고 몸을 일으켰다. 늘 그랬듯 전등을 끄고 문을 열어 몸을 살짝 굽힌 채 방을 나섰다. 소리가 나지 않도록 아주 신중히 문을 닫고 마당을 바라보자, 시커먼 하늘에선 이른 아침부터 시작된 비가 억수같이 내리고 있었고 흙 마당엔 군데군데 웅덩이가 생겨 있었다. 때문에 수돗가에서 설거지도 할 수 없어 밥상을 부엌 한쪽에 치워두었다.

오늘은 개울에 갈 수 없다. 이런 날씨에 산을 오르는 것은 무척 위험했고, 물로 이루어진 개울 역시 마찬가지였다. 어쩔 수 없이 하루 종일 집에 있어야만 했다. 그런 상황이 특별히 괴롭거나 힘들진 않았다. 이 마을로 이사 온 3년 전부터 줄곧 그래왔기 때문이다. 할머니의 간곡한 부탁에 어쩔 수 없이 처음 개울을 찾았던 건 고작 넉 달 전이었다. 그때까지는 계속 이렇게 집에만 있었다는 말이다.

툇마루에 서서 밖을 보던 유미가 발을 뗐다. 안방을 지나 그 옆에 있는 작은 방으로 향했는데, 그곳은 할머니가 머무르는 안방보다 약간 더 작은 곳이었다. 문 맞은편엔 비키니 옷장이 있고, 그 옆엔 책 10권이 꽂혀 있는 작은 책장이, 그리고 한쪽 벽엔 낡은 원목 책상이 자리하고 있었다. 이 방은 유미의 개인 공간이었다.

개울을 찾기 전까지 하루 대부분을 보내던 곳이기도 했다. 지금도 조금만 틈이 나면 이곳에서 시간을 보냈다. 전부 오래되고 낡은 가구들과 벽지였지만 유미에게는 더없이 소중한 방이다. 아무리 할머니와 있는 순간이 행복하고 즐거워도, 혼자만의 시간을 보낼 공간은 필요했다. 적어도 그 일이 있고부터는 그랬다.

유미가 전등을 켜고 안으로 들어갔다. 조금 열려 있는 비키니 옷장의 지퍼를 끝까지 채웠다. 아마 아침에 속옷을 갈아입고 제대로 안 잠근 모양이다.

유미는 속옷은 매일 갈아입었지만 겉옷은 항상 빨간 트레이닝 복이었다. 최근 3년간 급격히 몸이 자라 그 전에 입던 옷은 하나도 맞지 않았다. 그렇다고 체격이 큰 것은 전혀 아니었다. 지금도 그렇지만 그 전이 워낙 작고 말랐던 것이다. 다만, 신체에 비해 이목구비는 신기할 정도로 달라진 게 없었다.

그렇게 다른 여자아이들보다 조금 늦은 2차 성징으로 엄마가 입던 트레이닝 복을 입어야만 했다. 속옷 역시 엄마가 쓰던 것이다. 추억과 악몽이 공존하는 그곳에서 얼마나 급히 빠져나왔는지, 미처 엄마의 다른 옷은 챙기지 못했다. 그 점이 두고두고 아쉬웠다.

유미는 무릎을 꿇고 앉아 옷장 옆 책장을 보았다. 2층으로 된 키 낮은 책장이었는데, 그곳에 있는 10권의 책은 전부 유미가 어릴 때 읽었던 동화책들이었다. 19살이 된 그녀가 읽기에는 조금 유치했다. 하지만 읽고 또 읽었다. 원래 독서에 관심이 없는 유미였지만 어쩔 수 없었다. 이 방에서 시간을 보내는 방법은 동화책을 읽는 것만이 유일했다.

손에 잡히는 대로 아무 책이나 꺼내 책상으로 향했다. 의자 위에 정자세로 앉아 책을 펼치니 익숙한 그림이 나타났다. 보지 않고 그려도 얼마든지 그릴 수 있을 만큼 많이 본 그림이었다. 이 책을 6살에 샀으니까…… 13년 동안에나 본 셈이다. 정작 그때는 사 놓기만 할 뿐 잘 보지 않았었는데, 새삼 환경이 얼마나 중요한지를 깨닫게 된다.

유미는 책을 한 장 한 장 꼼꼼히 읽기 시작했다. 그때였다.

우르르 쾅.

밖에서 천둥이 쳤다. 깜짝 놀란 유미가 자리에서 벌떡 일어났다. 곧바로 방을 나와 툇마루를 지난 뒤 안방 문 앞에 섰다. 그리고 조심스럽게 문을 열어 안을 확인했다. 다행히 할머니는 아무것도 모른 채 깊게 잠들어 있었다. 그 모습을 본 뒤에야 유미는 안심하고 걸음을 돌렸다.

다시 책상으로 가 정자세로 의자에 앉았다. 글씨와 그림들을 아무리 유심히 보아도 전혀 머릿속에 들어오지 않았다. 얼마 못 가 결국 고개를 왼쪽으로 돌렸다. 창밖으로 비가 폭포처럼 떨어지는 게 보였다. 그 비는 노크하듯 창문을 계속 때렸다.

그 순간, 유미의 눈에 눈물이 맺혔다.

유미는 지금 사는 마을과 멀리 떨어진 작은 섬마을에서 태어났다. 그곳은 워낙 작아 주민도 얼마 되지 않았고, 초등학교의 학생 수도 여덟 명이 전부였다. 중학교와 고등학교의 사정 역시 비슷했다.

대부분의 어른들은 어업을 했고 또 그들 중 대다수가 마을 토박이였다. 함께 태어나고 자란 사람이 많은 탓에 비밀이 없는, 사실상 모두가 한 가족처럼 지내는 곳이었다. 그곳에서 몇 안 되는 외지인 중 하나가 유미 가족이었다. 그녀의 엄마와 아빠는 유미가 태어나기 1년 전에 서울에서 섬마을로 내려왔다. 두 사람 모두 약사였기에 자연스럽게 마을에 약국을 차렸다.

"어휴, 배운 사람들이야."

마을 어른들은 유미의 부모를 보며 항상 그렇게 말했다. 그런 그들의 환대에 보답하고자 유미의 엄마와 아빠는 더욱 친절하게 주민들을 대했다. 이런 분위기는 유미에게도 똑같이 적용되어, 태어난 직후부터 그녀는 모두의 관심과 사랑을 받으며 자랐다. 초등학교에 들어가서도 마찬가지였다. 덕분에 유미는 누구보다 밝고 명랑한 아이로 성장할 수 있었다. 또래 아이들과도 두루두루 스스럼없이 잘 지냈고 어른들에게도 착하고 예의 바른 아이였다.

단 하나 특이한 점이 있다면, 남들에겐 없는 능력을 가지고 있다는 점이었다. 처음 알게 된 것은 초등학교 2학년 때였다. 그날따라 TV를 보던 유미가 엄마 아빠에게 마구 떼를 썼다.

"나 놀이공원 가고 싶어."

TV에서는 화려한 놀이공원의 모습이 나오고 있었다.

"저길 지금 어떻게 가."

엄마가 난처해하며 말했다.

"나도 회전목마 타고 싶다고!"

"알겠어. 다음에 가자."

아빠가 마구 소리치는 딸을 달래려 다급히 약속했다.

"지금 가고 싶어, 지금."

"지금은 안 돼. 다음에 데려가 준다고 하잖아. 왜 오늘따라 안

하던 어리광을 피워."

유미는 엄마의 다그침에 눈물이 맺혔다. 그럼에도 엄마와 아빠는 평소와 달리 오히려 매정하게 굴었다. 자리에서 일어나 각자 할 일을 하러 가 버리는 모습에, 유미는 괜한 심술이 피어올랐다. 아이는 그대로 자리에서 일어나 말도 없이 집을 나섰다.

밖으로 나온 유미는 무작정 앞으로 걸었다. 특별한 목적지도 없이 눈물을 훔치며 걸을 뿐이었다.

"아이고, 유미야. 왜 이렇게 화가 났어?"

길을 지나던 어른들의 말에도 아무런 대꾸 없이 계속 앞으로 걸어갔다. 그리고 그 걸음의 종착지는 학교 운동장이었다. 그곳은 유미가 초등학교에 입학하기 전부터 자주 찾았던 곳이었다. 놀이터 다음으로 학교 운동장에서 자주 놀았고, 심지어 언니 오빠들과 수업도 같이 들었다. 그건 다른 아이들도 마찬가지였다.

무슨 일인지 학교 운동장엔 사람이 아무도 없었다. 개교기념일이라 수업이 없는 날이기도 했지만 그 이유만은 아닐 것이다. 이 마을 아이들은 수업을 듣는 것도 학교였지만, 놀이터와 마찬가지로 함께 뛰어 노는 곳도 학교였기 때문이다.

이유야 어찌 됐든 유미는 내심 잘됐다고 생각했다. 마음껏 울고 싶었으니까. 아마 사람이 있었다면 아닌 척 꾹 참으며 신나게 노는 척을 했을지도 모른다. 유미는 또래에 비해 어른스러운 아이였다. 자신의 눈물을 보이지 않으려 노력했고, 눈물이 나오려 할 땐 이를 악물고 참았다. 옹알이만 겨우 하는 아기일 때도 눈물을 밖으로 토해 내지 않았다. 무얼 알고 그러는 건지 최대한 속으로 삼켰다. 그 모습에 부모님은 유미를 무척이나 안쓰러워했다.

유미는 눈물을 흘리며 학교 운동장을 홀로 걸어 다녔다. 운동장을 크게 세 바퀴 돌고 나자 서서히 마음이 풀리기 시작했다. 엄마와 아빠의 마음도 이해가 되었다. 하지만 놀이공원에 가지 못해 아쉬운 건 어쩔 수 없었다. 운동장 정중앙으로 가, 주변을 두리번거리던 유미는 한숨을 푹 내쉬었다.

'이곳이 놀이공원이면 얼마나 좋을까.'

유미가 아이다운 소원을 빌기 시작했다. 어디서 본 것인지 눈을 꼭 감은 채, 주먹 쥔 왼손을 오른손으로 감싸며 가슴팍에 가져다 댔다. 그리고 작은 목소리로 무어라 중얼거렸다.

잠시 뒤, 유미가 눈을 떴다. 아이는 깜짝 놀랐다. 자신이 있는 곳의 모습이 완전히 바뀌어 있었기 때문이다. 정글짐이 있던 운동장 구석엔 범퍼카가 있었고, 축구 골대가 있던 자리엔 바이킹이 있었다. 그리고 유미 앞엔 회전목마가 떡하니 자리하고 있었다.

'이게 무슨 일이지?'

유미는 자신이 꿈을 꾸고 있는 건 아닌지 의심스러웠다. 두 눈을 마구 비비기도 하고 감았다 뜨기도 했다. 그런데 아무리 봐도 꿈이 아니었다. 그토록 원하던 놀이공원이 실제로 눈앞에 펼쳐진 것이다.

유미는 망설임 없이 놀이기구로 향했다. 놀이기구를 타면서도 지금의 상황이 믿기지 않아 계속 주변을 두리번거렸다. 어리둥절하면서도 행복했다. 한 시간 정도 즐겁게 놀고 나자, 갑자기 정중앙에서부터 놀이공원의 모습이 서서히 바뀌기 시작했다. 그리고 이내 학교 운동장의 모습으로 돌아왔다.

이때부터였다. 유미는 같은 마을 친구들에게 자신의 능력을 자랑했고 매일 하루에 한 번씩 마법을 부렸다. 친구들이 원하는 장소로 데려다 주기도 했고, 자신이 가고 싶은 곳으로 만들기도 했다. 그건 마을 아이들에게 가장 크고 재미난 놀이가 되었다. 어느 누구도 할 수 없는 놀이.

시간이 흘러 그 놀이는 어른들에게까지 전파되었다. 어른들은 단순히 즐기기 위해 유미를 찾은 것은 아니었다. 각자의 사연들이 있었다. 어떤 아주머니는 남편과 연애하던 시절 가장 좋았던 데이트 장소를 원했고, 파일럿이 꿈이었던 어떤 아저씨는 비행기 조종실을 원했다.

어느 순간 자신이 아닌 주변 사람들을 위해 마법을 쓰게 되었고, 그럴수록 유미는 행복했다. 남들을 도와주는 것이 얼마나 즐거운 일인지를 그때 처음 알았다.

마법을 요청했던 이들 중엔 초등학교 담임도 있었다. 3학년이 되었을 때였다. 20대 중반의 젊은 여선생이 유미를 교실로 조용히 불렀다. 그날은 일요일이었기에 운동장과 달리 교실 안은 조용했다.

"유미야, 듣기로 너한테 특별한 능력이 있다던데. 맞니?"

"네. '공간을 바꾸는 마법'이요. 제가 지은 이름이에요."

"그래? 그럼 지금도 할 수 있어?"

"네. 원래 하루에 한 번만 가능한데 오늘은 아직 사용하지 않았어요."

"그러면…… 바꿔 줄래?"

"물론이죠. 어디로요?"

그녀가 원한 곳은 뜻밖이었다. 바로, 교도소였다. 그중에서도 자신의 아버지가 머물고 있는 독방. 처음 장소를 들었을 때 유미는 놀란 표정을 감출 수가 없었다. 그 모습에 담임이 어색하게 미소를 지으며 말했다.

"놀랐지? 미안. 하지만 너무 가 보고 싶어."

유미는 더 이상 자세한 이야기는 묻지 않았다. 차마 물어볼 수도 없었고 예의도 아니었다. 아직 초등학교 3학년밖에 안 되는 어린아이였지만, 유미는 꽤 마음이 깊었다.

이내 두 눈을 질끈 감고 주문을 외우기 시작했다. 얼마 뒤, 교실은 교도소 독방으로 서서히 바뀌어 갔다. 유미가 다시 눈을 떴을 때 앞엔 어느 이름 모를 아저씨가 푸른색 옷을 입고 앉아 있었고, 담임이 눈시울을 붉히며 그 옆으로 천천히 걸어갔다. 어느새 그녀의 두 눈에선 눈물이 뚝뚝 떨어져 내렸다.

그 모습을 보니 유미는 마음이 이상했다. 과연 이 마법이 옳은 것인지 처음으로 의심이 들었던 것이다. 하지만 담임이 간절히 원했고, 그 마음이 눈물로 나타났다. 그렇게 생각하자 마음 속 깊은 곳에서부터 뿌듯함이 올라왔다.

담임은 앉아 있는 자신의 아버지를 꼭 끌어안았다. 하지만 전혀 촉감이 없었다. 게다가 아버지는 자신의 딸이 옆에 와서 눈물을 흘리는 것조차 알아채지 못했다. 유미는 당황스러웠다. 떠올려 보면 바뀐 공간에서 누군가를 만나 대화를 나누거나 접촉하는 걸 본 적이 없었다. 그제야 깨달은 것이다. 마법으로 만난 사람은 상대방을 전혀 인지하지 못한다는 것을.

다만, 한 가지 예외는 있다. 동물들은 마법으로 만난 이를 느낄 수 있었다. 산이나 숲속을 원한 친구들이 있었는데, 그때 친구들은 분명 동물들에게 먹이를 나눠 줬다. 대체 인간과 동물의 어떤 차이가 이런 결과를 만들었는지는 시간이 지나도 알 수 없었다. 아마 누구도 알아내지 못할 것이다.

그렇게 자신과 누군가를 위해 마법을 부리며 지내다 보니 어느덧 중학교 3학년이 되었다. 섬마을 사람들을 제외하면 유미의 마법을 아는 사람은 아무도 없었다. 워낙 작고 외딴곳에 위치한 섬마을이다 보니, 나가는 사람도 관광을 오는 사람도 거의 없었기 때문이다. 그나마 지역 기자들 사이에서 소문이 조금 퍼지긴 했지만, 구체적인 내용도 증거도 없었기에 당연히 기자들은 동화 같은 이야기를 믿지 않았다.

그래도 마법에 관한 내용이 잡지에 한 번 실리긴 했었다. '믿거나 말거나'라는 코너에 몇 줄로 짧게 요약된 내용이었다. 물론 그 글을 쓴 기자도 마법을 믿지 않았고, 글의 뉘앙스에서 여실히 드러났다.

평소와 다를 바 없이 지내던 어느 날, 유미는 엄마 아빠와 함께 서울로 향했다. 부모님의 대학 후배 결혼식 때문이었다. 유미는 처음으로 서울을 간다는 마음에 한껏 들떠 있었다. TV로만 접했던 서울이기에 설렐 수밖에 없었다.

섬마을이기 때문에 우선 배를 타고 육지로 이동한 뒤, 차를 끌고 서울로 올라가야 했다. 다행히 다음 날이 결혼식이었기에 저녁까지만 약속된 호텔로 가면 되는 넉넉한 일정이었다. 낮에 결혼식에 참석하고 이후로는 잠시 서울을 구경하기로 했다.

한참을 가다 보니 어느덧 날이 저물어 하늘이 점차 어두워졌다. 설상가상으로 비까지 내리기 시작했다. 점차 빗줄기는 굵어졌고 앞이 잘 보이지 않을 정도로 쏟아져 내렸다.

"비가 많이 내리네."

운전하는 아빠가 혼잣말하듯 말했다.

"그러게. 괜찮아?"

조수석에 앉은 엄마가 걱정스러운 얼굴로 창밖을 살폈다.

"조심히 가는 수밖에 없지, 뭐."

"그렇긴 하지만……."

대화를 마친 지 얼마 지나지 않았을 때였다.

"으악!"

빗길에 넘어진 대형 트럭이 유미 가족이 타고 있는 승용차를 덮쳤다. 트럭의 뒷바퀴가 정확히 운전석과 조수석 위에 떨어졌고, 차의 앞부분은 완전히 박살이 나 버렸다. 그에 반해 뒷좌석은 큰 타격이 없었다. 덕분에 유미는 목숨을 건질 수 있었다. 그렇게 엄마와 아빠가 세상을 떠났다.

곧바로 장례식을 치렀다. 하지만 유미의 진짜 불행은 3일간의 장례식이 끝나고부터 시작되었다. 아이들 사이에서 유미가 마법으로 부모를 죽였다는 소문이 돌던 것이다. 사고 상황을 전혀 모르는 아이들이 자기들 마음대로 이야기를 만들어 내어, 며칠 사이에 유미는 부모를 죽인 패륜아가 되어 있었다.

이 소문은 곧 어른들에게까지 전해졌다. 처음엔 소문을 퍼트리는 아이들을 혼내던 어른들의 태도가 시간이 지나자 점차 바뀌기 시작했다. 그들도 아이들과 마찬가지로 유미에 대해 이상한 소문을 퍼뜨리기 시작한 것이다.

워낙 작은 마을이기에 소문은 삽시간에 퍼졌다. 심지어 여든 살이 훌쩍 넘은 어느 할머니는 그녀를 마녀라고 부르며 마을에서 떠나라고 소리쳤다. 그런 상황에서 유미는 아무것도 할 수가 없었다. 완전히 외톨이가 되어 버렸다. 부모를 잃은 슬픔을 느낄 새도 없었다. 억울함과 두려움에 매일 잠을 설쳤다.

때마침 유미의 할머니가 손녀를 불렀다. 할머니는 섬마을에서 도는 소문을 전혀 알지 못했다. 그저 부모 잃은 손녀를 안타깝게 여겨 오라고 손짓한 것이었다. 공포에 떨던 유미는 지금까지 몇 번 본 적 없는 할머니의 곁에 가기로 결정했다. 사실 선택의 여지가 없었다. 그로부터 며칠 뒤, 유미는 도망치듯 부리나케 섬마을을 떠났다.

딱 그때였다. 유미가 할머니 곁으로 떠났을 무렵, 지역 잡지사 기자가 섬마을을 찾았다. 젊은 남자 기자는 몇 달 전 선배 기자로부터 우연히 마법에 대해 듣게 되었고, 모두가 말도 안 된다며 무시했던 그 마법에 대해 취재를 하기로 했다. 이곳에 오기 전엔 잡지에 실린 글도 꼼꼼히 읽어 보았다.

하지만 힘들게 찾은 섬마을에서 그는 아무런 정보도 얻지 못했다. 이미 유미는 그곳을 떠난 뒤였다. 그뿐 아니라 마을 주민들은 유미라는 이름만 나와도 손사래 치며 대화를 하지 않으려 했다. 어른들은 물론이고 유미 또래의 학생들도 교육을 단단히 받은 듯 기자를 피해 다녔다. 그만큼 마을에서 유미는 절대 언급해선 안 되는 인물이 되어 있었다. 그들은 유미를 정말 마녀라고 믿는 것 같았다. 그렇게 증거도 증언도 하나 얻지 못한 기자는, 결국 3일 만에 취재를 포기했다.

기자는 다음 날 아침, 배를 타기 위해 숙소를 나섰다. 그런데 양손에 캐리어를 들고 문을 나서던 순간, 누군가가 기자를 찾아왔다. 유미와 동갑내기 친구인 혜연이었다. 그녀는 조심조심 주변을 살핀 뒤, 귓속말로 유미가 어디로 갔는지를 알려 주었다.

기자는 곧장 유미가 지내고 있다는 시골 마을로 향했고, 간신히 집을 찾을 수 있었다. 하지만 어디로 갔는지 한참을 기다려도 유미는 모습을 드러내지 않았다. 대신 그녀의 할머니가 기자 앞에 나타났다. 할머니는 손자뻘 되는 기자에게 눈물을 보이며 간곡히 부탁했다. 제발 손녀에 대한 기사를 쓰지 말아 달라고. 한참을 망설이던 기자는 어쩔 수 없이 발길을 돌렸고 기사는 나오지 않았다. 그것이 할머니의 부탁 때문인지, 증거가 부족해서인지는 알 수 없지만.

이후 섬마을에서는 유미와 마법에 대해 단 한 번도 언급이 되지 않았고, 그들의 기억 속에서 서서히 사라져 갔다. 정확히는 기억 속 어느 한 곳에 숨어 버렸다.

창밖을 보며 사고 상황부터 그 이후의 일들을 하나하나 떠올리던 유미의 눈에서 주르륵 하고 눈물이 흘렀다. 동시에 안방에서 곤히 잠들어 있는 할머니를 떠올렸다. 지금 그녀에게는 할머니만이 믿고 의지할 수 있는 유일한 존재다.

은둔 생활의 전환기

주원이 어두운 방 안을 둘러보았다. 오랜만에 길게 잔 탓인지 몸이 무척 가벼웠다. 상체를 일으켜 하늘을 향해 두 팔을 쭉 뻗었다. 구부정했던 허리가 길게 늘어나는 것을 느꼈다. 고개를 좌우로 여러 차례 돌리니 머리 역시 맑아진 듯했다.

침대에서 일어나 바로 옆에 있는 낮은 서랍장을 살폈는데 그 위에 있어야 할 휴대폰이 보이지 않았다. 주원은 왜 휴대폰이 없는지 한참을 고민했다. 그리고 뒤늦게 떠올랐다. 전날 아침, 배터리가 5%밖에 안 남은 휴대폰을 소파 위에 던졌던 그 장면이. 그 이후로 하루 종일 찾지 않았다. 때마침 엄마가 밑반찬을 싸 온 탓에 배달 앱을 이용할 필요가 없었고, 평소보다 일찍 잠들어 산책도 안 나갔었다. 산책이라도 나갔다면 음악을 듣기 위해 휴대폰을 챙겼을 텐데 말이다. 연락할 사람이 있었다면 진즉에 찾았겠지만 그럴 사람도 없었다.

문득 시간이 궁금했다. 알람 없이 몇 시에 일어났을까? 빠르게 창가로 걸어가 커튼을 쳤다. 먼지가 마구 날렸고 밝은 빛이 방 안으로 쏟아져 들어왔다. 책상 위쪽에 걸려 있는 시계를 보니 오전 11시를 가리키고 있었다. 오히려 평소보다 30분 일찍 일어났다. 아마 원래의 취침 시간보다 3시간 정도 일찍 잠든 탓일 것이다.

주원은 기분이 좋았다. 기상 시간보다 30분 일찍 일어났음에도 전혀 피곤하지 않았기 때문이다. 오랜만에 그의 표정이 밝아졌지만, 남들 눈에는 크게 느껴지지 않을 것이다. 웃을 때도 입만 살짝 웃을 뿐 눈가에 주름을 지으며 활짝 웃는 편이 아니었다. 말을 할 때도 입을 크게 벌리지 않고 말했다. 그러다 보니 당연히 목소리가 작았다. 이런 모습 때문에 엄마와 아빠는 가끔 답답해했다.

화장실을 가기 위해 거실로 향했다. 소파로 가 몸을 숙이니, 쿠션에 파묻혀 있던 휴대폰이 보였다. 하루 종일 이곳에서 안락하게 쉬고 있었구나. 다시 방으로 돌아가 서랍장 위에 있는 배터리 충전기 선을 휴대폰과 연결했다. 주원은 전원이 켜지는 모습을 확인하고 서랍장 위에 올려 둔 뒤 다시 방을 나섰다.

화장실에서 평소 하던 루틴대로 시간을 보내고 나왔다. TV를 틀고 리모컨을 소파에다 휙 던지며 부엌으로 향했다. 정수기에서 냉수를 따라 한 모금 홀짝였다. 시원한 물이 목을 타고 내려가는 걸 느낄 수 있었다. 몸이 차가워지는 것 같았지만 그게 좋았다. 어른들은 그러면 안 된다며 미지근한 물을 마시라 했지만 도저히 그렇게 되지 않았다.

집 안은 TV에서 나오는 웃음소리로 가득했다. 주원은 그러거나 말거나 무시한 채 방으로 들어갔다. 서랍장 위를 보니 휴대폰의 시커먼 화면에서 배터리가 36%가 되었음을 나타냈다. 충전 속도가 꽤 만족스러웠다. 충전기를 콘센트에서 빼고 휴대폰과 충전기를 챙겨 거실로 나왔다.

소파 뒤 멀티탭에 충전기를 꽂고 소파에 앉았다. 물을 한 모금 마시며 휴대폰을 켜자, 가장 먼저 그를 맞이한 것은 부재중 전화 2통과 문자 메시지 하나였다. 주원은 의아했다. 자신에겐 연락 올 사람이 없었기 때문이다. 가족은 연락이 안 되면 곧장 집으로 찾아왔을 것이다. 분명 가족 이외의 사람이다. 도대체 누굴까. 주원은 궁금해하며 부재중 전화를 확인했다.

전혀 모르는 번호였다. 주원이 약간 실망하며 입술을 삐죽 내밀었다. 전날 저녁 9시쯤 전화가 왔었는데, 그 번호의 통화 내역을 보니 전날 아침에도 전화가 왔었다. 맞다. 어제 그래서 휴대폰을 소파에 던졌었지. 화장실에서 나왔을 때 전화가 걸려 왔었고, 모르는 번호라며 휴대폰을 소파 위에 휙 던졌었다.

도대체 누군데 두 번이나 전화를 한 걸까. 무척 궁금했다. 그렇다고 전화를 걸진 않았다. 굳이 그렇게까지 해서 상대를 알고 싶진 않았다. 스팸 전화일 것이라고 단정 지었다. 그래야 마음이 편했다.

다시 물을 호로록 마시고 문자 메시지 함을 열었다. 이번에도 어제 저녁에 온 문자 메시지였다. 순간 주원의 두 눈이 커졌다. 그 문자는 재성의 엄마에게서 온 문자였다.

주원아, 재성이 엄마야.
어제 아침에 재성이 아빠가 돌아가셨단다.
내일이 발인하는 날이야.
네 소식은 최근에 들어 알고 있어.
그래서 연락을 할까 말까 고민하다
그래도 얘기는 해야 될 것 같아서 이렇게 보낸다.
힘들 테니 장례식장에 꼭 오지 않아도 돼.
멀리서라도 명복을 빌어 주렴.
장례 마치고 언제 한번 보자.
잘 있어.

주원은 휴대폰을 소파에 내려놓고 멍하니 있었다. 자신의 유일한 친구 재성이의 아버지가 세상을 떠났다. 장례식장에 가는 것이 당연했다. 평소에도 주원은 그렇게 생각해 왔다.

사실 재성이 아버지는 워낙 중태에 빠져 지금까지 버텨 온 것만 해도 기적이라고 했다. 언제 갑자기 이런 상황이 생겨도 전혀 이상할 게 없었다. 그래서 주원은 가끔씩 재성을 떠올릴 때마다 마음의 준비를 하고 있었다.

그런데 이상했다. 도저히 몸이 움직여지질 않았다. 그저께 세상을 떠나고 문자가 어제 왔으니 오늘이 발인이다. 한시라도 빨리 움직여서 나갈 채비를 하고 찾아가야만 했다. 그 사실을 누구보다 잘 알고 있었다. 하지만 마음처럼 되지 않았다. 머릿속엔 수만 가지 생각들이 떠올랐다.

가서 뭐라고 말을 해야 하지, 그곳엔 재성이 가족과 친척들로 가득할 텐데, 어떻게 위로를 전해야 하지. 그것 말고도 정말 쓸데없고 필요 없는 고민과 걱정들이 머릿속을 지배했다. 분명 이런 상황을 맞닥뜨리기 전까진 당연하게 맞이해야 할 순간들이라고 여겼었다. 하지만 막상 현실로 마주하니 그게 마음처럼 되지 않는 것이다. 모든 게 불편하고 어려웠다.

주원이 아랫입술을 꽉 깨물었다. 그리고 자리에서 일어났다. 다시 자신의 방으로 들어가 침대 바로 옆에 있는 작은 붙박이장으로 향했다. 문을 열자 안에는 몇 벌 안 되는 옷들이 걸려 있었고, 그 중간에 검은색 양복이 단정한 모습으로 걸려 있었다.

주원이 양복을 꺼내 옷을 갈아입었다. 그리고 옷장 문 뒤편에 붙어 있는 전신 거울을 봤다. 참 초라하기 그지없었다. 우울했고 슬펐다. 나의 상황이, 나의 성격이. 이 모든 게 암담하고 괴롭고 화가 났다.

"에휴."

주원은 침대에 철퍼덕 앉아 넋을 잃은 채 땅바닥만 바라봤다. 도저히 집 밖으로 나갈 용기가 나지 않았다. 사람이 별로 없는 새벽까지 기다릴 수 없었다. 오늘이 발인하는 날이다. 지금 당장 찾아가지 않으면 안 된다.

머리와 몸이 따로 움직이고 있었다. 얼른 가서 재성이 아버지의 마지막 가는 길을 배웅하고 싶었지만, 그래야 한다고 생각했지만, 몸이 말을 안 들었다. 이러면 안 된다고 수백 번을 되뇌어도 딱 거기까지였다. 평생 살아왔던 그 방식 그대로 방에서 홀로 생각만 하며 고립되었다.

주원은 늘 그랬다. 계획도 목표도 많고 가족을 위하는 마음도 대단했지만, 그것을 실천하는 것이 어려웠다. 그런 탓에 품고 있는 좋은 뜻을 알아주는 이는 아무도 없었다. 그게 주원의 삶이었다. 그리고 그건 그 스스로가 만들었다.

그런 자신이 주원은 원망스러웠다. 재성이 어머니에게 죄송했고 자신에게 화가 났다. 분명 지금은 겨울잠을 자는 것뿐이고, 마음만 먹으면 밖으로 나갈 수 있다고 확신했다. 꼭 필요한 순간에는 단번에 껍질을 벗어 사람들 앞에 나타날 것이라 꿈꿔왔다. 하지만 전혀 아니었다. 갈수록 껍질은 단단해졌고 벗겨낼 힘은 약해졌다. 그런 사실도 모른 채 동굴 속에서 바보처럼 웅크리고만 있었다.

주원이 두 손으로 얼굴을 감쌌다. 그렇게 눈앞을 어둡게 만들었다. 마치 현실에서 벗어나려는 것처럼, 한참을 그렇게 있었다.

얼마 뒤, 두 손을 얼굴에서 급하게 뗐다. 그의 눈은 뭔가를 결심한 듯 결연했다. 두 주먹을 불끈 쥐었고 아랫입술도 꽉 물었다.

주원은 자리에서 일어나 빠르게 책상으로 향했다. 의자에 앉은 뒤 책상 서랍에서 공책 한 권을 꺼내고, 연필꽂이에 꽂혀 있던 볼펜도 꺼냈다. 그러고는 아주 열심히 무언가를 적기 시작했다.

☆ ☆ ☆

유미가 어두운 표정으로 다급히 부엌을 나섰다. 그녀의 두 손엔 대야가 들려 있었고, 그 속에 담긴 뜨거운 물과 수건에선 김이 모락모락 피어오르고 있었다.

툇마루에 대야를 먼저 올려 둔 뒤, 신발을 아무렇게나 벗고 툇마루 위에 올라섰다. 대야를 들고 안방으로 가 문을 열었을 때, 할머니는 연신 콜록거리며 마른기침을 하고 있었다. 아침부터 벌써 몇 시간째다. 그러는 동안 유미는 계속 부엌을 드나들어야 했다.

"할머니, 괜찮아요?"

할머니 곁에 앉은 유미가 다급히 대야에 손을 넣었다. 굉장히 뜨거웠다. 자기도 모르게 손을 대야에서 빼 호호 불었다. 그리고 다시 손을 넣었다. 여전히 뜨거웠지만 조금 전보다는 참을 만했다. 수건을 집어서 쥐어짜자 물이 대야 안으로 폭포수처럼 떨어졌다. 그 수건을 할머니의 이마에 살며시 가져다 댔다.

걱정스러운 유미의 얼굴엔 할머니와 똑같이 땀으로 가득했다. 평소에도 할머니는 위태로웠다. 두 달 전쯤 오늘처럼 시름시름 앓았던 적이 있었는데, 그날 이후로 방에서 누워만 지내게 되었다. 식사 시간을 제외하면 거의 대부분을 누워 있었다. 그 전에는 홀로 마을을 돌아다닐 정도로 정정했기에, 하루아침에 몸이 이렇게 나빠질 줄은 전혀 예상치 못했다.

그 당황스러움은 이번에도 마찬가지였다. 유미는 한 번의 경험이 있었음에도 이런 상황을 예측하지 못한 자신이 원망스러웠다.

"할머니, 보건소에 연락할까요?"

유미의 물음에 할머니가 고개를 살짝 저었다. 유미는 답답했다. 얼른 의사를 불러 검사나 치료를 받게 하고 싶었다. 하지만 할머니는 무척이나 단호했다. 처음엔 아무 고민 없이 전화기를 들었지만, 할머니가 극구 반대하며 말렸다. 이후로 몇 번을 더 물어봐도 요지부동이었다.

유미가 자신만 생각했다면 의사를 부를 시도조차도 하지 않았을 것이다. 하지만 자신의 마음보다는 할머니의 건강이 더 중요했다. 의사가 온다면 자신은 방이든 개울이든 잠시 자리를 피해 있으면 된다. 하지만 할머니가 강경하게 거부하니 어쩔 방법이 없었다. 몰래 연락을 할까 고민도 했었지만, 일단 상태를 좀 더 지켜보기로 했다.

소매로 이마에 맺힌 땀을 닦아 냈다. 유미는 할머니를 잠시 바라보다, 물이 가득 담긴 대야를 들고 일어났다. 그리고 방을 나와 디딤돌에 있는 신발을 신은 뒤, 대야에 있는 물을 마당에 뿌리고 부엌으로 향했다. 대야를 아궁이 옆에 내려두고 쪼그려 앉은 유미는 고개를 푹 숙였다. 이른 아침부터 부엌과 안방을 왔다 갔다 하느라 지쳐 버린 것이다. 몸이 힘든 것보다 정신적으로 힘든 게 더 고통스러웠다. 혹여 할머니가 잘못되면 어쩌나 하는 불안이 그녀를 짓누르고 있었다.

어느덧 점심시간이 되었고 유미는 빠르게 죽을 쑤었다. 특별한 재료는 하나도 없었다. 할머니에게 빨리 드리겠다는 마음에 기본적인 것만 넣어 급하게 만들었다.

"할머니, 이거 드세요."

잠들어 있던 할머니를 깨워 조심히 몸을 부축했다. 죽을 만드는 몇 시간 동안 잠을 자서 그런지 조금은 괜찮아 보였다. 그제야 유미는 한결 마음이 놓였다. 죽을 먹고 다시 한숨 푹 자고나면 좋아질 것이라는 확신이 들었다.

유미가 죽을 한 숟가락 떠서 호호 분 뒤 할머니의 입에 넣었다. 혹시나 싶어 숟가락 끝에 묻히는 정도로 아주 소량만 떴다. 그럼에도 할머니는 죽을 목 뒤로 넘기는 데 한참의 시간이 걸렸다. 삼키는 것이 힘든지 인상을 쓰며 겨우겨우 넘겼다. 그럴 때마다 유미는 컵을 가져다 댔다. 할머니는 물도 안간힘을 쓰며 간신히 마셨다.

밥그릇의 반밖에 안 되는 죽을 먹는 데 30분이 넘게 걸렸다. 아픈 할머니는 식사를 하는 것마저 힘에 부쳐 했다. 하지만 아무리 힘들어도 영양 섭취는 필수였다. 이럴 때일수록 더욱 중요한 부분이다. 유미 역시 할머니가 힘들어하는 걸 모르는 게 아니었다. 눈에 보였지만 모른 체하며 어떻게든 먹여야만 했다.

식사 후 조심스럽게 할머니를 눕힌 뒤 쟁반을 들고 방을 나섰다. 유미는 부엌으로 가 아궁이에 남아 있는 죽을 먹었다. 오후

2시가 되어서야 먹는 첫 식사였다. 워낙 정신없이 움직여 배고 픈 줄도 몰랐다. 할머니가 식사를 마치고 나서야 배가 고프다는 걸 느꼈다.

유미는 멍한 표정으로 툇마루 끝에 가만히 앉아 있었다. 식사를 마친 후 어디에도 가지 않고 그곳에 앉아서 시간을 보냈다. 엉덩이가 아플 땐 자리에서 일어나 마당을 정처 없이 걸었다. 할머니가 깰까 싶어 안방에도 한 번 들어가지 않았다. 자신이 옆에서 간호하는 것보다 깊은 잠을 자는 것이 더 중요하다고 생각했기 때문이다.

어느덧 날이 저물었다. 고개를 뒤로 젖혀 하늘을 바라보니, 반짝반짝 빛나는 별들이 무수히 박혀 있었다. 거대한 하늘과 화려하게 빛을 뽐내는 별들을 보며 유미는 문득 자신이 초라하게 느껴졌다. 그나마 하나 갖고 있는 능력은 부메랑이 되어 자신의 가슴에 못을 박았다. 그 사실이 너무 슬퍼, 사람을 만날 용기도 의욕도 모두 사라지고 말았다. 이런 마음에서 얼른 벗어나고 싶었지만 말처럼 쉽지 않았다.

"에휴."

푸념 섞인 한숨이 절로 새어 나왔다. 툇마루 밖으로 쭉 뻗었던 두 다리를 모아 끌어안으니, 마치 두 무릎이 따뜻한 온기를 나눠 주는 듯했다.

끼이익.

그때 안방 문 열리는 소리에 유미가 뒤를 돌아봤다. 그곳엔 할머니가 서 있었다. 몇 시간 전까지만 해도 끙끙대며 누워 있던 노인이 제 발로 걸어 나온 것이다. 심지어 최근 두 달 동안 한 번도 보지 못했던 장면이었다.

"할머니, 괜찮아요?"

유미가 황급히 자리에서 일어나며 물었다.

"으응."

"그래도 오늘은 좀 누워 있으세요."

유미는 구부정한 자세로 걷는 할머니 곁으로 가 몸을 부축했다.

"아니다. 괜찮아."

할머니는 그렇게 말하며 툇마루 끝에 조심스럽게 앉았다. 유미 역시 그 옆에 나란히 앉았다.

"정말 괜찮아요? 바람 쐬면 안 되는 거 아니에요?"

"날이 좋다. 오랜만에 바람 좀 쐬고 싶어."

할머니가 싱긋 미소 지으며 말했다. 할머니의 미소에 덩달아 유미도 기분이 좋아졌다. 모든 걱정이 단숨에 사라져 버리는 듯했다.

"오늘 날씨 좋아요. 바람도 딱 적당하고. 하늘 봐요, 별들이 반짝이잖아."

"그러네. 아주 예쁘다."

두 사람은 한참 동안 말없이 하늘만 올려다봤다.

"할머니."

"응?"

"나 머리 다시 묶어 줘요."

"그래."

유미가 빙긋 웃으며 몸을 돌렸다. 할머니는 손녀의 뒤통수에 있는 머리끈을 풀어, 손가락으로 긴 머리칼을 여러 차례 쓴 뒤 정갈하게 다시 묶어 주었다. 아픈 와중에도 매일 아침 손녀를 위해 해 주는 일이었다. 유미는 매번 한사코 만류했지만, 할머니는 기어코 자신의 손으로 손녀의 머리를 묶어 주었다.

두 사람은 자세를 고쳐 다시 하늘을 올려다보았다.

"유미야."

할머니가 여전히 하늘을 바라보며 말했다.

"네?"

유미 역시 별에서 눈을 떼지 못한 채 대답했다.

"부탁이 하나 있다."

"뭔데요?"

생각지 못한 말에 유미가 흠칫 놀라며 할머니를 바라봤다.

"보고 싶은 곳이 있어."

할머니는 유미를 똑바로 바라보며 말했다. 지금껏 할머니에게서 보지 못한 결연함이 눈빛에 담겨 있었다.

"네, 바꿔드릴게요. 근데 지금은 좀 시간이 이른데……."

"괜찮아. 여기하고 별로 다를 바 없는 곳이야. 그리고 이 시간에 우리 집 앞을 지나는 사람은 아무도 없으니까, 걱정 안 해도 돼."

할머니의 말처럼 저녁 시간에 구석진 이곳을 지나는 사람은 아무도 없었다. 이사 온 후 한 번도 보지 못했다는 것을 떠올리며 유미가 고개를 끄덕였다.

"어디로 가고 싶으신데요?"

"고향 집. 여기 기와집까지 전부 그곳으로 바꿔 줄 수 있니?"

"그럼요."

유미가 마당의 중앙으로 걸어갔다. 두 눈을 감고 손을 모은 뒤, 아무에게도 들리지 않을 만큼 작은 목소리로 주문을 외웠다.

이내 마당의 가장자리부터 서서히 모습이 바뀌기 시작했다. 잠시 후 유미가 눈을 뜨고 주변을 살폈다. 하지만 마법을 걸기 전과 똑같은 모습이었다. 달라진 것이라곤 마당 한쪽에 생긴 큰 절구통 하나와 툇마루가 시커멓게 변해 있다는 것뿐, 그 외에는 전혀 달라진 게 없는 듯했다. 그러나 할머니에게는 아니었다.

그 모습을 지켜보던 할머니가 혼자 힘으로 일어나, 맨발로 디딤돌을 밟고 내려왔다. 그러고는 감격에 겨운 얼굴로 마당을 이곳저곳을 돌아다녔다. 마당을 한 바퀴 돌고 난 후에는 부엌에 들어가 한참 동안 시간을 보낸 뒤 마지막으로 방에 들어갔다. 할머니는 그리웠던 고향 집을 눈으로 담고 손으로 만지며 추억에 흠뻑 빠져들었다. 그런 그녀의 눈에선 눈물이 쉼없이 흘러내렸다. 여든 살이 넘은 할머니는 여전히 자신의 어린 시절을 그리워하고 있었다.

할머니의 모습을 가만히 바라보던 유미 역시 눈에 눈물이 맺혔다. 그녀는 눈물을 흘리지 않으려 안간힘을 썼다. 자신마저 울면 안 된다고 생각했지만, 그럼에도 자꾸만 눈물이 차올랐다.

추억 속에만 머물던 모든 것들을 하나하나 눈에 담는 할머니가 안타깝게 느껴졌다. 동시에 지금껏 왜 한 번도 자신에게 마법을 부탁하지 않았는지 의아했고 또 미안했다.

할머니는 마법이 풀리기 전까지 한 시간을 가득 채워 돌아다녔다. 크지 않은 집 안을 구석구석 살피며 때로는 눈물짓기도, 때로는 웃기도, 또 손녀에게 자세하게 설명하기도 했다. 그렇게 추억 여행을 마쳤다.

"할머니, 조금 더 있고 싶으세요?"

"아니다. 그 이상은 안 돼. 유미 네가 다쳐."

할머니가 단호하게 말했다. 이내 마법이 풀렸고 평소와 같은 원래의 집으로 돌아왔다.

두 사람은 툇마루 끝에 다시 나란히 앉았다. 할머니는 아직 여운이 남았는지 눈물이 맺힌 얼굴로 미소 짓고 있었다. 그 옆에서 유미가 할머니의 두 손을 꼭 잡아 주었다.

"유미야, 고맙다."

"아니에요. 언제든 말씀하세요."

할머니가 유미의 손을 꼭 잡으며 말했다.

"이제 들어가자."

"네."

자리에서 일어나 안방 안으로 들어선 할머니는, 유미의 부축을 받으며 천천히 바닥에 몸을 눕혔다. 유미는 할머니의 자세를 바르게 잡은 뒤 이불을 덮어 주었다.

"유미야."

"네?"

"언제까지 사람들과 안 어울리고 살 수는 없단다."

"네……."

"그래. 우리 예쁜 유미, 잘 자라."

"네, 할머니도 주무세요."

할머니는 눈을 감고 금세 잠이 들었다. 그리고 영영 깨어나지 않았다.

마을 어른들의 도움으로 집에서 장례식을 치룰 수 있었다. 하지만 유미는 조문객을 받지 않았다. 그저 조용히 할머니와 시간을 보내겠다고 말했다. 그것은 할머니에 대한 예의가 아니라는 어른들의 만류에도 끝까지 고집했다. 조금은 이기적인 선택이었지만, 그래야 마음 편히 할머니를 떠나보낼 수 있을 것 같았다.

첫날엔 마을 어른들이 몰려왔다. 조문객들을 위한 음식을 만들겠다고 하는 어른도 있었고, 대신해서 조문객들을 맞아 주겠다는 어른도 있었다. 하지만 유미가 정중하게 거절했다. 가족이라고는 할머니와 유미 둘뿐이니 마을 사람들 빼고는 올 손님도 없었다.

마을 어른들에게 거절이 담긴 부탁을 하면서, 유미는 3년 만에 처음으로 사람을 마주했다. 처음엔 입도 떨어지지 않았지만 나중엔 정확하게 말이 나왔다. 전혀 고개를 들지 못했고 눈도 마주치지 못했지만, 유미의 목소리는 매우 단호했다. 그리고 결국 유미의 뜻대로 되었다.

그렇게 3일간의 조용한 장례식을 마쳤다. 여전히 슬픔에 잠긴 유미는 할머니의 유품을 하나하나 정리했다. 그녀가 자주 쓰던 베개와 이불, 그리고 옷들까지 전부 꺼내 낑낑대며 마당으로 가지고 나왔다. 그것들을 마당 한가운데에 모두 던졌다. 할머니가 생전에 사용하던 물건과 옷은 얼마 없었다. 유품이 많지 않을 줄 알았는데, 생각보다 집안 곳곳엔 할머니의 흔적들이 꽤 많이 남아 있었다.

"하아."

유미가 한숨을 푹 쉬면서 옷 안을 뒤졌다. 주머니에 손을 넣어 바깥으로 빼니, 어떤 바지에선 동전이 떨어졌고 어떤 패딩에선 휴지가 한 움큼 나왔다. 전부 오래된 듯 보였다. 모두 평소엔 보지 못했던 옷들이다.

마지막으로 처음 보는 복주머니를 집어 들었다. 안 그래도 크기가 꽤 큰 복주머니였는데, 안에 뭔가가 많이 들어 있어 꼭 부풀어 오른 복어처럼 보였다. 이불장을 뒤지다가 맨 아래에 깔려 있는 것을 가지고 나온 것이다.

다른 것들과 마찬가지로 복주머니 안에 손을 넣었다. 그러자 약간 날카로운 것이 손바닥을 찔렀다. 밖으로 꺼내 보니 그건 다름 아닌 곱게 접은 종이였다. 과거 할머니가 쓰던 공책을 찢은 듯했다. 돈 빌려준 사람 목록인가, 하고 유미는 추측했다.

복주머니 안에 다시 손을 넣었다. 이번에는 크고 무거운 무언가가 잡혔는데, 어린 유미가 가지고 있기에는 꽤 큰 금액의 돈 뭉치였다. 전부 만 원짜리 현금이었고, 심지어 한 뭉치가 아니었다. 액수에 깜짝 놀란 유미가 그것을 다시 복주머니 안으로 급히 집어넣었다.

멀뚱히 복주머니를 바라보던 유미가 한 손에 들린 얼룩진 종이를 천천히 펼쳐 보았다. 그 안엔 할머니가 삐뚤삐뚤하게 쓴 글이 빼곡하게 채워져 있었다. '나의 예쁜 손녀 유미에게'로 시작하는 첫 줄을 속으로 읽었다. 할머니가 손녀 유미에게 쓴 편지였다.

할머니의 정성 어린 편지를 한 글자 한 글자 따라 읽는 유미의 눈에 눈물이 차올랐다.

첫 번째 걸음

배낭을 메고 모자를 아주 깊게 눌러쓴 유미가 조심스럽게 걸음을 내디뎠다. 그녀가 있는 곳은 버스 터미널이다. 그런 탓에 주변은 사람들로 가득했다. 이렇게 많은 사람들 틈에 있는 것은 무려 3년 만이다. 어쩌면 처음일 수도 있다. 그 전에는 작은 섬마을에서 어린 시절을 보냈으니까.

한 발 한 발 주변을 살피며 걸으니, 오히려 이런 모습에 더 눈길을 받는 것 같기도 했다. 누가 봐도 수상한 걸음걸이와 푹 눌러쓴 모자, 최대한 부딪히지 않으려 신중을 기하는 모습까지. 이상하게 여기지 않는 게 더 이상한 모습이었다.

유미는 그런 주변의 시선은 전혀 알지 못한 채 버스 터미널 안을 돌아다녔다. 티켓 창구를 찾기 위해서였다. 그곳에서 서울로 가는 버스표를 구매해야 하는데, 창구를 찾아 헤매면서도 직원을 마주할 생각에 마음은 불안으로 가득했다. 심지어 첫 마디를 어떻게 꺼내야 할지도 고민이었다.

티켓 창구를 찾는 데 꽤 시간이 걸렸다. 버스 터미널에 들어와 왼쪽으로 시선을 돌리면 단번에 보이는 곳이었지만, 그녀는 워낙 고개를 숙이고 다녀 볼 수가 없었다. 유미 자신도 점점 답답해지기 시작했다. 앞을 제대로 확인하지도 못한 채 걸음을 떼는 게 무의미하게 느껴졌고, 이럴 시간에 얼른 버스표를 사고 싶었다.

고민 끝에 고개를 드니, 안경을 쓴 듯 버스 터미널 안이 훤히 보였다. 이런 모습이었구나. 그제야 지나다니는 사람들의 얼굴도 정확히 볼 수 있었다. 순간 깜짝 놀라 얼른 고개를 숙였다. 혹시라도 눈을 마주칠까 덜컥 겁이 났다. 할머니를 제외하면 사람의 눈을 본 지가 꽤 오래되었다. 얼마 전 장례 문제로 마을 어른들과 언쟁이 붙었을 때도, 고개를 푹 숙인 채 그저 조곤조곤 할 말만 했었다. 그 모습에 어른들은 이상하게 여기거나 버릇이 없다고 생각했다.

하지만 그때의 경험이 조금은 도움이 되었다. 그렇지 않았다면 서울을 가기 위해 사람 많은 버스 터미널을 찾는 건 불가능했을 것이다. 눈을 마주치는 건 힘들지만 적어도 입 밖으로 말을 꺼낼 수는 있으니까. 이 정도면 당분간은 버틸 수 있을 것이라 판단했다. 물론 그 이후에는 조금씩 바뀔 계획이다. 그게 마음처럼 되지 않을 거란 건 누구보다 잘 알지만, 지금껏 시도조차 하지 않았던 것을 도전해 보려 하는 것만으로 장족의 발전이었다.

유미는 다시 고개를 들어 빠르게 좌우를 살폈다. 왼쪽에 있는 티켓 창구를 확인한 후, 다시 고개를 살짝 숙인 채 몸을 돌려 급히 걸어갔다. 얼마 안 가 줄을 선 사람들이 보였다. 그 뒤로 다가가 조용히 줄을 섰다. 그녀의 앞에 서 있는 사람들은 평범한 가족인 듯했다.

"드디어 우리도 서울에 놀러 가는 거야?"

"그래. 가서 놀이공원도 가고 재밌게 놀다 오자."

살짝 고개를 들어 보니, 9살 정도로 보이는 어린 딸을 보며 젊은 엄마와 아빠는 행복한 웃음을 짓고 있었다. 유미의 얼굴에 씁쓸한 미소가 번졌다. 기대감에 부풀어 있는 아이를 보니 과거의 자신이 떠올랐다. 유미도 저 아이와 마찬가지였다. 그날…… 서울에 간다는 사실에 한껏 들떠 있었는데……. 그 마음을 대형 트럭이 무참히 밟아 버렸다. 그리고 그 이후로 인생이 완전히 달라졌다. 한순간에 부모를 죽음으로 내몬 비정한 딸이 되어 있었고, 그때의 충격으로 사람들을 멀리하기 시작했으니까. 용기를 내서 극복하려 했다면 어떻게 됐을지 모르겠지만, 현실은 유미에게 더욱 심한 대인기피증을 남겼을 뿐이었다.

어느덧 유미의 순서가 되었다.

"어디로 가실 거예요?"

"서…… 서울이요."

"네?"

유미의 작은 목소리에 창구 직원이 인상을 쓰며 되물었다.

"서…… 서울이요."

"서울이요?"

"네."

"서울 어디요?"

유미는 그저 서울로 갈 생각뿐이었다. 그 외에 다른 계획은 없었다. 심지어 서울에 가면 어디로 향할지도 전혀 정하지 않은 상태였다. 사실 서울이 얼마나 큰지조차 그녀는 전혀 알지 못했다. 그런 탓에 구체적인 행선지를 준비하지 않은 것이다.

"서…… 서울이요."

"그러니까 서울 어디요? 어느 버스 터미널로 가려는 건데요?"

"아…… 무 데나요."

"네? 아무 데나요?"

"네. 아, 아무 곳으로 끊어 주세요."

창구 직원은 어처구니없어하며 코웃음 쳤다.

"하, 어떻게 제가 마음대로 끊어 줘요. 아니면 무인 기계에서 뽑으시든가요."

"그냥 서울 아무 곳이나 주세요."

유미가 오늘 하루 중 처음으로 또박또박 큰 목소리로 말했다. 여전히 고개는 바닥을 향하고 있었지만.

"알았어요. 나중에 딴소리하지 마세요."

"네."

직원이 고개를 절레절레 흔들며 대충 버스표를 끊어 줬다. 유미는 표를 받은 뒤, 제대로 확인도 하지 않고 무작정 자리를 떠났다. 창구 직원과 유미 뒤에 서 있던 사람이 그녀의 뒷모습을 보며 어이없다는 듯 웃었다. 분명 이런 경우는 처음이었을 것이다.

유미가 빠르게 걸음을 재촉했다. 앞은 정확히 볼 수 없었지만 밑에 있는 사람들의 신발을 보며 얼마든지 빨리 걸을 수 있었다. 짧은 시간 안에 나름 터득한 요령이었다. 그녀는 자신에게 이런 재주가 있다는 사실에 깜짝 놀랐다.

가다 보니 플라스틱 의자가 앞에 나타났다. 고개를 들어 주변을 살폈다. 버스 터미널 중앙에 위치한 대합실이었다. 그곳엔 몇몇 사람들이 의자에 앉아서 TV를 보거나 휴대폰을 하고 있었다. 또 몇몇은 가족, 연인과 수다를 즐겼다.

다행히 유미 앞에 있는 의자와 그 주변은 비어 있었다. 곧바로 의자에 앉아 배낭을 옆자리에 내려놓았다. 그제야 마음이 놓였다. 하도 고개를 숙이고 걸어 다녀 목과 어깨가 아팠지만, 자리에 앉으니 조금 괜찮아졌다. 이리저리 목을 돌리고 반대편 손으로 어깨를 주물렀다. 그러다 문득 버스표가 궁금해져 주머니에 넣어 두었던 표를 꺼내 보았다. 그곳엔 도착하는 버스 터미널이 적혀 있었다. 유미는 자신이 가야 할 곳이 어디인지를 그제야 처음 알게 되었다.

탑승 시간을 확인한 뒤 다시 주머니에 표를 넣었다. 출발까지 앞으로 20분 정도 남아, 잠시 이곳에서 기다리기로 했다. 유미가 두 손을 맞잡았다. 긴장감에 속이 울렁거렸다. 앞으로 어떻게 살아가야 할지 전혀 계획이 없었고, 가늠도 되지 않았다. 무작정 서울로 올라가는 것이다. 도착한 뒤에 미래를 계획해 볼 생각이다. 이것이 어떤 결과를 가져올진 알 수 없지만, 지금으로서는 일단 가야만 했다.

"휴."

작지만 긴 한숨을 내쉬었다. 이후로도 마음은 쉽게 진정되지 않았다.

그렇게 20분 가까운 시간이 흐르고, 불안한 마음을 가득 안은 채 자리에서 일어나 버스를 타러 갔다. 버스표를 꼭 쥐고 목적지로 향하는 버스를 한참 동안 찾아 헤맸는데, 버스는 허무할 정도로 멀지 않은 곳에서 유미를 기다리고 있었다. 버스 터미널이 처음인 탓도 있고, 주변을 신경 쓰느라 제대로 확인하지 못한 탓도 있을 것이다.

유미가 버스를 타기 위해 얼른 문 앞에 섰다.

"표 보여 주세요."

중년의 남자가 심드렁하게 말했다. 버스 기사였다.

"아, 네."

유미가 자신이 들고 있는 버스표를 보여 줬다. 버스 기사는 표를 확인하고는 들어가라고 손짓했다. 그 손짓에서도 귀찮음이 잔뜩 묻어 있었다.

유미는 맨 뒷자리 구석으로 갔다. 버스표에 쓰여 있는 자리가 그곳이었다. 제발 아무도 타지 마라. 그렇게 속으로 기도했다. 아직 버스 안은 그녀를 포함해 다섯 명의 승객밖에 없었다.

유미를 제외한 나머지는 전부 연인 사이였고, 문과 가까운 곳에 앉아 있었다.

얼마 뒤 버스 기사가 올라탔다. 그리고 이내 문이 닫히는 소리와 함께 버스가 출발했다. 다행이었다. 다섯 명 이외에 다른 승객은 더 없었다. 그녀는 안심하며 한숨을 푹 쉬었다. 버스가 출발하기 전까지 여러 가지 문제로 긴장했었는데, 그중 한 가지가 바로 좌석이었다. 수많은 문제 중 하나가 해결되니 그나마 마음이 한결 편안해졌다.

유미는 옆자리에 내려놓았던 배낭을 무릎 위에 올려, 배낭의 앞지퍼를 열고 안으로 손을 넣었다. 손 하나 겨우 들어가는 아주 작은 공간이었다. 그곳엔 유미에게 가장 소중한 것이 들어 있었다. 바로 할머니의 편지였다. 유미는 조심스럽게 그 편지를 펼쳤다.

나의 예쁜 손녀 유미에게.

유미야, 할머니는 너를 보면 이상하게 마음이 아프단다.

어린 나이에 부모를 잃고 나에게 온 첫날,

그때를 잊을 수 없어.

한껏 움츠러든 어깨와 불안한 눈빛.

무엇이 널 그렇게 만들었는지 모르겠지만 너무 슬펐단다.

그래서 어떻게든 네가 달라질 수 있도록 만들고 싶었는데

그게 잘 안 됐어.

오히려 더 사람을 피하게 됐지.

할머니는 이제 우리 유미가 세상 밖으로 나가

사람들과 어울리면서 지냈으면 좋겠어.

아주 크고 넓은 세상으로.

그렇게 된다면 할머니는 더 바랄 게 없어.

혹시 몰라 오래전부터 모은 돈을 그대로 두었다.

복주머니에 있는 돈 말고도 옷장 안 천장에 또 있단다.

전부 챙겨 가면 당장은 어렵지 않을 거야.

유미야. 아마도 이 편지를 읽을 때면

할머니는 세상에 존재하지 않겠지.

이제 할머니 걱정은 하지 말고,

다른 사람들 시선도 신경 쓰지 말고

더 큰 세상으로 나가렴.

이게 할머니의 마지막 부탁이란다.

유미야, 사랑한다.

사랑한다는 글 아래에 있는 마지막 문장을 속으로 읽으며 아랫입술을 살며시 물었다. 편지를 읽기 전까지 전혀 알지 못했던 사실이 적혀 있어 마음이 썩 편치 않았다.

유미는 이 편지를 처음 복주머니에서 발견한 뒤로 지금까지 읽고 또 읽었다. 며칠간 잠도 제대로 자지 않고 편지만 붙들며 지낸 끝에 그녀는 결론을 내렸다. 할머니의 바람대로 더 큰 세상으로 가자고. 용기를 내기로 마음먹은 것이다.

유미는 자신이 알고 있는 큰 세상이 어디인지 고민했다. 큰 세상은 딱 한 곳밖에 없었다. 바로 서울이었다.

편지를 다시 배낭 안에 넣고 창밖을 바라봤다. 여러 가지 감정과 생각이 교차했다. 도저히 잠을 이루지 못할 것 같았지만 얼마 지나지 않아 금방 잠이 들었다.

다시 눈을 떴을 땐 버스가 주차를 하고 있었다. 목적지에 도착한 것이다. 버스 문이 열리자 가장 먼저 버스 기사가 내렸다. 이어서 앞자리 승객들이 따라 내렸다. 그 모습을 본 후에야 유미도 빠르게 배낭을 챙겨 버스에서 내렸다.

엄청나게 많은 버스들이 터미널 안에 줄줄이 주차되어 있었다. 어디로 가야 할지 몰라 고민하던 그때, 먼저 내렸던 승객들을 발견했다. 그들이 가는 곳을 따라가자 버스 터미널의 거대한 내부가 나타났다. 그곳은 오전에 있었던 시골 버스 터미널과는 비교도 안 될 정도의 엄청난 인파로 가득했다. 유미는 다시 고개를 푹 숙인 채 같은 방법으로 걷기 시작했다.

이번엔 조금 힘들었다. 워낙 사람이 많아 주변을 제대로 살피지 않으면 부딪히기 일쑤였다. 그러자 누구는 인상을 썼고 누구는 대놓고 짜증을 냈다. 그 소리가 귀에 들리자, 유미는 어쩔 줄 몰라 무작정 속도를 내 걸었다. 중간중간 흘끔거리며 주변을 살핀 끝에 간신히 밖으로 빠져나올 수 있었다.

서울이 그녀의 눈앞에 펼쳐졌다. 한눈에 봐도 어마어마하게 크고 화려했다. 햇빛을 받아 반짝반짝 빛나는 고층 건물, 다양한 종류의 자동차들, 바쁘게 움직이는 수많은 사람들……. 금방 알아차렸다. 이곳이 바로 자신이 찾던, 넓고 큰 세상이라는 것을.

이곳에선 주변을 살필 겨를이 없었다. 사람들이 너무 많아 일단 이곳을 벗어나고 싶었다. 그래서 마냥 앞으로 걷기 시작했다. 이번에는 고개를 제대로 든 채 정면을 응시하며 걸었다. 어쩔 수 없었다. 워낙 빠른 속도로 달리는 차들 때문에 주변을 잘 살펴야 했다.

사실 그녀가 믿는 구석이 하나 있었다. 모자를 푹 눌러써서 자신의 얼굴이 잘 보이지 않는다는 점이었다. 시골집에서 이곳까지 몇 시간에 걸친 경험이 그녀에게 약간의 자신감을 심어 주었다. 동시에 지금처럼만 모자를 푹 눌러쓰고 다니면, 남들과 눈을 마주치지 않고 지낼 수 있을 것이라는 확신마저 들었다.

한참 동안 길을 따라 걸었다. 걷다 보니 번화가 앞에 도착해 있었다. 높은 건물과 화려한 간판을 단 형형색색의 가게들. 유미는 어쩔 줄 몰라 가만히 우뚝 서 있었다. 그 옆으로 여유롭게 지금을 즐기는 이들이 획획 지나갔다. 여기가 정확히 어디인지 그녀는 알지 못했다. 그저 창구 직원이 보내 준 곳으로 왔을 뿐이다. 정확한 지명도 알 수 없었다. 버스 터미널 이름엔 지명이 전혀 드러나 있지 않았다.

이제 무얼 해야 하지. 가장 큰 고민이었다. 주변 건물들을 살피던 유미의 눈에 간판 하나가 눈에 들어왔다. 케이브 모텔. 대낮이라 간판의 불은 끈 상태였지만 글자는 명확히 보였다. 저곳에 가면 잠자리는 해결할 수 있을 것이다. 모텔에 대해선 들어 본 적이 있다. 정확한 출처를 알진 못하지만 머릿속에 존재하는 지식이었다.

몇 번의 횡단보도를 건너 문제없이 모텔 앞에 도착했다. 정문 앞에 서자 바로 옆으로 앞뒤가 뻥 뚫린 주차장이 보였다. 건물 뒤쪽으로는 작은 골목길이 있어, 그곳을 통해 주차장 안쪽 후문으로도 들어올 수 있다. 차를 가지고 오는 사람들은 그 방법을 주로 이용하는 듯했다.

유리문을 열고 작은 로비 안으로 들어가자 시끄러운 노랫소리가 흘러나왔다. 깜짝 놀라 주변을 두리번거렸다. 어디서 나오는 노래인지 궁금했다. 그러는 사이 노래 소리가 점점 줄어들었다.

"어서 오세요."

뒤이어 자다 깬 목소리가 들렸다. 서둘러 고개를 돌리자, 허리 높이에 있는 작은 창문이 열려 있었다. 그곳으로 중년의 여자 얼굴이 보였다. 피곤함이 역력한 얼굴이었지만, 크고 날카로운 눈매 때문에 순간 움츠러들었다.

"저, 저기."

유미가 창문 앞으로 가 입을 열었다. 하지만 말이 잘 안 나왔다.

"네? 뭐라고요?"

"묵, 묵으려고요."

"하루요?"

사장이 하품을 하며 물었다.

"아, 아니요."

"그럼 얼마나요?"

"잘 모르겠어요."

유미의 말에 사장의 표정이 순식간에 굳었다. 깊게 눌러쓴 모자 안을 보려 자라처럼 고개를 쭉 내밀자, 유미는 그 시선을 피하려 살짝 뒷걸음질 쳤다. 쭉 뺐던 고개를 창문 안으로 다시 집어넣은 사장이 팔짱을 끼며 콧방귀를 꼈다.

"몇 살이야?"

"19살이요."

"아직 미성년자네."

"네……."

"뭐, 몇 개월만 있으면 성인이니까 문제 될 건 없지."

"그, 그럼 여기 있어도 되나요?"

"그래. 있어도 돼. 근데 여기 있는 동안 작은 문제라도 일으키면 바로 경찰에 신고할 거야. 알았어?"

"네……."

"무슨 일 하려고?"

"일이요?"

"그래. 일을 해야 먹고 살 거 아니야. 여기 계속 묵는 것만 생각해도 돈이 필요한데. 무슨 일할지 그것도 아직 몰라?"

"네……."

사장이 말없이 유미를 빤히 바라봤다. 여전히 의심의 눈초리를 거두지 않은 표정이었다.

"일단 알았어. 우선 열흘 치만 받을게."

그녀는 유미에게서 돈을 받은 뒤 방 열쇠를 가지고 로비로 나왔다. 큰 키와 사자 갈기 같은 헤어스타일에 유미는 한번 더 겁을 먹었다.

"따라와."

먼저 앞장서 걸어가는 사장의 뒤를 종종걸음으로 쫓아갔다. 유미가 묵을 곳은 208호였다. 2층에서도 가장 구석진 곳에 위치한 방이다. 사장이 방문을 활짝 열고 유미에게 안으로 들어가라며 손짓했다. 유미는 현관으로 들어가 안을 살폈다. 넓진 않았지만 나름 괜찮았다. 어차피 그녀의 입장에선 가릴 게 없었다.

"신발 벗고 들어가."

사장의 말에 급히 신발을 벗고 안으로 들어갔다. 한쪽 벽엔 벽걸이 TV가 걸려 있었고 맞은편엔 침대가 방의 절반을 가로질렀다. 침대 옆에는 통유리로 된 화장실이 자리하고 있었다.

"뭐, 최신식으로 된 모텔보다는 못하지만 나름 괜찮아. 깨끗하고. 이번에 컴퓨터도 새로 했어. 필요한 거 있으면 PC방 갈 필요 없이 여기서 다 해결해."

문에 기댄 채 사장이 설명했다. 그녀의 말에 유미가 벽걸이 TV 아래에 놓인 컴퓨터를 봤다. 오랜만에 만난 컴퓨터. 덕분에 필요한 정보를 얻을 수 있겠다며 안심했다.

"쉬어. 필요한 거 있으면 부르고."

사장은 그렇게 말하며 문을 닫았다.

배낭을 한쪽에 내려놓고 모자를 벗으니 부스스한 단발머리가 나타났다. 유미는 출발하기 전날, 직접 가위로 머리카락을 잘랐다. 머리끈으로 묶어야 했던 긴 머리카락이 귀 바로 아래에 오는 짧은 단발머리가 된 것이다. 그리고 매일 함께했던 검은색 머리끈을 서랍 속에 넣어 두었다.

유미는 침대로 가 크게 기지개를 켜며 누웠다. 이게 얼마 만에 누워 보는 침대인지. 편안한 것도 있었지만, 장거리 이동으로 지칠 대로 지쳐 마냥 누워 있고만 싶었다. 그렇게 잠시 천장을 바라보고 있으니 서서히 눈꺼풀이 감기기 시작했다.

그러다 문득 컴퓨터가 떠올랐다. 유미는 자리에서 벌떡 일어나 컴퓨터 책상 앞으로 갔다. 의자를 빼고 앉아 컴퓨터 전원을 켠 뒤 곧바로 인터넷을 켰다. 침대만큼이나 오랜만에 마주한 것이었다. 유미는 앉은 자리에서 몇 시간 동안 인터넷 안을 돌아다녔다. 기사도 보고 서울살이에 대한 검색도 했다. 덕분에 자신이 있는 곳의 지명도 알 수 있었다.

그러다 우연히 어느 기사를 읽었다. 은둔형 외톨이에 대한 이야기였다. 그 의미를 정확히 이해하진 못했지만, 기사 속 사연에 크게 공감했다. 특히 이야기의 주인공이 자신과 여러 가지로 닮아 있었다.

은둔형 외톨이에 대해 검색하자 여러 가지 정보들이 나왔고 그제야 정확한 의미를 알 수 있었다. 이후로도 한참 동안 은둔형 외톨이에 대한 공부를 했다. 그 속에 어떤 커뮤니티를 발견했는데, 그 카페는 은둔형 외톨이를 위한 커뮤니티였다. 유미는 그곳에서 아주 큰 정보를 얻었다. 동시에 한 가지 고민에 빠졌다.

☆ ☆ ☆

　주원이 검은색 모자를 푹 눌러쓰고 검은색 바지와 검은색 후
드 집업을 입었다. 새벽 2시쯤, 산책을 나서면 어두운 하늘에
가려지고 싶은 마음을 대변해 주는 의상이다.

　그런데 그 옷을 오늘은 낮 2시에 입었다. 자신이 세운 계획을
실천하기 위해서였다. 재성이 어머니의 메시지를 받고 책상으
로 달려간 주원이 곧바로 글을 적기 시작했다. 평소처럼 소설을
쓴 게 아니었다. 은둔 생활을 탈피하기 위한 훈련을 단계별로
적은 것이다.

　그 첫 번째 단계를 시도하기 위해 아침부터 분주하게 준비했
다. 준비라고 해 봤자 집에서 입는 실내복에서 외출복으로 갈아
입는 게 전부였지만, 그는 마음을 단단하게 만들기 위해 훨씬
전부터 부지런히 움직였다. 그러지 않으면 도저히 용기가 나지
않아 환한 대낮에 밖을 나갈 수 없을 것 같았다.

　"휴우."

　주원이 심호흡을 크게 했다. 그의 오른손엔 훈련 목록이 적힌
공책이 들려 있었다. 그것을 펼쳐 목록을 다시 봤다. 가장 먼저
첫 번째 줄이 눈에 들어왔다.

[이주원의 은둔 생활 탈피 프로젝트]

　그 밑으로 첫 번째 훈련이 적혀 있었다.

대낮에 밖으로 나가 걸어 다니기.

대낮에 혼자 걸어 다니는 것부터가 주원에겐 쉽지 않은 일이었다. 최대한 사람들의 시선을 피하고자 새벽에 움직이다 보니, 점점 밝을 때 동네를 돌아다니는 게 어려워졌다. 하지만 해야만 달라진다. 그렇게 주원은 판단했고 가장 먼저 해야 될 훈련으로 이것을 적었다. 다만, 처음인 탓에 작은 보호 장치가 필요했다. 그것이 푹 눌러쓴 모자였다. 모자로 조금이나마 얼굴을 가릴 수 있어 마음이 한결 편했다.

당장 훈련을 실천하기 위해 현관문 앞에 섰다. 정확히는 종이 박스와 냄새 나는 신발들 사이에 우두커니 서서 15분째 망설이고 있는 중이다. 처음 옷을 갈아입고 현관으로 걸어가 신발을 신을 때만 해도 자신만만했지만, 현관문을 보자 갑자기 무서워지기 시작했다. 언제나 그렇듯 계획하고 상상할 때와 현실로 마주할 때의 마음가짐은 천지 차이다.

다시 심호흡을 크게 한 뒤, 뒤도 돌아보지 않고 공책을 거실로 휙 던졌다. 그리고 현관문을 조심히 열었다. 열린 문틈으로 살짝 고개를 내미니, 역시나 복도는 부담스러울 정도로 환했다. 왼발을 문밖으로 조심히 내밀었다. 주원의 눈은 앞집 문을 향했다. 그들이 밖으로 나오진 않을까 두려웠다. 하지만 전혀 나올 기미가 보이지 않아, 완전히 문밖으로 나온 뒤 현관문을 아주 조심스럽게 닫았다.

철컥.

문이 자동으로 잠겼다. 다시 앞집을 봤지만 여전히 고요했다. 계단을 내려갔다. 5층인 탓에 1층까지 가는 것만 해도 한참이었다. 층계참으로 내려가 4층을 살폈다. 4층도 조용했다. 역시나 문이 열릴 것 같진 않았다. 이때가 기회다. 주원이 아주 빠르게 계단을 뛰어 내려갔다. 순식간에 다시 계단참에 도착했다. 그곳에서 3층을 내려다봤다.

그 순간, 302호 문이 열렸다. 깜짝 놀란 주원이 후다닥 4층 복도로 올라가 귀를 기울였다.

"거기 맛있다니까."

"자기가 추천하는 건 항상 별로였는데."

젊은 부부가 대화를 나누며 아래로 내려가는 소리가 들렸다. 점차 그들의 목소리와 발소리가 작아졌고, 건물 밖으로 나갔는지 나중엔 아예 들리지 않았다.

"휴우. 힘들다."

그제야 주원이 크게 숨을 뱉으며 말했다. 다시 용기 내어 계단을 내려갔다. 이번에는 문제없이 금방 1층에 도착했다. 여기서부터가 진짜 시작이다. 고개를 들어 하늘을 봤다. 따사로운 햇볕이 그를 꼭 껴안는 듯했다. 이런 느낌이구나. 환한 대낮에 밖을 나온 게 언제였는지 기억도 나지 않았다. 그 탓에 이런 당연한 느낌조차 잊은 채 살았다. 집에서도 커튼을 치면 햇살이 집 안으로 들어오긴 하지만, 지금의 것과는 차원이 달랐다. 지금의 햇살이 훨씬 더 선명하고 포근했다. 확실히 창을 거쳐 들어오는 햇살과는 비교할 수가 없었다.

다시 걸음을 재촉했다. 차가 여러 대 주차된 마당을 빠져나와, 언제나처럼 오른쪽으로 몸을 돌려 길게 쭉 뻗은 길을 걸어갔다. 그리고 얼마 안 되어 나타난 좁은 내리막 골목길을 걸었다. 반대편에서 누군가를 맞닥뜨린다면…… 새벽보다도 훨씬 더 낭패다. 고개를 홱 돌리거나 몸을 한껏 웅크려야 한다. 아니면 집으로 빠르게 뛰어가야 할지도 모른다. 그렇기에 어느 때보다 긴장이 많이 됐다.

주변을 살피며 조심스럽게 앞으로 걸어갔다. 다행히 골목길을 지나는 동안 아무도 마주치지 않았다. 아마 다른 사람들은 이곳을 지나쳐, 이미 학교나 회사나 시장으로 갔을 것이다. 지금은 이 길이 가장 한가한 시간대였다.

큰길로 나왔다. 이곳도 좌우로 나뉘었지만 평소와 똑같은 선택을 했다. 왼쪽으로 몸을 틀어 내리막길을 걸었다. 몇 걸음 뗀지 얼마 되지 않아 맞은편에서 고등학생 무리들이 올라오고 있는 것이 보였다. 왜 이 시간에 밖에 있는 건지 이해가 되지 않았다. 그들은 대화를 나누느라 주원에게 전혀 관심이 없었지만, 주원은 어떻게든 눈을 마주치지 않으려 고개를 숙이고 몸을 피했다. 사실 의도하지 않아도 기본적으로 고개를 숙인 채 걷기 때문에 눈을 마주칠 위험은 전혀 없었다.

내리막길을 내려오자 사거리가 나왔다. 확실히 새벽과는 달랐다. 사람들로 가득한 주변에 주원이 숨을 꾹 참으며, 더욱 어깨를 움츠리고 존재감을 없애려 노력했다. 잠시 후 신호가 바뀌었다. 횡단보도를 건너 반대편 마트로 향하자, 방금 전보다 더 많은 사람들이 북적거리고 있었다. 이젠 어쩔 수 없다. 최대한 고개를 숙인 채 마냥 앞으로 걸었다. 예상했던 상황이라 크게 당황하진 않았다.

한참을 가자 새로운 사거리가 나타났다. 여기는 비교적 행인이 적었고, 목표했던 목적지이기도 했다. 주원은 그제야 안도하며 걸음을 멈춰 세웠다. 이곳을 목적지로 삼은 이유는 딱 하나였다. 첫 번째 훈련으로 너무 멀지도 그렇다고 너무 가깝지도 않은 거리였기 때문이다.

주원은 몸을 돌려 왔던 길을 되돌아갔다. 큰 도전을 해냈다는 쾌감으로 다리가 무척 가벼웠다. 덕분에 금방 집에 도착했다. 왕복 20분의 시간 동안 무수히 많은 사람들을 지나쳤다. 그럴 때마다 주원은 고개를 숙인 채 모자를 더욱 푹 눌러썼으며, 부딪히지 않으려 몸을 이리저리 움직였다. 오히려 그런 모습이 관심을 끈다는 사실은 전혀 알지 못했다.

다음 날, 평소와 똑같은 아침 겸 점심을 먹고 30분 거리에 있는 카페로 향했다. 버스 터미널과 역이 멀지 않은 데다, 번화가 안에 있는 카페여서 손님이 쉴 새 없이 드나들었고 빈자리는 생기기가 무섭게 다시 채워지는 곳이었다.

주원은 카페 2층의 가장 구석진 창가 자리에 앉아 조용히 커피만 들이켰다. 이것 역시 훈련의 일종이었다. 테이블 위에 있는 공책을 들어 펼쳐 보았다.

2. 카페에서 몇 시간 동안 앉아 있기.

　공책을 가방 안에 넣은 뒤 책을 한 권 꺼냈다. 오늘 이곳에서 3시간 동안 앉아 책을 읽을 계획이다. 그에겐 집 근처를 걷는 것보다 훨씬 어렵고 힘든 미션 중 하나였다. 그렇기 때문에 두 번째 훈련으로 결정했다.

　역시 방 안 책장에 꽂혀 있던, 한 번 읽어봤던 책을 펼쳤다. 여기서도 모자를 푹 눌러쓴 채였다. 처음엔 주변 소음에 일일이 반응하느라 독서가 쉽지 않았지만, 시간이 지나자 점차 주변은 신경 쓰지 않게 되었고 오로지 글자에만 집중할 수 있었다. 사실 시작하자마자 미션을 성공한 것이나 다름없었다.

　그러기를 20분. 갑자기 어깨가 아파 왔다. 계속 고개를 숙이고 있던 탓이었다. 어느 정도는 고개를 들고 읽어야 하겠지만 그것까지는 아직 어려웠다. 잠시 고개를 뒤로 젖히니, 아주 조금이지만 괜찮아지는 기분이 들었다. 좌우로 한 번씩 목을 꺾자 두둑 하는 소리가 들렸다. 그럴수록 시원해지는 듯한 느낌이었다.

　바로 옆 창가를 내다보았다. 주변으로 여러 건물들이 보였고 그 뒤로 산처럼 높고 큰 역사가 시선을 끌었다. 그의 눈은 어느새 건물이 아닌 길을 걸어 다니는 사람들로 향했다. 그들은 하나같이 분주하고 바빠 보였다. 한참을 보다 보니 다른 부류의 사람들도 눈에 띄었다. 연인이나 친구들과 함께 길을 걸으며 행복한 웃음을 짓는 이들. 그에 반해 위에서 내려다보는 주원의 얼굴엔 아무런 표정이 없었다. 원래 어떤 생각을 하는지 표정으로 잘 드러나지 않는 편이었다. 하지만 내심 부러웠다. 왜 자신은 저들과 똑같은 삶을 살지 못할까 궁금했다. 남들처럼 생기 넘치고 활달하게 하루를 보내고 싶다는 열망이 꿈틀댔다. 그러나 현실은 그렇지 못했다.

고개를 돌려 살펴본 카페 안도 마찬가지였다. 누구는 친구들과 대화를 나눴고 누구는 노트북을 가져와 열심히 일을 하거나 공부를 했다. 어떤 목적도 없이 가만히 앉아 있는 건 주원 하나뿐이었다. 그는 그런 사실이 슬프고 비참했지만 애써 모른 척했다. 어차피 지금은 훈련 중이니 시간이 지나면 저들처럼 할 수 있을 것이라고, 그렇게 스스로를 다독였다.

주원은 다시 책에 집중했다. 얼마나 푹 빠져서 독서를 했는지 벌써 계획한 시간을 초과했다. 고요한 집에서보다 훨씬 집중력이 높았다. 원래 글을 읽는 시간이 남들보다 현저히 느린 탓에 책 한 권을 읽는 데 오래 걸리는 편이었지만, 이번에는 눈 깜짝할 새에 다 읽어 스스로도 놀랄 정도였다.

뿌듯한 마음이 가슴 깊숙한 곳에서부터 올라왔다. 불과 3시간여 전만 해도 불안과 괴로움이 가득했었는데, 계획했던 것을 이루고 나자 기분이 한결 편안해졌다. 그는 아주 희미하게 미소를 지으며 가방 속에 책을 넣었다.

그날 저녁, 주원은 장을 보기 위해 사거리에 있는 마트를 갔다. 이것 역시 그에겐 훈련이었다.

3. 사람이 많은 시간대에 마트 가서 장 보기.

서서히 훈련의 마지막을 향해 달려가고 있었다. 마트는 그 전에 넘어야 할 가장 큰 장애물이었다. 주원은 이 미션이 특히나 힘들었는데, 배달하면 되는 거 아닌가 하는 생각이 자꾸만 마음을 흔들었기 때문이다. 자신이 만든 훈련을 자신이 계속 의심하는 게 이상했다. 그런 마음을 애써 무시하며 집을 나와 마트로 향했다.

확실히 많이 달라졌다. 처음엔 현관문을 나서는 게 에베레스트산을 오르는 것만큼 힘들었지만 갈수록 수월했다. 적어도 목적지를 가는 것까지는 전혀 힘들지 않았다. 그럴수록 자신감이 점점 차오르는 것을 느낄 수 있었다.

주원은 숨을 크게 들이마시며 마트 안으로 들어섰다. 독립한 뒤 처음으로 마주하는 곳이기도 했다. 마트는 입구에서부터 주원의 눈길을 사로잡았다. 양옆으로 도넛 가게와 옷가게가 있었고 저 멀리 전자 제품 코너도 보였다.

주원은 에스컬레이터를 타고 지하로 내려가 카트를 하나 챙겼다. 지하는 온통 먹을 것 천지였다. 바로 이곳이 오늘의 목적지다. 여기에서 먹을 것들을 이것저것 구매하기로 했다. 대부분 군것질거리였다.

과자와 라면 코너로 가는 동안 주원의 눈동자는 쉴 새 없이 사방으로 움직였다. 워낙 많은 사람들이 있어 어쩔 수 없었다. 게다가 토요일 저녁이라 더욱 그랬을 것이다. 하지만 날짜를 이때로 잡은 건 주원의 의도였다. 일부러 사람들이 많을 때 마트를 가야 훈련의 효과가 크기 때문이다.

"시식해 보세요. 햄 맛있습니다."

마트 직원의 우렁찬 목소리가 주원의 귀를 때렸다. 사실 무척 배가 고팠지만, 차마 시식을 할 수는 없었다. 이미 시식하고 있는 사람들 틈에 끼어들기가 어려웠다. 거기다 시식하는 사람들에게 자꾸만 물건을 설명하는 직원을 보니 감당하기 힘들 것 같다는 생각이 들었다.

햄의 유혹을 물리치고 조금 더 안으로 들어가자 과자 코너가 모습을 드러냈다. 그곳에서 평소 자주 배달했던 과자들을 카트 안에 담았다. 그것만으로도 카트 안을 꽤 채웠다. 그리고 바로 옆에 있는 라면 코너로 가 즐겨 먹는 라면을 아낌없이 집어넣었다. 주원은 갑자기 용기가 생기는 것을 느꼈다. 시작이 반이라는 말이 어떤 의미인지도 알 것 같았다.

원래 과자와 라면이 목적이었지만, 용기를 얻은 주원은 유제품 코너로 가 우유와 치즈를, 고기 코너로 가 돼지고기를, 음료 코너에서 콜라를 집어 카트 안에 넣었다. 그리고 다시 에스컬레이터를 타고 1층으로 갔다. 그곳엔 무인 계산대가 있었다. 직원이 계산해 주는 곳도 있었지만, 훈련을 잠시 망각한 채 무인 계산대를 이용하기로 했다. 최대한 빨리 계산하려는 단순한 마음이었다. 주원은 그곳으로 가 비어 있는 계산대 앞에 섰다.

카트에서 하나씩 물건을 꺼내 바코드를 스캔했다. 계산대 옆에 있는 쓰레기봉투까지 알차게 구매한 뒤, 그 안에 물건들을 넣고 묵직한 봉투를 카트에 실었다. 마지막으로 바지 주머니에서 매형이 준 카드를 꺼내 계산을 마쳤다.

그렇게 마트 훈련이 끝나 갈 무렵, 주원이 잠시 아랫입술을 깨물며 생각에 잠겼다. 그리고 푹 눌러썼던 모자의 끝을 잡아 휙 벗어 버렸다. 그러자 모자에 한껏 눌린 머리카락이 나타났다. 마치 영화 〈콘헤드 대소동〉의 주인공처럼 보였다. 그 모습에 지나가던 사람들이 피식대며 웃을 정도였지만 주원은 전혀 알지 못했다. 큰 용기를 내어 모자를 벗었다는 사실에 스스로 감탄하고 있었기 때문이다.

사실, 그렇다. 주원에게 모자를 벗는 것은 엄청난 결단이었다. 언제나 자신의 모습을 감추고 보이지 않으려 애썼고, 그런 생활을 2년 6개월 동안이나 했다. 이건 변화의 상징이라고 해도 좋았다. 주원은 그런 자신감에 부풀어 모자를 쓰지 않은 채 집까지 걸어갔다. 이젠 더 이상 망설일 것이 없다. 자신의 손으로 옥죄던 사슬을 풀어헤친 느낌이었다.

집에 도착해 물건이 담긴 쓰레기봉투를 식탁 위에 올려 둔 뒤, 주원은 곧장 방으로 들어가 책상 위에 있는 공책을 펼쳤다. 이제 마지막 단계만이 남아 있었다.

4. 모임에 나가 사람들과 어울리기…….

은둔형 외톨이의 모임

5월 26일 오후 2시. 주원은 긴장과 설렘을 동시에 안은 채 카페로 향했다. 평소에 입던 시커먼 옷 대신 하얀색 와이셔츠에 청바지를 입었다. 거기다 미용실에도 들렀다. 그동안 거울을 보며 지저분한 부분만 가위로 직접 잘랐었기에 오랜만의 방문이었다.

5월 말의 날씨는 참으로 애매하다. 분명 집에서 나올 땐 카디건을 걸치는 게 적당해 보였지만 몇 분만 걸어도 땀이 났다. 어쩔 수 없이 벗어서 왼쪽 팔에 걸쳤다.

옷을 고르려 옷장을 열었지만 절반 정도가 비어 딱히 입을 만한 옷이 없었다. 원래 옷에 관심이 많지 않기도 했다. 지금은 책을 읽고 글을 쓰는 것에, 그 전에는 재성과 만화를 보는 것에만 관심이 있었다. 물론 자주 거울을 보며 새로 생긴 여드름에 신경 쓰는 편이었지만, 옷을 자주 사거나 헤어스타일을 수시로 바꿀 정도는 아니었다.

주변을 살피며 신호를 기다렸다. 주말이라 그런지 번화가는 유난히 더 많은 사람들로 북적거렸다. 하지만 그 전처럼 고개를 푹 숙이거나 피해 다니진 않았다. 남들과 똑같이 자연스럽게 서서 맑은 햇살을 맞았다. 여러 훈련을 통해 만든 굉장한 변화였다. 주원은 그 사실이 내심 뿌듯했다.

다만 아직 어려운 점이 한 가지 있다면 바로 대화를 하는 것이었다. 지금까지 인파가 몰린 곳을 걸어 다닌 적은 많았지만 누군가와 이야기를 나눈 적은 없었다. 그것은 여전히 주원에게 벅차고 힘든 일이었다. 오늘은 그 점을 극복하고자 밖으로 나온 것이다.

신호가 바뀌자 쌩쌩 달리던 차들이 멈추고 수많은 사람들이 횡단보도를 건넜다. 그 안에 섞여 주원도 건너편 보도블록에 도착했다. 도착하자마자 정면에 있는 카페 앞으로 가 깊게 심호흡을 했다. 요즘 들어 확실히 자신감이 많이 생겼다. 그렇지만 대화를 한다는 건 역시나 부담스럽고 무서운 일이다. 무슨 말을 해야 할지 어떻게 말을 해야 할지 머릿속이 복잡했다.

"저기요, 잠시만요."

주원이 뒤를 돌아봤다. 그곳엔 연인이 서서 그를 쳐다보고 있었다.

"아, 죄, 죄송합니다."

주원이 급히 비켜서자 커플이 먼저 안으로 들어갔다. 수군거리는 소리가 들려 민망함에 괜히 뒤통수를 긁적였다. 주원은 한번 잘해 보자며 마음을 다잡고, 옷매무시를 가다듬은 뒤 카페 문을 열었다.

카페 안은 손님들로 바글거렸다. 두리번거렸지만 주원이 찾는 사람들은 안 보였다. 대부분 둘, 셋이 함께 모여 화기애애하게 대화를 하고 있었다. 그가 찾는 유형의 인물들은 아닌 게 분명했다.

그는 주문을 하지 않고 우선 2층으로 올라갔다. 계단을 다 오르자, 바로 앞 창가에 세 사람이 나란히 앉아 있었다. 그들은 각자 책을 읽거나 노트북을 사용하며 여유로움을 만끽하고 있었다. 이들도 주원이 찾는 사람은 절대로 아니다.

그들을 지나 천천히 안쪽으로 걸어 들어갔다. 2층도 1층 못지않게 많은 사람들로 북적이고 있었다. 2층 중앙엔 천장까지 닿는 높은 가벽이 자리했는데, 사이사이가 뚫려 있어 벽 너머의 모습이 살짝 보였다. 주원은 가벽을 지나 그곳으로 걸음을 옮겼다.

가벽 너머 바로 아래엔 네 사람이 낮고 둥그런 테이블을 사이에 두고 앉아 있었다. 어색하고 조용한 분위기가 물씬 풍겼다. 이들이다! 자신이 찾는 사람들이란 걸 주원은 단번에 알아차릴 수 있었다. 그가 오늘 참석하는 모임이 바로 '은둔형 외톨이들의 모임'이기 때문이다. 네 사람의 어색한 모습에서 은둔형 외톨이의 분위기가 물씬 풍겼다.

주원이 그들 곁으로 다가갔다. 네 사람 중 세 사람은 죄인처럼 고개를 숙인 채 가만히 있었고, 한 사람만이 고개를 돌려 주원을 바라봤다. 모임의 대표인 그녀도 주원이 멤버라는 것을 단번에 알아본 듯 입가에 미소를 띠며 반갑게 맞아 주었다.

"안녕하세요."

"네……."

주원이 쑥스러워하며 대답했다. 그럼에도 세 사람은 전혀 반응하지 않았다.

"여기 앉으세요."

대표는 바로 옆 의자를 가리키며 말했다.

주원이 새롭게 합류한 이후에도 분위기는 똑같았다. 조용하고 어색한 그 분위기. 대표 역시 그런 상황에서 어떻게 말을 해야 하는지 모르는 듯했다. 아무리 모임의 대표라고 해도 그녀 역시 은둔 생활을 하고 있는 것은 마찬가지였고 외톨이로 지내온 지 오래되었기 때문이다.

주원이 네 사람을 천천히 살피며 자신이 이미 알고 있는 정보에 대입했다. 얼마 전, 커뮤니티 사이트에서 모임을 원하는 사람들을 모아 카카오톡 단체 채팅방을 만들었다. 거기엔 총 아홉명의 사람들이 모였다. 한 명이 더 있었지만 안타깝게도 휴대폰이 없어 채팅방에 들어오지 못했다. 대표는 주원을 비롯한 멤버들에게 각자의 정보 공유를 요청했다. 이름과 은둔형 외톨이가된 이유, 그리고 나이와 외모에 대해서도 간단하게 적으라고했다.

주원을 유일하게 맞아 줬던 대표의 이름은 정이슬이다. 머리

띠로 머리카락을 한 올도 남기지 않고 뒤로 넘긴 그녀는 27살이고, 여러 번 공무원 시험을 봤는데 결과가 좋지 못했다. 이후 자연스럽게 은둔 생활을 하게 되었다. 친구들을 안 만난 지도 3년이 되었다고 했다. 하지만 그다지 외톨이로 보이지 않는 첫인상이다. 아마도 외톨이가 되기 전까진 무리 없이 사람들을 사귀고 만나지 않았을까 싶다. 그리고 약간의 결벽증이 있어 조금만 지저분해도 짜증을 낸다고 단체 채팅방에서 자신을 소개했다. 물론 지금까지 본 모습으로는 전혀 상상이 되지 않았다.

주원이 자신의 맞은편에 앉은 비쩍 마른 남자에게로 시선을 돌렸다. 이름은 윤성민으로 야구 선수 출신이다. 그는 학창 시절 선배의 구타로 큰 부상을 입고 어쩔 수 없이 유니폼을 벗어야 했다. 이후 주변 사람들의 도움을 받아 제2의 삶을 살기 위해 노력했지만 뜻처럼 잘되지 않았다. 그런 뒤로 방에서만 지내고 있다. 그때 적은 정보로는 말을 조금 더듬는다고 했다. 하지만 입을 꾹 닫고 있어 아직 그것을 확인할 수는 없었다.

그 옆에는 아주 넓은 어깨와 턱, 그리고 진한 수염을 소유한 임준혁이 있었다. 38살인 그는 뭐가 그리 불만인지 인상을 쓴 채 테이블만 뚫어져라 쳐다보고 있었다. 주원은 눈을 마주치는 것도 아닌데 그를 제대로 보지 못했다. 그만큼 인상이 사납고 무서웠다. 준혁은 평범한 직장 생활을 하던 중, 7년 전 구조 조정으로 한순간에 실업자가 되었다. 그리고 얼마 지나지 않아 아내가 아이들을 데리고 떠났다. 그때부터였다. 화가 많아졌고 툭하면 싸움을 했다. 다혈질적인 성격으로 바뀌어 혹시나 사고를

칠까 걱정되는 마음에, 스스로 자신을 좁은 방 안에 가둬 버렸다고 했다. 그는 집에 혼자 있으면서도 가끔 욕을 하고 소리쳤으며 심할 땐 물건을 집어 던지기도 했다.

주원은 시선을 자신의 옆자리로 돌렸다. 그곳엔 가녀린 여자가 앉아 있었다. 21살인 그녀의 이름은 김미연으로, 학창 시절 심한 왕따를 당해 지금도 교복 입은 여학생만 보면 겁을 먹고 도망친다고 했다. 이후로 무슨 이유인지 저장 강박증이 생겼다. 그로 인해 방 안은 온통 쓰레기더미라고 소개했다. 커뮤니티 사이트와 이 모임 전부 엄마가 적극적으로 추천해서 참여한 것인데, 아마 자기소개도 엄마가 대신 써 주지 않았을까.

그렇게 주원을 포함한 다섯 사람은 한마디도 하지 않고 가만히 앉아만 있었다. 그런 상태로 아주 오랜 시간이 지났다. 무려 15분이나. 심지어 그들은 주문도 하지 않은 채였다. 분명 누군가가 적극적으로 나서서 진행해야 하는 상황이었다. 주원은 옆에 앉은 대표, 이슬을 흘금흘금 봤지만 그녀도 선뜻 나서지 못하는 모습이었다. 다른 이들보다 사람을 대하는 게 어려워 보이진 않았지만 리더십 있게 나서는 성격은 분명 아닌 듯했다. 그녀가 자신을 크게 반긴 것에 대해서도 주원은 의심이 들었다. 대신 진행해 줄 사람으로 기대했던 것은 아닐지.

슬슬 지루해지기 시작했다. 이 모임은 이것으로 끝난 것 같다고 주원은 생각했다. 그냥 아무 말도 하지 않고 자리에서 일어나 나가기로 마음먹었다. 조용히 의자를 뒤로 뺐다. 그때, 누군가가 이슬과 주원 사이로 와서 섰다. 두 사람이 깜짝 놀라며 동시에 고개를 들었다.

그녀는 다름 아닌 유미였다. 순간, 주원의 눈이 번쩍였다.

모자를 푹 눌러쓴 유미가 고개를 살짝 까딱였다. 늦게 와 죄송하다는 의미였다. 그 의미를 입으로 말하진 않았지만 그곳에 있는 모두가 다 알아차렸다. 그들도 유미와 똑같이 사과하고 인사를 하기 때문이다. 도저히 입 밖으로 말이 나오지 않아서 어쩔 수 없이 그렇게 행동했다. 그러면 몇몇은 이해했고 몇몇은 불쾌해했다.

유미가 어쩔 줄 몰라 하며 모자 끝만 만지작거렸다. 그런 그녀를 주원이 슬쩍슬쩍 올려다봤다. 그러면서 주원은 한 차례 고개를 갸웃했다. 애써 고개를 돌려 다시 테이블을 봤지만 어느 순간, 자신도 모르게 곁눈질로 유미를 보고 있었다. 동시에 두 가지의 생각과 감정이 교차했다. 그것을 정리할 단어는 그의 머릿속에 존재하지 않았다.

"아, 저기 앉으세요."

유미는 이슬이 가리킨 곳으로 가 미연과 준혁 사이에 있는 빈 의자에 앉았다. 그때도 주원은 그녀를 몰래 쳐다봤다. 그렇게 모든 멤버가 다 모였다. 총 열 명의 지원자 중 실제로 참석한 사람은 여섯 명이었다. 나머지 네 명은 끝내 용기를 내지 못했다.

여섯 사람은 한자리에 모여 앉아 가만히 다음 순서를 기다렸다. 인원이 한 명 더 늘었을 뿐 달라진 건 아무것도 없었다. 그들 사이엔 여전히 어색한 침묵이 흘렀다. 보아하니 이 분위기가 한참 지속되다가, 새로운 사람이 왔을 때 잠시 깨지는 상황이 반복된 것 같았다. 이젠 더 이상 올 사람도 없을 듯했다. 어떻게 하면 모임의 취지에 맞게 상황이 진행될 수 있을지 이슬은 계속 고민하고 있었다. 하지만 별다른 해결책 없이 또 긴 시간이 흘렀다. 도저히 안 되겠다 싶어 주원이 먼저 입을 뗐다.

"이제 뭐…… 할까요?"

주원이 이슬의 의자를 보며 조심스레 물었다. 그의 물음에 이슬이 다시금 고민에 빠졌다. 사실 모임만 만들었지 이후에 어떻게 해야 할지는 아무런 계획이 없었던 것이다. 모이면 절로 대화가 진행될 줄 알았다. 그냥 특별한 것 없이 모여서 이야기 나누는 모임으로 만들려 했고, 그것만으로도 자신을 포함한 멤버들의 성격과 삶이 바뀔 수 있을 것이라 확신했다. 하지만 시작부터 그녀의 예상과는 다른 그림이 그려졌다.

"커, 커피부터 마실까요?"

"아, 네. 커피 먼저 마셔요."

주원의 제안에 이슬이 환하게 웃었다. 그녀에게 주원은 마치 구세주와 같았다.

"다들 어떤 커피 드시고 싶으세요?"

이슬의 질문에 네 사람 모두 입을 굳게 다문 채 대답하지 않았다. 이미 예상했던 상황이었다.

"그럼 아메리카노로 통일하겠습니다."

결정을 마친 이슬이 자리에서 일어나 걸어갔고 주원이 잠시 고민하다 그녀를 따라갔다.

"안 오셔도 되는데."

"아······."

이슬의 말에 주원이 급히 걸음을 멈추며 뒤통수를 긁적였다.

"아니다. 도와주세요."

"아, 네."

두 사람이 계단을 따라 1층에 내려간 뒤 계산대 앞에 섰다.

"아메리카노 여섯 잔이요."

이슬이 주문을 마치고 카드를 내밀었다. 계산을 끝내고 커피가 나오기를 기다리며 카페의 한쪽 구석으로 갔다.

"근데 주원 씨는 심하지 않아 보여요."

"뭐······ 가요?"

"다른 분들은 입도 뻥긋 안 하잖아요. 물론 주원 씨도 거의 안 했지만, 그래도 지금처럼 얘기도 하시는 걸 봤을 땐 괜찮아 보여요."

"아, 아니에요. 지금도 겨우 하는 거예요."

그는 지금 온갖 용기를 쥐어짜 말하고 있었다. 물론 자신감의 정도가 개인 훈련을 하기 전에 비하면 많이 달라지긴 했다. 심지어 훈련 목적으로 이 카페를 두 번이나 왔었다. 그런 탓에 홈그라운드에 있는 듯한 기분이 들었다. 그리고 한 가지 더 이유를 찾는다면, 오늘 모인 커뮤니티 사람들의 모습 때문이었다. 자신보다 심한 상태의 사람들을 보니 자신의 고통과 어려움은 아무것도 아님을 깨달을 수 있었고, 마음속에서 절로 용기가 피어올랐다. 주원은 그런 용기가 과연 좋은 용기인 것인지는 차치하기로 했다.

"주문하신 아메리카노 여섯 잔 나왔습니다."

주원이 쟁반을 들었고 두 사람이 함께 계단을 올랐다. 2층에 도착해 자리로 갔을 때, 역시나 네 사람은 아무런 대화도 하지 않고 서먹하게 앉아 있었다. 준혁은 팔짱을 낀 채 테이블을 노려보고 있었고, 그 옆에 앉은 성민은 겁에 질려 준혁의 눈치를 살피고 있었다. 유미와 미연은 두 손을 모은 채 고개를 푹 숙인 똑같은 자세로 웅크리고 있었다.

주원이 커피를 각자의 자리 앞에 내려놓았다. 유미의 커피를 내려놓을 땐 자연스럽게 그녀와 가까워졌다. 그때 곁눈질로 슬쩍 유미의 얼굴을 쳐다봤다. 반대로 유미는 가까이 있는 주원과 어떻게든 마주치지 않으려 필사적으로 고개를 돌렸다. 주원은 머쓱한 마음에 얼른 자리로 돌아와 앉았다.

호로록.

주원과 이슬의 커피 마시는 소리만이 무거운 공기를 깨웠다. 나머지 네 사람은 컵에 손을 갖다 대지도 않았다. 오로지 테이블과 눈싸움이라도 하는 듯 그곳만 뚫어지게 보고 있을 뿐이었다.

"그, 그럼 이제 뭐 할까요?"

이슬이 대뜸 질문했다. 모두에게 하는 질문이었지만 주원에게서 대답을 기대하는 눈치였다. 어차피 다른 이들은 듣는 둥 마는 둥 했고, 그나마 유미만이 속으로 고민했다.

"처음 만났으니까 자기소개 어떨까요?"

주원이 걱정스러운 표정으로 이슬에게 넌지시 물었다. 그러자 이슬의 얼굴이 환하게 바뀌었다.

"맞다. 그게 좋겠어요. 그럼 돌아가면서 자기소개부터 하죠. 물론 채팅방에 소개하긴 했지만 자세한 건 모르잖아요. 그러니까 우리 한 명씩 말해 봐요."

이슬이 기대감이 담긴 목소리로 말했다. 하지만 아무도 그녀의 말에 반응하지 않았다.

"그럼 저 먼저 할게요."

그녀의 말에 준혁을 제외한 모두가 작은 관심을 보였다.

"제 이름이야 다들 아실 테고, 나이도 말했으니까 다른 얘기를 할게요. 여러분들도 똑같이 이름과 나이는 생략하세요."

"네."

주원이 작게 대답했다. 이슬이 커피를 한 모금 마신 뒤 다시 입을 열었다.

"저는 대학교를 2학년까지 마친 뒤 휴학을 했어요. 이후 공무원 시험을 준비했죠. 1년 정도 준비해서 시험을 봤지만 떨어졌어요. 그래서 복학해서 졸업까지 하게 됐는데, 그 후에 뭘 할까 고민하다가 다시 공무원 시험에 도전하기로 했어요. 우스워 보일 수 있지만, 그땐 각오가 남달랐어요. 친구들하고도 연락을 안 했죠. 왜냐하면 처음 시험공부를 할 땐 친구들과 술자리도 자주 갖고 여행도 종종 갔었거든요. 대충 공부했던 거죠."

이슬이 잠시 심호흡을 고른 뒤 말을 이어 나갔다.

"그때부터였어요. 저는 정말 공부만 열심히 했고 친구들과의 연락은 완전히 끊고 살았어요. 합격만 하면 다시 만날 거니까 너무 걱정하지 말자고 저 자신을 다독이면서요. 그런데 3년이 지난 지금도 합격을 못 했어요. 물론 친구들과도 멀어졌고요. 현재는 공부도 안 하고 방에서 틀어박혀 지내고 있습니다. 하, 모든 게 싫더라고요. 사람도 공부도. 그렇게 3개월이 지나고 나서 갑자기 그런 생각이 들었어요. 이대론 안 되겠다, 변화가 필요하다. 그렇게 생각하고 커뮤니티에 가입했고 지금의 지역 모임을 만든 거예요."

조용했다. 어떤 반응이라도 있을 줄 알았던 이슬이 민망함에 커피를 한 모금 마셨다. 주원과 유미는 뭔가 반응을 해 주고 싶었지만 마음처럼 잘되지 않았다. 어떻게 해야 할지를 잘 몰랐던 것이다.

"그럼 다음은 누가 하실래요?"

선뜻 손을 드는 사람은 없었다. 뻔히 예상할 수 있는 상황이었지만, 그래도 이슬은 진행을 위해 일단 질문을 던졌다.

"그, 그럼 저 먼저 하겠습니다."

원치 않았지만 주원이 손을 들었다. 아무도 나서지 않으니 어쩔 수 없는 선택이었다. 그나마 손을 들 수 있는 건 자신밖에 없음을 그는 잘 알고 있었다.

"저는 중학교 1학년 때부터 친하게 지내던 친구가 딱 한 명 있었어요. 그런데 중학교 3학년 때 그 친구가 불의의 사고로 세상을 떠났어요. 함께할 사람이 없다고 생각하니 학교에 가기가 너무 싫더라고요. 어차피 학교에 가 봤자 혼자 있을 테니까요. 그래서 얼마 뒤에 학교를 자퇴하고 집을 나왔어요. 어떻게 보면 세상으로부터 도망쳤던 거죠. 그 이후로 지금까지 혼자 지내고 있습니다. 아마 그때부터 심해졌을 거예요. 사람 만나는 걸 피하고 완전히 고립된 삶을 사는 거요. 그러다 최근에 어떤 계기로 마음이 바뀌게 돼서 혼자 나름의 훈련을 했어요. 세상에 나오는 훈련이었죠. 그리고 그 마지막 단계로 이 모임에 참여하게 됐습니다."

주원은 며칠 전부터 외운 자기소개를 막힘없이 발표했다. 희한할 정도였다. 준비했던 멘트를 한 글자도 틀리지 않고 제대로 말하다니. 그런 자신의 모습에 뿌듯함을 느낀 주원은 이제 훈련따위 필요 없을 것 같다는 생각마저 들었다.

"아, 그러셨군요. 말씀하시는 걸 보니 이젠 세상에 나오셔도 될 것 같은데요?"

"감사합니다."

주원이 쑥스러워하며 이슬의 칭찬에 대답했다.

"그럼 다음 분은……."

이슬이 그렇게 말하며 테이블을 둘러보자, 유미가 빠르게 고개를 숙여 눈길을 피했다.

"먼저 하시겠어요?"

이슬이 가리킨 사람은 바로 옆에 앉은 성민이었다.

"저, 저요? 아, 알겠습니다."

성민이 더듬거리는 대답과 함께 헛기침을 한 번 했다.

"저, 저는 어릴 때 야, 야구 선수를 꾸, 꿈꿨어요. 그, 그러다 고등학교에 올라와서 나, 나쁜 선배들을 마, 만났어요. 저와 동기들을 매일 구, 구타했어요. 특히 저, 저한테 더 심했어요. 그러다 야, 야구 방망이에 어깨를 세게 맞았고 뼈가 부, 부러졌어요. 수술을 했지만 워, 원래의 실력으로는 도, 돌아갈 수 없었어요."

성민은 감정이 북받치는 듯 말을 잇지 못하고 아랫입술을 깨물었다.

"괜찮아요. 천천히 말씀하세요."

"이후로 전 야, 야구를 그만두었어요. 그래도 다, 다행히 주변에 좋은 분들이 있었어요. 그분들이 저, 절 도와주려 많이 애, 애쓰셨죠. 하지만 이미 저, 저는 패배감과 무력감에 휘, 휩싸여 있었어요. 아, 아무것도 할 수 없었죠. 결국, 모, 모두의 도움을 외면하고 바, 방으로 들어갔어요. 그, 그러자 도움의 손길도 서서히 사, 사라졌어요. 당연한 겨, 결과였죠. 이후로 저는 세, 세상과 단절된 채 사, 살게 됐어요."

힘겹게 말을 마친 성민이 한숨을 뱉었다. 그는 말을 하는 내내 그리고 말을 마친 지금도 먼 곳을 바라보고 있었다. 눈에는 눈물이 맺혀 있었지만 흘리지 않으려 애를 쓰는 모습이었다.

그 후 잠시 침묵이 흘렀다. 침묵을 깨는 것은 진행자의 몫이다.

"저, 저기……. 그럼 준혁 씨도 자기소개…… 해, 해 주시겠어요?"

이슬이 잔뜩 겁을 먹은 표정으로 말했다.

"네, 알겠습니다."

준혁은 뭐가 그리 불만인지 인상을 쓴 채 굵은 목소리로 대답했다.

"저의 20대를 다 바친 회사가 다른 회사에 인수된 뒤 곧바로 잘렸습니다. 7년 전에요. 그때부터 아내하고 자주 다퉜어요. 당시에 어린아이가 둘이나 있는 상황이었습니다. 정말 미치는 줄 알았죠. 정말 살고 싶지도 않았고요."

감정이 격해진 준혁의 목소리가 점점 커졌다. 이슬과 주원의 눈동자가 이리저리 돌아갔다. 주변에서 수군대는 소리가 들렸기 때문이다.

"그럴 때 제 아내는 위로는 못 해 줄망정 아이들을 데리고 떠나 버렸어요. 그 전까진 이 일 저 일 가리지 않고 알아봤고, 틈날 때마다 일용직으로도 일했어요. 근데 그게 다 무슨 소용입니까. 아내하고 아이들이 떠나갔는데. 이후로 매일 술만 마셨어요. 잔뜩 취해서 사람들하고 많이 싸우기도 했고요. 그땐 진짜 누구든 눈에 거슬리는 놈이 있으면 다 때려눕히고 싶었거든요. 그러다 생각했죠. 남들한테 피해 끼치지 말고 집에 혼자 있자. 그래서 지금은 집에 틀어박혀 매일 혼자 술 마시고 있습니다. 커뮤니티 사이트는 제 친구 중 한 놈이 알려 준 거고요. 아오."

준혁이 갑자기 테이블에 있는 자신의 컵을 들어 커피를 벌컥벌컥 마셨다. 이미 오래 전에 차게 식어 버린 커피였다.

"아, 알겠습니다. 잘 들었어요."

이슬이 빠르게 발표자를 바꾸기 위해 노력했다. 그녀의 시선은 미연에게로 쏠렸다. 시끄러운 준혁의 목소리와 행동 때문에 다른 사람들의 관심을 받기 시작해, 최대한 얌전하게 발표해 줄 사람이 필요했다.

"그럼 미연 씨, 자기소개 부탁드려요."

"네? 네. 저, 전 김미연이고요. 나이는 21살이에요."

"그냥 모임에 참석한 이유만 말씀해 주시면 돼요."

"아, 죄, 죄송해요. 전 어릴 때부터 친구가 없었어요. 항상 혼자 학교를 다녔죠. 초등학생 때부터요. 그러다 중학생 때 심한 따돌림을 당했어요."

입을 연 지 얼마 되지 않아 미연이 울먹거리기 시작했다. 준혁을 제외한 모두가 조심스러운 눈길로 그녀를 바라보았다.

"하루하루가 지옥이었어요. 때리고 욕하는 건 기본이었고 돈도 뺏어 갔어요. 그래서 결국 2학년 때 자퇴했어요. 그때부터……."

감정이 복받친 미연이 끝내 울음을 터뜨리고 말았다. 거의 대성통곡 수준이었다. 마음속 응어리가 한번에 터져 나오는 듯했다. 그녀의 울음소리에 카페 안에 있는 모두의 시선이 집중되었다. 준혁을 볼 때보다 더한 관심이었다. 그럴 수밖에 없었다. 작은 체구였지만 준혁의 목소리보다 훨씬 더 커다란 울음소리로 카페를 가득 채웠기 때문이다.

엎친 데 덮친 격으로 준혁까지 가세했다. 잠시 화를 참던 준혁은 미연의 울음이 신호탄이 된 듯 갑자기 테이블을 빵 치더니 화를 내기 시작했다. 두 사람의 모습에 점점 주변의 불만 소리가 커져 갔다.

나머지 네 사람은 크게 당황했다. 이 상황을 어떻게 해결해야 할지 몰라 서로의 눈만 번갈아 쳐다보았다. 시간이 흐를수록 상황은 더 악화하여, 그들 곁으로 다가오려 시동을 거는 몇몇 사람들이 눈에 들어왔다. 계단을 막 올라온 직원에게 창가에 앉은 누군가가 항의하는 모습도 보였다. 이러다가는 곧 직원이 달려올 것이다. 그 전에 빨리 상황을 정리해야 했다.

"저 유미 씨, 더 할 말 없으시죠?"

이슬이 다급하게 물었다.

"어, 네……."

당황한 유미가 떠밀리듯 대답했다.

"그, 그럼 이제 해산합시다. 우리 이제 가요."

이슬이 가장 먼저 자리에서 일어났다. 곧이어 주원과 유미 그리고 성민이 그녀를 따라 몸을 일으켰다. 네 사람은 다급히 자리를 벗어났고 고개를 푹 숙인 채 계단을 따라 내려와 1층에 도착했다. 그곳에서도 멈추지 않고 도망치듯 숨 가쁘게 밖으로 나왔다.

"다, 다음에 만나요."

이슬이 세 사람에게 통보하듯 인사를 건네고는 급히 3번 출구 쪽으로 걸어갔다.

"그럼……."

뒤이어 성민도 자리를 떴다. 그때, 카페 유리문이 열렸다. 미연이었다. 밖으로 나온 그녀는 소매로 눈물을 훔치며 주변을 두리번거렸다. 그런 그녀의 곁으로 한 중년의 여인이 다가왔다.

"다 끝났어?"

"응."

"그럼 가자."

"응."

그 여인은 미연의 엄마였다. 두 사람은 서로의 손을 맞잡은 채 어디론가 사라져 버렸다.

주원과 유미는 갑작스러운 상황들에 어리둥절했다. 모든 게 순식간에 이뤄졌기 때문에 상황 파악을 할 새가 없었다. 그러면 서도 아직 카페 안에 있는 준혁이 현재 어떤 상황일지 조금 궁금했다.

잠시 카페 2층의 유리창을 올려다보던 주원이 고개를 내렸을 때, 그 앞엔 아직 유미가 서 있었다. 유미는 주원과 눈이 마주치 자 얼른 고개를 숙이고 모자를 푹 내렸다.

"그, 그럼 이만."

유미가 조용히 인사한 뒤 곧바로 주원의 옆을 지나쳐 걸어 갔다.

"혹시, 우리 어디서 본 적 있나요?"

주원의 물음을 듣지 못한 유미가 빠른 걸음으로 자리를 떴다. 주원의 목소리가 작은 탓이었다. 그럴 생각은 아니었는데, 주변 시선을 신경 쓰느라 자신도 모르게 소리가 작게 나온 것이다.

그의 질문은 거짓이 아니었다. 처음 본 순간부터 그는 생각했 다. 유미를 어디선가 본 것만 같다고. 특별히 친하게 지낸 사이 는 아닌 듯했지만, 분명히 본 적이 있었다. 확실하다며 주원이 전에 없던 확신을 가졌다. 도대체 어디서 본 걸까. 그러면서 동시에 의심했다. 본 적이 있기를 바라는 것은 아닌지. 주원은 그렇게 멀어지는 유미의 뒷모습을 한참 동안 바라보았다.

집으로 걸어가면서도 끊임없이 생각했다. 하지만 어디서 봤는지 아무리 떠올려 봐도 기억이 나지 않았다. 집에 도착할 때까지 그의 고민은 계속되었고, 집에 들어와 옷을 갈아입는 순간까지도 답을 찾을 수 없었다. 그러는 내내 유미의 얼굴을 떠올렸다. 특히 크고 선명한 두 눈이 뇌리에 박혀 도무지 머릿속에서 떠나질 않았다.

☆ ☆ ☆

걱정했던 모임이 흐지부지 끝났다는 사실에 유미는 마음이 이상했다. 이게 잘된 만남인지 아닌지가 너무 헷갈렸다. 일단 숙소 밖으로 나왔다는 사실이 중요하다. 거기다 새로운 사람들을 만나 대화까지 나눴다. 이 정도면 그녀에게 있어서는 엄청난 발전이었다. 물론 제대로 된 대화는 한마디도 못 나눴지만 말이다.

카페에서 멀지 않은 곳에 위치한 숙소를 향해 걸음을 재촉했다. 다행히 카페와 모텔은 아주 가까웠다. 카페를 나와 왼쪽 보도블록을 걸어가다 보면, 얼마 안 가 왼쪽에 넓은 골목이 나온다. 그곳으로 가면 양옆으로 다양한 음식점과 술집이 나타나는데, 신경 쓰지 않고 조금 더 걸어가면 네 갈래의 길을 만날 수 있다. 네 갈래 중 오른쪽 골목 안으로 들어가면 모텔이 여럿 나온다. 그리고 그중 가장 가까운 곳에 위치한 모텔이 그녀의 숙소였다.

"이거 너무 예쁘다. 그치?"

보도블록 위를 걷던 유미가 순간 고개를 돌렸다. 그곳엔 머리핀 하나를 들고 즐거워하는 여자와 맞장구를 쳐 주는 남자가 보였다. 그녀의 시선은 곧 다른 곳으로 옮겨 갔다. 도착지는 가게 앞 매대에 놓여 있는 다른 물건들이었다. 그중 머리끈 하나가 특히 시선을 끌었다. 특색 없이 둥근 머리끈이었다. 색깔도 전혀 튀지 않는 검은색이었지만, 그럼에도 그 머리끈에 이끌리듯 눈길이 향했다.

"마음에 드세요?"

매대 앞에 선 유미에게 가게 주인이 물었다.

"아, 아니……."

"하나 사세요."

유미는 한참을 망설였다. 평소엔 밖에 잘 다니지 않을 뿐 아니라, 나가도 어차피 모자를 눌러쓰기 때문이다. 그럼에도 이 머리끈이 마음에 들었다. 결국 유미는 주머니에서 돈을 꺼내 조용히 가게 주인에게 건넸다.

"사려고요? 잘 생각했어요."

머리끈을 들고 숙소로 들어서자, 가장 먼저 노랫소리가 그녀를 반겼다. 고개를 돌려 작은 창문을 바라봤다. 그런데 그 안에 있어야 할 주인이 보이지 않았다. 신경 쓰지 않고 빠르게 계단을 올랐다. 2층 복도를 지나 가장 구석진 208호 앞에 섰다. 문을 열고 안으로 들어서려 하는데, 뒤에서 그녀를 부르는 목소리가 들렸다.

"왔네?"

유미가 문고리를 잡은 채 몸을 돌리자, 맞은편 209호 방 앞에 청소 중이던 여사장이 서 있었다.

"네……."

유미가 한껏 움츠러든 자세로 말했다.

"깜짝 놀랐어. 갑자기 밖에 나가 가지고. 여기 온 지 한 달 만에 외출한 거 아니야?"

"네, 맞아요."

"잘 생각했어. 자기도 좀 밖에 나가고 해야지. 언제까지 방에 틀어박혀 지낼 거야. 안 그래?"

유미가 말없이 씁쓸한 미소를 지었다.

"그리고 말이야……."

말끝을 흐리는 목소리에 유미는 흘긋 사장을 바라보았다.

"앞으로 고민이나 어려운 일 있으면 다 말해. 엄마라고 생각하고."

"네?"

갑작스러운 따뜻한 말에 유미가 순간 어리둥절하며 되물었다.

"그동안 방에 틀어박혀 있는 모습 보니까 마음이 안 좋더라고. 그러니까 나랑 우리 집 아저씨를 엄마 아빠라고 생각해. 우리가 잘해 줄 테니까."

사장은 그렇게 말하며 입꼬리를 크게 올려 웃었다. 반면 눈은 별다른 움직임이 없었다. 기분이 좋아서 웃는 웃음이 아니었다. 유미는 왠지 그 표정이 다정하다고 느껴졌다.

"감사합니다."

유미는 사장의 말에 진심으로 감동을 받았다. 지금껏 자신에게 이런 말을 해 준 사람은 할머니 외에 아무도 없었기 때문이다. 드디어 마음을 터놓고 얘기할 사람을 만난 것만 같았다. 앞으로 있을 고민과 걱정을 혼자 끙끙 앓고 있지 않아도 된다는 생각에 유미는 한결 마음이 놓였다.

"감사는 무슨. 자기가 안타까워서 그렇지. 아무튼 푹 쉬어."

"근데 저……."

"응?"

다시 청소를 하려던 사장이 멈칫하며 다시 유미를 바라봤다.

"근처에 공터 혹시 있나요?"

"공터? 있긴 있어. 여기서 한 30분 정도 걸어야 할 거야. 근데 거긴 왜?"

"아, 아니에요."

"가고 싶은 거면 알려 주고. 알려 줘?"

"네……."

"알았어. 이따가 약도 그려서 줄게. 못 알아봐도 할 수 없고."

"네."

"들어가, 그럼."

유미는 사장에게 꾸벅 인사를 하고 안으로 들어와 얼른 문을 닫았다. 신발을 벗고 방으로 들어선 후에야 모든 긴장이 풀려,

온몸이 나른해지는 듯한 기분이었다. 크게 숨을 내쉬며 컴퓨터 책상 앞에 섰다. 모자를 벗어 책상 위에 올려 둔 뒤 주머니에 손을 넣었다. 다시 손을 꺼냈을 땐 손바닥 위에 머리끈이 놓여 있었다. 유미는 그 머리끈을 보며 작게 미소 지었다.

6

신비한 머리끈

똑똑.

노크 소리에 유미가 슬며시 문이 열었다. 문 앞엔 모텔 여사
장이 근처 카페에서 산 커피 잔을 들고 서 있었다. 그녀가 묻지
도 않고 당당하게 안으로 들어서자, 기세에 밀린 유미가 뒷걸음
질 치며 길을 터주었다. 이곳에 온 지 두 달이 넘어가는 동안 방
에 모텔 사장이 들어온 것은 처음이었다. 그녀뿐만 아니라 어
느 누구도 들어온 적이 없었다. 필요한 물품은 보통 몰래 가지
고 왔다. 예를 들어 수건 같은 경우, 사장이 2층 빈방을 청소 중
일 때 슬쩍 복도로 나가 사용한 수건을 빨래통에 던진 뒤 그 옆
에 있는 새로운 수건을 챙기는 식이었다.

"쉬고 있었어?"

사장이 아예 신발을 벗고 들어가 방 안을 살피며 물었다.

"네……."

유미는 현관에 서서 무슨 잘못이라도 한 듯 두 손을 꼼지락거리며 대답했다.

"한 달 전에 보니까 낮에 외출도 하고 그러던데. 그 이후로는 왜 또 안 나가?"

"아, 그때요……."

유미는 한 달 전의 커뮤니티 모임이 떠올랐다. 겉으로 티를 내진 않았지만, 그날의 외출을 모텔 사장이 기억하고 있다는 사실에 놀라 조용히 눈동자를 굴렸다.

"밖에 나가 일 좀 하나 했는데 아닌가 보네."

"네……."

"근데 밤만 되면 어딜 그렇게 가는 거야?"

"네?"

유미의 두 눈이 동그랗게 커졌다.

"아니, 우리 집 아저씨 말로는 자정만 되면 어디로 나간다던데. 맞아?"

모텔 주인의 물음에 잠시 망설이던 유미가 조심스럽게 고개를 끄덕였다.

"전에 나한테 물어봤던 그 공터에 가는 거야?"

"네……."

"그래? 거기서 뭐 하는데?"

"그, 그게……."

유미가 우물쭈물하며 대답하지 못했다.

"내가 첫날에 말했을 텐데. 아주 사소한 문제라도 일으키면 바로 경찰에 연락할 거라고."

"아, 아니에요. 전혀 문제 될 일 아니에요."

유미가 다급히 손을 저으며 말했다.

"알았어. 사고만 치지 마."

"네……."

"그건 그렇고, 자기도 이제 슬슬 돈을 벌어야 하지 않을까?"

"돈이요?"

"응. 앞으로 서울에서 지내려면 돈을 벌어야지. 언제까지 방에 처박혀서 지낼 거야."

유미 역시 생각하고 있는 부분이었지만, 선뜻 몸이 움직여지지 않았다.

"해야죠……."

유미가 고개를 숙이며 작은 목소리로 대답했다.

"그럼 해야지. 이곳에 오래 있으려면. 아, 아니. 돈을 벌어야 자기도 집을 장만할 거 아니야. 그치?"

"네……."

"그래서 말인데, 근처 카페에서 아르바이트생을 구한대. 거기 가서 면접 한번 봐봐."

"면접이요? 어느 카페요?"

모텔 주변엔 카페가 굉장히 많았다. 심지어 나란히 붙어 있는 카페들도 있었다. 유미는 그중 특정 카페를 떠올리며 사장에게 물었다.

"지금 내가 들고 있는 여기."

사장이 오른손으로 들고 있는 커피 잔에는 브랜드 로고가 박혀 있었다. 유미는 단번에 어느 가게의 로고인지 알아챘다. 이미 머릿속에 있던 그 카페. 바로 모임을 가졌던 그곳이었다.

"제가…… 될까요?"

"합격? 당연히 되지. 사실 내 남동생이 하는 카페거든. 때마침 아르바이트생을 구하고 있더라고. 그래서 아까 다녀오면서 매니저한테 이미 말해 뒀어. 내가 아는 동생이 아르바이트 구하고 있는데 면접 한번 봐 달라고. 내가 이렇게까지 말했으면 무조건 합격이야. 어떻게 내 말을 거역하겠어. 동생도 내 말에 말대꾸 한 번 못 하는데. 아무튼, 자기! 할 거지?"

"네……."

"그래, 잘 생각했어. 이따가 오후 4시까지 오래."

사장은 그렇게 말하며 현관에서 신발을 신고 문을 열었다.

"오, 오늘요?"

"응. 쇠뿔도 단김에 빼라고, 빨리빨리 하자고. 거기도 지금 급한 모양이야."

당황한 유미를 빤히 보며 사장이 말했다.

"네……."

"얼른 준비해. 맞다. 면접 땐 모자 쓰고 가면 안 돼."

말을 마친 사장이 먼저 방을 나섰다. 그녀는 마치 복도를 런웨이처럼 시원하게 걸었다.

'돈을 벌어야 오래 있지. 숙박비를 남들보다 훨씬 더 내는데.'

그 얼굴엔 회심의 미소가 걸려 있었다.

"아, 어떡하지."

유미는 걱정이 한가득이었다. 모임 이후로 그다지 큰 변화는 없었다. 기대를 많이 했지만 생각대로 되지 않았고, 오히려 더욱 방구석 생활에 빠져 들었다. 그렇다 보니 아르바이트를 현실적으로는 생각지 못하고 있었는데, 갑자기 이런 제의를 받으니 너무 당황스러웠다. 하지만 해야 할 때가 되긴 되었다. 할머니에게 받은 현금이 얼마 안 남았기 때문이다. 이대로라면 몇 달 뒤엔 방에서 쫓겨나듯 나가야 할지도 모른다.

이 기회를 놓치면 안 된다고 생각했다. 동시에 불안이 피어올랐다. 가서 어떻게 말을 해야 할지가 가장 큰 고민이었다. 분명 제대로 말을 잘 못할 테고, 그 모습을 본 매니저가 불합격 통보를 내릴 것만 같았다. 훤하게 그려지는 그림에 벌써 긴장감이 온몸을 흔들었고, 가슴이 마구 뛰기 시작했다. 그 순간, 한 가지가 떠올랐다.

침대 옆 서랍장 위에 있는 검은색의 평범한 머리끈. 한 달여 전 우연히 구입했던 머리끈이었다. 그것을 집어 만지작거리자 왠지 모를 평온이 찾아왔다. 이상했다. 긴장되는 순간을 상상할 때마다 이 머리끈을 잡으면 마음이 괜찮아졌다. 어릴 때부터 사용하던 머리끈과 닮아서 그런가, 하고 유미는 생각했다. 지금은 시골집 서랍 안에 고이 누워 있는 그 머리끈.

유미는 어릴 때부터 긴 생머리를 좋아했다. 그런데 남들보다 머리숱도 많고 빨리 자랐던 탓에, 그 점이 마음에 안 들었던 엄마가 한날 머리끈을 가져왔다. 지금과 똑같은 어떤 무늬도 없는 검은색의 평범한 머리끈이었다. 엄마는 그 머리끈으로 유미의 머리카락을 묶어 주었고, 이후 매일 단정하게 머리를 묶고 다니기 시작했다. 다른 머리끈은 있지도 않았다. 오로지 그것 하나만 사용했다.

그러다 사고가 발생했고, 얼마 지나지 않아 유미는 할머니의 집으로 갔다. 그때부터는 할머니의 도움을 받아 머리를 묶었다. 그럴 때면 이상하게 마음이 편안하고 좋았다. 하지만 지금은 엄마도 할머니도 없다. 결국 긴 머리카락을 자신의 손으로 싹둑 자르고, 소중히 여기던 머리끈마저 시골집에 두고 온 것이다.

서울에 올라온 뒤로는 머리 관리가 전혀 안 되었다. 아니, 하지 않았다. 그러는 사이 머리카락은 꾸준하게도 자라 어깨 바로 위까지 내려왔다. 드디어 이 머리끈을 처음 사용할 기회가 온 것이다. 어릴 때 엄마와 할머니가 해 주었던 것처럼.

유미는 화장실 안으로 들어가 세면대 앞에 섰다. 그리고 머리끈으로 머리를 묶었다. 조금 어설펐지만 전보다 짧아진 머리 길이 탓이라 여기기로 했다. 유미가 거울에 비친 자신의 얼굴을 보며 속으로 외쳤다.

'할 수 있어.'

4시가 얼마 남지 않았을 때쯤 카페 문을 열었다. 모자를 쓰지 않고 밖으로 나온 건 이번이 처음이었다. 어두컴컴한 자정에 공터를 갈 때도 항상 모자를 푹 눌러썼었다. 이렇게 환한 대낮임에도 모자를 쓰지 않은 자신이 유미는 내심 놀라웠다. 물론 걸어오는 내내 고개를 푹 숙이긴 했지만, 이 정도만 해도 엄청난 변화였다. 이런 용기가 어디서 나왔는지 스스로도 의아했다. 아주 오랜 시간이 더 지나야만 가능할 줄 알았다.

"어서 오세요."

계산대에 있는 아르바이트생이 유미를 보고 큰 소리로 인사했다. 유미는 넓은 1층을 가로질러 조용히 계산대 앞에 섰다.

"저…… 면접……."

"아, 면접이요. 잠시만요. 매니저님!"

아르바이트생이 고개를 돌려 큰 소리로 매니저를 불렀다. 유미는 이곳에서 일하게 될지도 모른다는 생각에 찬찬히 주변을 살폈다. 기다란 계산대 뒤로는 세 명의 아르바이트생이 있었다. 유미를 반겨 준 남자 아르바이트생 뒤로 커피를 제조하는 다른 남자 아르바이트생이 있었고, 계산대 한쪽에서 완성된 커피를 손님에게 건네는 여자 아르바이트생이 있었다. 커피를 제조하는 곳 옆에 직원들만 이용하는 문이 보였다.

잠시 후 그 문이 열리더니, 30대 초반으로 보이는 깔끔하고 단정한 외모의 여자가 나타났다.

"왜 불렀어?"

"면접 보러 오셨대요."

매니저가 계산대 앞에 선 유미를 유심히 바라봤다. 그녀의 표정이 아주 미세하게 일그러졌지만 곧바로 미소를 되찾았다. 역시 매니저라는 직함에 걸맞게 표정 관리에 능숙했다.

"어서 오세요. 아, 잠시만요."

1층은 손님들로 자리가 빼곡히 채워져 있었다. 매니저가 계산대 밖으로 걸어가 저 멀리까지 살펴보자, 다행히 끝 쪽에 자리가 하나 남아 있었다.

"저기로 가죠."

매니저가 앞장서 빈자리로 향했고 유미가 그녀의 뒤를 따라갔다. 매니저는 푹신한 소파 의자에 털썩 몸을 앉혔다. 유미도 반대편 나무 의자에 조심히 앉았다. 이력서는 물론 그 어떤 것도 없었다. 그저 모텔 주인이 강제로 만든 면접 자리였다.

유미는 어색함에 두 손만 꼼지락거렸다. 매니저 역시 무슨 말을 해야 할지 몰라 잠시 입을 다문 채 가만히 있었다. 얼마 뒤, 계산대에서 인사를 건넸던 아르바이트생이 다가와 테이블 위에 두 잔의 아이스 아메리카노를 내려놓고 갔다.

"마셔요."

매니저가 유미에게 커피를 권하며 대화를 시작했다.

"네……."

"아르바이트해 본 적은 있어요?"

"아, 아니요."

"그러시구나. 뭐, 일이야 하면서 배우면 되는 거고. 그건 문제가 안 되는데 진짜 문제는……."

매니저가 잠시 뜸을 들였다.

"사람을 상대하는 게 어려우신 것 같아요."

"네?"

"긴장을 굉장히 많이 하시네. 무슨 죄지은 것처럼 고개도 푹 숙이고. 자세히 보면 입술도 파르르 떨리잖아요."

매니저의 관찰력에 유미는 더욱 긴장했다.

"지금 많이 떨려요?"

"네……."

"그렇게 긴장해서 손님을 어떻게 상대하시려고 그래요. 목소리도 작아서 손님이 답답해하실 것 같은데. 정말 하실 수 있겠어요?"

매니저의 물음에 유미가 선뜻 대답하지 못했다. 사실 잘할 자신이 없었다. 그저 좋은 기회라고 여겨 이곳에 왔을 뿐이다. 그런 마음을 매니저는 정확히 캐치했다.

"……네."

유미가 마지못해 할 수 있다고 대답했다.

"에휴, 알았어요. 일단 해 보죠. 대신 한 달 동안 해 보고 평가할 거예요. 잘 못한다 싶으면 가차 없이 자를 겁니다. 그땐 모텔 사장님이고 뭐고 없어요. 어차피 카페 사장님은 내가 직원을 구하든 자르든 믿고 맡기니까. 아무튼 한 달입니다. 알았죠?"

"네……."

"목소리도 가능하면 좀 크게 하세요. 뭐, 진동 벨이 있긴 해도 급할 땐 소리쳐야 하니까요. 주문받을 때도 크게 말해야 손님들이 편하고. 지금보다 목소리 크게 낼 자신은 있는 거죠?"

"네⋯⋯."

유미의 자신 없는 대답에 매니저가 어이없다는 듯이 피식 웃으며 말을 이었다.

"아무튼 알았어요. 다음 주에 뵙죠. 아, 맞다."

자리에서 일어나던 매니저가 다시 자리에 앉으며 말했다.

"저희는 유니폼이 따로 나와요. 앞치마도 위에 걸치고. 그러니까 복장은 걱정할 필요 없어요."

매니저의 시선이 유미의 빨간색 트레이닝 복에 꽂혔다. 그녀는 처음부터 후줄근한 옷이 신경 쓰였다. 뒤늦게 자신의 옷을 인지한 유미는 민망함에 고개를 들 수가 없었다. 불과 며칠 전에도 비슷한 일이 있었기에 더욱 그랬다.

며칠 전, 샤워를 하고 나오는데 때마침 문 밖에서 모텔 여사장의 발소리가 들렸다. 유미는 곧바로 현관으로 달려가 문에 귀를 갖다 댔다. 맞은편 209호의 문이 열리고 그 안으로 들어가는 발소리가 들렸다. 분명 청소를 하려는 것이다. 이때가 기회다 싶어 사용한 수건을 들고 얼른 복도로 튀어 나간 그 순간, 209호에서 나오는 모텔 여사장과 눈이 마주쳤다.

"자기, 그 수건 내놓는 거야?"

"아⋯⋯. 네⋯⋯."

"그럼 저기다 던져 둬. 새 거는 옆에 있으니까 알아서 가져가고. 다른 것도 필요하면 가져가."

유미가 그녀의 말대로 축축한 수건을 빨래 통에 넣고 그 옆에 세워 둔 새 수건과 샤워 용품들을 챙겨 방으로 들어가려 할 때였다.

"근데 자기는 옷이 그거밖에 없어?"

그 말에 유미가 고개를 돌렸다.

"네?"

"아니, 볼 때마다 빨간 트레이닝 복만 입고 있어서. 빨긴 하는 거지? 곧 있으면 여름이야."

그 말을 들은 유미의 얼굴이 입고 있는 옷만큼이나 벌겋게 달아올랐다. 그런데 그 일이 있고 얼마 안 돼서 또 옷에 관한 이야기를 들은 것이다. 무척 부끄러웠다. 동시에 유니폼이 나온다는 사실에 안심됐고 한편으로는 설레기도 했다.

숙소로 돌아오자마자 입구에서 여사장을 마주쳤다. 합격 소식에 박수까지 치며 기뻐하던 그녀는 유미의 손을 잡고 곧장 어디론가 향했다. 도착한 곳은 근처에 있는 구제 옷가게였다. 그곳에서 청바지와 흰색 블라우스를 구매했다. 취업 기념 선물이었다. 이후 함께 간 곳은 근처 휴대폰 매장이었는데, 모텔 사장이 유미 명의로 된 휴대폰을 구입해 주었다. 물론 휴대폰은 매달 얼마씩 갚기로 했다.

과거의 경험 덕분에 다행히 휴대폰엔 수월하게 적응했다. 초등학교 5학년 때부터 중학교 3학년 때까지 사용했었고, 교통사고가 났을 때도 뒷좌석에서 휴대폰을 하고 있었다. 하지만 사고와 함께 그 자리에서 박살이 난 후, 더 이상 휴대폰을 사용하지 않았다. 할머니와 집에서만 시간을 보냈기에 딱히 필요하지도 않았고 살 수 있는 상황도 아니었기 때문이다. 물론 처음엔 무척 답답했다. 하지만 그것보다 부모가 세상을 떠난 상황이, 모두의 손가락질이 유미를 더욱 힘들게 만들었다.

아르바이트 면접을 본 지 어느덧 일주일이 지났다. 아침 10시, 유미는 설레는 마음으로 방을 나섰다. 드디어 아르바이트를 시작하는 것이다. 카페에 도착해서는 유니폼으로 갈아입고 앞치마를 맸다. 검은색 머리끈으로 깔끔하게 머리를 올려 묶은 뒤 모자까지 쓰니 꽤 그럴 듯했다.

가장 먼저 시작한 것은 커피 제조 방법을 배우는 일이었다. 오픈 준비를 하는 동안 여자 아르바이트생인 수미가 옆에 딱 붙어 하나씩 가르쳐 줬다. 예상대로 역시 쉽지 않았다. 하지만 재밌었다. 누군가에게 직접 커피를 만들어 줄 수 있다는 게 좋았고 기대가 됐다.

얼마 뒤, 첫 번째 손님이 들어왔다. 이때부터 손님 응대를 배우기 시작했다. 아직 커피를 만들어 손님에게 내놓을 정도는 아니었고, 손님들이 밀려오는 탓에 제대로 배울 수도 없었다. 그래서 주문을 받고 계산하는 일을 먼저 배우기로 했다. 처음엔 다른 아르바이트생이 먼저 시범을 보였다. 면접을 보러 온 유미에게 가장 먼저 인사를 건넸던 아르바이트생 승훈이다. 그는 큰 목소리와 밝은 미소로 손님들을 반겼다. 주문도 일사천리로 받아서 해결했다. 그 모습을 옆에서 보며 유미는 몹시 부러웠다. 언젠가 저 사람처럼 되고 싶다는 생각이 들었다.

몇 번의 시범을 보고 나자 긴장감에 심장이 마구 뛰었다. 어떻게 인사해야 할지 고민이 되었다. 분명히 승훈이 하는 것을 봤음에도 오히려 더 어렵게 느껴졌다. 가장 큰 문제는 손님을 마주했을 때 입이 제대로 떨어지지 않는다는 점이었다. 미소를 짓는 것도 어려웠고, 눈을 마주치는 것도 힘들었다. 이 총체적 난국을 어떻게 헤쳐 가야 할지 유미는 막막했다.

"휴우."

크게 심호흡을 하며 속으로 생각했다. 모텔 사장하고 대화할 때처럼, 딱 그때처럼만 하자. 그렇게 마음을 먹으니 한결 마음이 편해졌다. 유미가 생각하는 것처럼 그나마 마음 놓고 이야기할 수 있는 유일한 상대가 바로 모텔 사장이었다. 물론 긴 대화를 나누거나 먼저 다가가는 것은 아니었지만, 적어도 말을 더듬지 않았고 목소리가 기어 들어가지도 않았다. 아무래도 여러 번 봤기 때문일 것이다.

그때, 정장을 입은 한 여자 손님이 들어왔다.

"유미 씨가 한번 주문받아 보세요."

시범을 보였던 승훈과 자리를 바꿨다. 드디어 유미 혼자 손님을 맞는 것이다.

"어, 어서 오, 오세요."

유미가 말을 더듬으며 맞이했다. 그녀의 목소리는 마구 떨렸고 손님을 쳐다보려 노력했지만 시선이 자꾸 계산대로만 꽂혔다. 멀리서 관찰하는 매니저가 피식 웃었고 주변에 있던 아르바이트생들도 키득거렸다.

"뭐, 뭐 드, 드시겠어요?"

자신이 했던 인사말에 자신감이 떨어진 유미가 더욱 작은 목소리로 물었다.

"네?"

벽에 걸린 메뉴판을 보던 손님이 유미에게로 시선를 돌리며 되물었다. 유미가 뭐라고 한 건지 그녀는 전혀 알아들을 수 없었다.

"그, 그게요. 뭐 드, 드시겠어요?"

유미는 용기를 내 조금 전보다 좀 더 크게 말했다. 하지만 시선은 여전히 손님이 아닌 계산대에만 꽂혀 있었다. 손님의 얼굴이 조금 일그러졌고 고개를 절레절레 흔들었다. 분명 유미의 모습이 마음에 들지 않았다. 하지만 이내 관심을 거두고 다시 메뉴판을 쳐다봤다.

"잠시만요. 천천히 좀 고를게요."

"파이팅."

손님이 메뉴판을 보는 동안 옆에 있는 아르바이트생 세 명이 유미를 조용히 응원했다. 유미의 한쪽 귀로 응원 소리가 들렸지만 전혀 기쁘지 않았다. 주목을 받는 상황에 더욱 마음이 움츠러들었다.

"캐러멜마키아토 한 잔이요."

"잔은 어떻게……"

"뭐라고요? 잔이요?"

손님이 유미를 향해 고개를 쭉 내밀며 물었다.

"네……."

"톨 사이즈요."

"카드는 여기……."

"근데 오늘 처음이세요?"

손님이 카드를 단말기에 꽂으며 물었다.

"네?"

유미가 깜짝 놀라 토끼 눈을 한 채 고개를 들었다. 그러다 이내 고개를 다시 살짝 숙였다.

"제가 이곳 단골인데 처음 보는 것 같아서요. 그리고 하시는 게 초보 티가 딱 나잖아요."

유미가 아무런 대꾸도 하지 못한 채 영수증과 카드 그리고 원형 진동 벨을 손님에게 건넸다. 손님은 한쪽에 마련된 테이블에 자리를 차지하고 앉았다. 돌아서는 모습이 왠지 차갑게 느껴졌다.

"걱정한 것보다는 괜찮았어요."

손님 응대 시범을 보여 줬던 아르바이트생 승훈이 위로하듯 말했다.

"처음 치고 잘한 거야. 앞으로 점점 발전할 거니까 걱정 안 해도 돼."

뒤이어 멀리서 지켜보던 매니저도 유미 곁으로 다가와 칭찬을 건넸다.

"네, 감사……."

"그럼 일단 저기 테이블 좀 닦을래?"

매니저가 유미의 말을 끊고 그녀에게 지시했다. 유미는 매니저가 가리킨 테이블로 고개를 돌렸다.

그때부터 그녀는 하루 종일 테이블 청소와 쓰레기통 비우기, 여자 화장실 청소만 도맡아서 했다. 커피를 제조해서 손님에게 드리는 것은 고사하고 손님 응대조차 벅찼다. 특히 그녀에겐 치명적인 단점이 존재했기에 시간이 더욱 필요했다. 그런 사실을 잘 알고 있는 유미는 대신 자신이 맡은 일을 한 치의 오차도 없이 꼼꼼하게 해치웠다.

청소는 사람을 상대하는 것이 아니었고 시골에 있을 때부터 매일 해 오던 것이기에 자신 있었다. 다행히 그런 유미의 태도를 매니저가 매우 흡족하게 바라봤다.

퇴근 시간을 다섯 시간이나 넘긴 밤 10시가 되어서야 겨우 일을 마칠 수 있었다. 첫날이니 일을 보고 배우라는 매니저의 지시 때문이었다. 하루 종일 테이블 청소와 쓰레기통 정리만 했는데도 정신이 없었다. 맡은 일을 굉장히 잘해 냈지만, 유미는 다른 이유들로 머릿속이 복잡했다. 지나다니는 손님들은 물론이고 함께 일하는 이들의 시선을 계속 신경 쓰느라 힘이 들었다. 일을 하는 것보다 그 점이 유미를 더욱 지치게 했다.

퇴근 후 방에 돌아온 유미는 샤워를 마치고 침대에 벌러덩 누웠다. 오랜만에 긴 시간 서 있었더니 발바닥이 무척 아팠다. 그래도 누워 있으니 이보다 편하고 좋을 수가 없었다. 고된 노동 후에 갖는 휴식의 달콤함에 취해, 어느새 자신도 모르게 잠이 들고 말았다.

깊은 잠에 빠져 쌔근쌔근 꿈 속을 헤매던 그때.

똑똑.

유미가 잠에서 깨 몸을 일으켰다. 잠결에 들은 소리라 선뜻 움직이지 못하고 문밖으로 잠시 귀를 기울였다.

똑똑.

그러자 다시 문을 두드리는 소리가 들렸다. 이번에는 곧장 문으로 다가갔다. 문고리를 잡고 살며시 문을 열자, 그 앞엔 모텔 여사장이 서 있었다.

"잤어?"

"네……."

"에휴, 카페에서 어땠는지 자기한테 물어보려고 퇴근도 안 하고 기다렸는데 깜빡 잠이 들었지 뭐야. 남편한테 혹시 내가 잠들면 깨워 달라고 했는데 이제야 깨웠어. 정말 도움 안 되는 사람이라니까."

"네……."

유미가 난처해하며 주변을 살폈다. 복도는 조용했다.

"피곤했나 봐. 11시 반밖에 안 됐는데 벌써 자고."

"네, 조금."

"그래, 첫날이니까 피곤했겠지. 긴장도 됐을 테고. 아무튼 일은 어때? 할 만해?"

"네. 다들 옆에서 잘 도와주셔서요."

"다행이다. 그만두지 말고 오래 일해. 알았지?"

"네, 알겠습니다."

"그래. 얼른 가서 다시 자."

문이 닫히고 유미는 다시 침대로 향했다. 하지만 방금 전처럼 쉽게 잠들지 못했다.

잠에서 완전히 깨 버린 그녀는 한참을 멀뚱멀뚱 천장만 바라봤다. 그러다 문득 공터가 생각이 났다. 공터의 존재를 알고부터는 자정이 가까워지면 거의 매일 그곳을 찾았다. 어제도 다녀왔지만 갑자기 그곳을 가고 싶다는 생각이 들어 급히 몸을 일으켰다. 컴퓨터 책상 위에 걸려 있는 모자를 눌러쓰고 문 앞으로 가 문고리를 돌렸다. 그런 뒤 조심스레 고요한 복도로 나왔다. 오늘따라 유난히 조용해 조금은 의아했다.

어두운 밤거리를 걸어 30분 거리에 있는 공터에 도착했다. 주변엔 나무 몇 그루만 있을 뿐 아무것도 없었다. 불을 밝히는 가로등도 없었고 심지어 사람도 없었다. 여긴 동네 사람들도 잘 모르는 곳인 듯했다. 그렇기에 마음 편하게 시간을 보낼 수 있었다. 처음엔 연신 주변을 살폈고 조금만 소리가 나도 피할 준비를 했었지만, 이젠 전혀 동요하지 않고 여유를 즐겼다. 이곳에서의 소음 대부분은 사람이 아닌 자연이 만들어 낸다는 사실을 깨달았기 때문이다.

계단을 내려온 유미가 공터 중앙으로 걸어갔다. 그리고 이내 눈을 감고 자세를 잡은 뒤 주문을 외우기 시작했다. 그러자 공터 가장자리부터 천천히 땅이 변하기 시작했다. 어느새 할머니와 지냈던 집이 눈앞에 나타났다. 유미가 서 있는 곳은 마당이었고, 그 뒤로 기와집이 자리하고 있었다.

유미는 그곳으로 가 툇마루 끝에 앉았다. 예나 지금이나 마음 편히 쉴 수 있는 유일한 공간이었다. 특별히 하는 것은 없었다. 가만히 앉아 있을 뿐이지만 그래도 좋았다. 마치 옆에 할머니가 함께하고 있는 것 같은 안락하고 포근한 느낌마저 들었다. 아마 그리움 때문일 것이다. 할머니에 대한 그리움. 그리고 집에 대한 그리움. 바쁘고 복잡하지만 내 편은 아무도 없는 서울에서 벗어나 다시 시골로 돌아가고 싶었다. 하지만 이젠 그곳에도 유미를 받아 줄 사람은 없다.

할머니를 떠올리니 뿌듯함이 조그맣게 생겼다. 세상을 떠난 할머니의 바람대로 큰 세상으로 나와 사람들과 어울리며 지내고 있는 중이다. 아직은 많이 부족하고 어렵지만 나름 최선을 다하고 있다. 지금 자신의 모습을 보면 분명 할머니가 기뻐할 거라고 생각하니 전에 없던 힘이 났다.

☆ ☆ ☆

꽤 오랜만이었다. 주원은 오랜만에 만난 번화가의 복잡함에 정신을 차릴 수가 없었다. 그럼에도 일부러 이곳을 택했다. 개인 훈련과 모임을 통해 나름의 발전을 이뤘다고 생각한 뒤로는 조금 안일하게 지냈다. 거기다 소설을 준비하는 일에 너무 몰두한 나머지 다시 집에 틀어박혀 지내게 되었다.

그러기를 벌써 한 달. 슬슬 걱정이 밀려왔다. 이러다 다시 예전의 모습으로 원상 복귀될지 모른다는 걱정이었다. 소설 작업도 어느 순간 벽에 막힌 듯 앞으로 나아가질 못해, 변화가 필요하다고 판단한 주원이 겸사겸사 카페를 찾았다.

이상했던 모임 이후 이곳을 방문한 건 처음이었다. 모임은 그날을 마지막으로 더 이상 진행되지 않았다. 단체 채팅방은 누군가가 먼저 나가 주기만을 기다리는 중이고, 커뮤니티 사이트에도 전보다 드문드문 들어갔다. 주원은 더 이상 자신을 은둔형 외톨이라고 생각하지 않았기 때문이다. 그만큼 많이 바뀌었다고 믿었다.

그래도 한 번씩 커뮤니티에 들어가면 공감되는 글들이 많아 여전히 재밌었다. 솔직히 말해서 유미가 올린 글은 없는지 찾아다니기도 했다. 자신도 왜 그러는지 이해는 되지 않았지만 무의식중에 손가락이 저절로 유미를 검색하고 있었다.

카페 안은 역시나 많은 손님들로 북적였다. 주원은 곧장 계산대 앞으로 갔다. 항상 보던 남자 아르바이트생이 있었고 언제나 똑같이 아메리카노 한 잔을 시켰다. 웬일로 창가 근처에 괜찮은 자리가 하나 보였다. 그곳에 먼저 가방을 올려 두고 다시 계산대 끝으로 가 주문한 아메리카노를 받았다.

가방에서 책과 공책을 꺼내, 커피를 한 모금 마신 뒤 곧바로 소설 구상에 들어갔다. 이미 많은 부분이 완성되었지만 중간에 어느 한 부분이 진행되지 않았다. 그러기를 며칠째다. 아무리 고민해 봐도 답을 찾을 수가 없어, 지쳐 버린 탓에 잠시 손을 놓고 있는 상황이었다.

오늘은 어떻게든 답을 찾겠노라 다짐하며 이곳까지 왔다. 도착한 직후부터 기분 좋게 문제를 해결하고 집에 갈 수 있겠다는 근거 없는 희망이 마구 싹텄다. 아직 노트북이 없어서 공책에 생각들을 담았다. 주변에서 빠르게 키보드를 두드리는 사람들을 살피다 보니 주원은 갑자기 자신의 공책이 부끄러웠다. 하지만 신경 쓰지 않기로 마음먹었다. 이런 별거 아닌 일에 일일이 반응하면 절대 밖으로 못 나온다며 자신을 채찍질했다.

다시 커피를 한 모금 마셨다. 생각에 잠기기 위해 팔짱을 끼고 먼 곳을 봤다. 그곳은 계산대였다. 계산대 주변은 카페 직원들과 새로 들어온 손님들로 북적였다. 그런 와중에도 직원들은 밝은 미소를 유지했다. 그 점이 새삼 대단해 보였다. 주원의 입장에선 결코 쉽지 않은 일이다. 어렸을 땐 나름 잘했다고 여겼지만 어느 순간부터 남들 앞에서 웃음 짓는 게 무척 힘들었다.

직원들의 서비스 정신에 감탄을 하던 주원의 두 눈이 동그랗게 커졌다. 계산대 뒤편의 문에서 귀엽게 생긴 어느 여직원이 나온 것이다. 누구인지 알아차리는 데는 그리 오래 걸리지 않았다. 주원은 그녀가 한 달여 전 모임에서 만났던 유미라는 사실을 깨달았다. 당시 멤버들 중 유일하게 유미의 이름은 기억하고 있었다.

주원은 커피를 한 모금 마신 뒤 오로지 유미만 바라보았다. 소설은 안중에도 없었다. 그때도 주원의 눈에 비친 유미는 무척 예뻤지만, 지금은 차원이 다르게 아름다웠다. 처음 유미를 봤을 때처럼, 아니, 그때보다 심장이 더욱 빠르게 뛰었다.

그녀는 뒷머리가 불편한지 계속 만졌고, 다른 여자 직원이 걱정스러운 얼굴로 머리 묶는 것을 도와주었다. 주원은 그 모든 상황을 가만히 지켜보며 무슨 일인지 계속 신경 썼다. 몇 번이고 머리끈을 고쳐 묶던 유미는, 어느 순간 포기한 듯 대충 머리를 조아 매고 계산대 밖으로 나와 2층으로 올라갔다. 그녀가 완전히 사라질 때까지 지켜보던 주원의 얼굴에 이유 모를 희미한 미소가 피어올랐다.

이후로도 그는 계속 유미를 관찰했다. 억지로 책을 읽으며 관심을 두지 않으려 했지만 자꾸만 눈이 갔다. 그러다 꽤 많은 시간이 흘렀다. 덕분에 처음 계획과는 달리 아무것도 한 게 없었다. 이제부터라도 할 일에 집중하자고 마음을 다잡았다. 책을 들어 글을 읽기 시작했지만, 눈으로 글을 따라 읽을 뿐 내용이 머리에 전혀 들어오지 않았다. 그렇게 10분 정도가 지나자 집중력이 점차 되살아났고, 마침내 모든 정신을 책에 쏟을 수 있었다.

쿵쿵.

겨우 책에 집중하는가 싶었는데, 시끄러운 소리가 귓가를 때려 왔다. 그곳으로 고개를 돌리니 바로 옆에서 테이블을 닦고 있는 유미가 보였다. 그녀가 아주 꼼꼼하고 요란스럽게 테이블을 닦고 있는 것이었다. 주원은 그녀를 확인하자마자 고개를 휙 돌렸다. 절대 자신의 존재가 들켜서는 안 되기라도 하는 것처럼 빠른 움직임이었다.

그러다 다시 고개를 슬쩍 돌려 흘금 그녀를 봤다. 여전히 카폐가 아닌 음식점 테이블을 닦는 것처럼 아주 박박 닦고 있었다. 주원은 다시 고개를 돌려 얼굴을 숨겼다. 자신도 모르게 한 손으로 입과 코를 가리기까지 했다. 유미는 그런 주원은 전혀 신경 쓰지 않고, 일을 마친 뒤 계산대를 향해 걸어갔다.

"휴."

주원이 이유 모를 안도의 한숨을 쉬었다.

시간이 빠르게 지났고 어느덧 오후 5시가 되었다. 결국 그는 소설에 대한 생각을 전혀 하지 못했다. 아쉬워하며 자신이 공책에 쓴 글을 속으로 읽었다. 전부 소설과는 상관없는 글이었다. '날 알아보긴 할까', '머리가 많이 자랐구나'와 같은 유미에 대한 궁금증들로 가득했다. 지금껏 어떤 인물에 대해 이리도 집중한 적이 있었나 싶다. 설명할 수 없는 특이한 감정의 크기가 기다린 시간만큼 함께 자랐다.

유미가 옷을 갈아입고 나와 직원들과 반갑게 인사를 나눴다. 퇴근을 하려는 듯했다. 주원 역시 짐을 싼 뒤 컵을 들고 일어났다. 의도한 것은 아니었다. 유미와 마주치지 않으려 노력했고 카페를 나설 때도 마찬가지였다. 그저 늘 그랬듯 계획한 시간에 맞춰 일어났을 뿐이다. 그가 오늘 세운 계획 중 유일하게 실천에 옮긴 게 이거 하나였다.

계산대 옆 구석진 곳에 위치한 퇴식구 위에 컵을 올려 뒀다. 그러는 사이 유미가 카페 문을 열고 밖으로 나갔다. 주원이 옷 매무시를 가다듬으며 천천히 카페 밖으로 나갔다. 오랜만의 외출에 왠지 거리를 걷고 싶어, 집으로 가는 방향과 반대 방향으로 발을 뗐다.

주변을 살피며 무작정 걷던 주원이 흠칫 놀랐다. 바로 코앞에 유미가 걷고 있는 것이었다. 한껏 움츠러진 어깨로 바닥만 보며 걷고 있는 뒷모습에서 그녀임을 단번에 알 수 있었다. 테이블에서 일어나기 전, 유미가 동료들과 퇴근 인사하는 것을 봤다. 그리고 주원은 휴대폰으로 시간을 확인한 뒤 퇴식구에 컵을 놓고 카페를 나왔다. 그런데 어째서 앞에 그녀가 있는 것일까. 당황한 주원이 자기도 모르게 걸음을 멈췄다.

그때였다. 유미의 머리끈이 바닥으로 떨어졌다. 그 사실을 모른 채 유미는 계속해서 빠르게 걸어갔다. 주원이 얼른 그녀의 머리끈을 주워 높이 들며, 점점 멀어져 가는 유미를 향해 소리쳤다.

"저기요!"

그 소리에 유미는 전혀 반응하지 않았다. 그의 목소리가 작은 탓도 있었지만, 워낙 많은 인파가 몰렸고 근처 가게 스피커에서 흘러나오는 음악 소리가 무척 컸기 때문이다.

"유미 씨!"

주원이 다시 크게 소리쳤다. 방금 전보다 훨씬 큰 목소리였지만 이번에는 유미가 코너를 돌아 골목 안으로 들어가는 바람에 들을 수 없었다. 주원이 아랫입술을 깨물며 고민했다. 그러기를 몇 초. 결단을 내렸다. 곧장 유미를 향해 달리기 시작했다. 수많은 사람들 사이를 이리저리 피해 가며 달렸다.

헉헉.

주원이 유미의 앞을 가로막고는 무릎을 짚은 채 고개 숙여 숨을 헐떡였다. 그의 모습에 유미가 깜짝 놀라 움찔했다.

"유, 유미 씨."

주원이 상체를 들어 올리며 애써 아무렇지 않은 척했다. 그러나 입은 다물어지지 않았고 콧구멍은 동그란 단추처럼 커졌다. 그는 자신이 낼 수 있는 최고의 속도로 달려왔다.

"누, 누구?"

"저요, 이주원. 기억 안 나세요?"

"아."

유미가 한참을 고민하다 뒤늦게 알아차렸다. 얼마 전 모임에서 만났던 동갑내기 남자란 사실을.

"이거 주려고요."

주원이 오른손을 내밀었고 그의 손바닥에는 검은색 머리끈이 있었다. 그것을 본 유미의 두 눈이 커졌다.

"어?"

유미가 다급히 자신의 뒷머리를 만졌다. 언제 풀렸는지 머리가 어깨까지 길게 늘어뜨려져 있었다.

"유미 씨가 흘리고 가셨어요."

"가, 감사합니다."

"휴. 카페에서 일하시나 봐요?"

주원은 호흡을 가다듬으며 겨우 말을 이었다. 그 순간, 두 사람의 눈이 마주쳤다. 넋을 놓고 주원을 바라보던 유미의 얼굴이 벌겋게 달아올랐다. 심장은 마치 본인이 달려온 것처럼 빠르게 요동치기 시작했다. 평소처럼 고개를 돌려 눈을 피해야 하는데 그럴 수조차 없었다. 얼음에 갇힌 것처럼 온몸이 굳어 버렸다.

이런 감정은 처음이었다. 특별히 감동하거나 설렐 만한 일도 없었다. 그저 남자의 얼굴을, 두 눈을 바라보는 것만으로도 긴장되고 불안하고 떨렸다. 이렇게 가까이서 남자와 눈을 마주치고 서 있는 게 처음이라 그런 걸까, 아니면 소중한 물건을 찾아 줘서 그런 걸까. 유미는 주원에게서 건네받은 머리끈을 보며 속으로 생각했다.

'내가 왜 이러지?'

어색한 설렘

주문한 음식이 나오기까지 아주 오랜 시간이 걸렸다. 정확히는 그런 것처럼 느껴졌다. 주원과 유미는 얼른 음식이 나오기만을 간절히 바랐기 때문이다. 테이블 위에 수저와 밑반찬만 있는 상태로 마주 앉아 가만히 있기가 너무 어색했다. 빨리 음식이 나와 식사를 시작하는 편이 훨씬 나을 것 같았다.

두 사람은 서로를 쳐다보지도 못한 채 주변만 두리번거렸다. 주원은 혀로 입술을 적셨고 유미는 테이블 아래에서 두 손을 꼼지락거렸다. 둘 다 마치 첫 번째 모임을 다시 하는 느낌이 들어 불편하고 긴장됐다. 사실 그때보다 훨씬 더 많이 떨렸다.

당연했다. 두 사람 모두 이성과 단둘이 만나는 경험은 이번이 처음이었다. 친구를 사귀는 일이 귀찮고 어려웠던 주원의 입장에선, 여자와 둘이서 식사를 한다는 것은 상상도 할 수 없는 일이었다. 유미도 중학생 때까지 내내 섬마을 사람들의 부탁을 들어주느라 바빴고, 이후로는 할머니 외에 어떤 누구와도 마주 앉은 적이 없었다.

다른 테이블이 주원의 눈에 들어왔다. 대부분이 커플 아니면 친구들이었다. 다들 주원과 유미 또래들이었는데, 의도한 것은 아니지만 그 나이대의 사람들이 주로 찾는 음식점이었다. 근처 음식점 중 가장 평점이 좋은 곳을 골랐을 뿐 자세한 정보는 찾아보지 않았고, 심지어 무슨 음식을 잘하는지도 전혀 알지 못했다. 그럼에도 나름 괜찮은 선택이었다.

유미의 시선 역시 다른 커플들에 멈춰 있었다. 교복을 입고 앉아 서로를 향해 웃음 짓는 이들의 모습이 처음으로 눈에 들어왔다. 평소 카페에서도 다양한 손님들을 보지만, 그들에게는 크게 관심이 없었다. 커플을 보며 부럽다고 생각하지도 않았다. 아니, 그런 마음을 갖는 것조차 사치라고 느꼈다. 그런데 오늘만큼은 커플들의 사랑스러운 모습이 신경 쓰였고 조금 부러웠다.

"음식 나왔습니다."

명랑한 목소리의 종업원이 쟁반 위에 두 개의 다른 음식을 가지고 왔다.

"여기가 돈가스입니다."

주원의 손짓에 종업원은 돈가스가 담긴 접시를 유미 앞에, 제육볶음이 든 접시를 주원 앞에 살며시 내려두었다.

둘은 본격적으로 식사를 시작했다. 유미는 돈가스를 썰었고 주원은 제육과 밥을 비볐다. 유미가 기계로 썬 것처럼 똑같은 크기로 썰린 돈가스 한 조각을 먹었다. 그런데 전혀 맛이 느껴지지 않았다. 제대로 음식을 씹고 있는지조차 헷갈려 고개를 갸웃거렸다. 맛을 느끼려 아무리 노력해도 느껴지지 않았다. 모든 감각이 다른 곳에 쏠려 있었기 때문이다.

그것은 주원 역시 마찬가지였다. 평소 그토록 좋아하던 제육볶음이었지만 지금 그에겐 그저 벌건 밥과 고기, 그리고 야채일 뿐이었다. 마치 주사라도 맞은 듯 아무런 느낌 없이 밥을 먹는 행위만 반복했다.

고개를 푹 숙인 채 허겁지겁 식사를 하던 주원이 고개를 들었다.

"후."

그리고 숨을 살짝 뱉었다. 워낙 급히 먹은 탓에 숨 쉬는 게 힘이 들 정도였다. 그 순간, 앞에 앉은 유미와 눈이 마주쳤다. 둘의 동공이 순간적으로 커졌다. 두 사람은 약속이라도 한 듯 재빨리 고개를 푹 숙여 다시 식사에만 집중했다.

몹시 불편하고 어려운 식사였다. 식사를 마친 뒤 둘 다 물을 한 잔 들이켰다. 평소 식사량이 많지 않은 두 사람이었지만 마치 누가 뒤에서 채찍질하는 것만 같았다. 덕분에 말끔하게 먹어치워 접시 두 개가 깨끗하게 빛을 냈다.

무슨 말을 해야 할지 몰라 두 사람 다 멀뚱멀뚱 앉아만 있었다. 시간이 지날수록 어색함은 커져만 갔다. 어떤 대화가 이 상황에 어울리는지 아무리 머릿속으로 고민해도 답이 떠오르지 않았다. 그러는 동안 꽤 오랜 정적이 흘렀다. 결국 주원이 먼저 분위기를 깼다.

"우리 이제 나갈까?"

"그, 그래."

주원의 말에 유미가 쑥스러워하며 조용히 대답했다.

두 사람이 함께 가게를 빠져나왔다. 하늘은 청명하기 이를 데 없었다. 6월의 날씨는 분명 여름이었지만 때때로 봄으로 옷을 갈아입기도 했다. 아주 가끔이었지만 오늘이 딱 그랬다. 말하자면 밖을 돌아다니기에 무척 좋은 날씨라고 할 수 있었다.

하지만 두 사람은 어디를 가야 할지 몰랐다. 식사를 하는 것 외에는 계획이 없었기 때문이다. 주원이 머리끈을 건넸던 그때 함께 식사를 하자고 말했지만, 그저 곧이곧대로 식사만 생각하고 있었다. 주원은 그런 스스로가 왠지 미웠다. 날씨마저 도와주지 않았다면 큰일 날 뻔했다며 안도할 뿐이었다.

"조금만 걸을까?"

"그래……."

오랜 망설임 끝에 두 사람이 나란히 길을 걸었다. 하지만 대화 대신 뭔가를 찾기라도 하듯 괜히 주변만 두리번거렸다. 그게 지금 할 수 있는 몇 안 되는 행동 중 하나였다. 그 외에 그나마 할 수 있는 일이라곤 두 손을 꼼지락 거리는 것뿐이다.

'다른 사람들은 이럴 때 무슨 말을 할까.'

지금 이 순간 주원과 유미는 무척 궁금했다. 날씨 얘기를 하자니 진부하고, 그동안 어떻게 지냈는지 묻기엔 머리끈을 주고

받은 게 고작 이틀 전이고, 방금 전 먹은 음식을 얘기하기엔 맛을 제대로 못 느끼고 먹어, 묻기도 대답하기도 난감했다.

아무 말도 하지 않고 마냥 걸은 지 벌써 10분이 넘었다. 처음 오는 곳이라 모든 게 신기했다. 특히 곳곳에 세워진 화려한 건물들이 눈길을 사로잡았다. 하지만 그것도 잠깐일 뿐, 슬슬 지치기 시작했다. 식당에서 나왔을 때 맞이한 하늘은 분명 맑았고 적당히 선선하여 오래 걸어도 괜찮아 보였다. 물론 처음엔 그랬지만, 10분이 넘어가자 등줄기에 땀이 흐르기 시작한 것이다. 아무리 6월 초라고 해도 여름은 여름이었다.

주원은 앉을 곳을 찾아 고개를 두리번거렸다. 주변엔 온통 가족과 연인들뿐이었다. 그들은 모두 같은 곳을 향해 걸어가고 있었는데, 그곳은 다름 아닌 공원이었다. 하염없이 앞으로 걷다 보니 어느새 이름 모를 공원 앞에 도착했다. 주원과 유미는 공원 입구에서 멈칫했다. 하지만 속으로는 다행이라고 여겼다. 어디를 가야 할지 몰라 고민했던 유미는 적당한 곳을 찾아 좋았고, 잠시 앉아 쉴 곳이 필요했던 주원에겐 안성맞춤인 장소였다. 분명 벤치가 있을 테니까.

"드, 들어갈까?"

주원이 조심스럽게 묻자 유미가 고개를 끄덕였다.

드넓은 공원 주위엔 높고 큰 나무들이 깨끗한 공기를 뿜어내고 있었고, 그 아래엔 수많은 사람들이 길을 거닐고 있었다. 저 멀리 아이들을 위한 놀이기구들도 보였고, 곳곳엔 시선을 끄는 조각상도 여럿 자리했다. 조각상과 함께 사진을 찍는 이들이 함박웃음을 지었다. 공원에 있는 모두가 일상의 걱정 고민 따위는 잊고 좋은 공기와 분위기에 취해 있는 듯했다.

주원과 유미가 공원 안쪽으로 천천히 걸어갔다. 얼마 안 되어 나무 그늘 아래에 있는 노란색 벤치가 보였다.

"우리 저기 가서 좀 쉴래?"

"그래."

두 사람은 벤치에 나란히 몸을 앉혔다.

"후우."

주원은 들키지 않게 고개를 돌려 심호흡을 했다. 앉은 지 얼마 되지 않아 금방 더위가 가셨다. 유미도 고개를 돌려 조심히 심호흡을 했다. 사실 티는 내지 않았지만 유미 역시 조금 더웠다. 걷다 보니 어느새 땀이 목을 타고 흘렀지만, 그늘진 벤치에 앉아 손부채질을 하자 점차 괜찮아졌다.

주원이 고개를 돌려 살며시 유미를 바라봤다. 대화를 하고 싶어서 어떤 말이든 해야겠다는 생각으로 일단 그녀를 본 것이다. 그러면서 곰곰이 주제를 떠올렸다. 이유는 모르겠지만 이미 좋은 대화 주제들은 모두 놓쳤다는 생각이 들었다. 주원은 새로운 것을 고민했다. 드디어 한참 만에 답이 떠올랐다.

"저기, 머리끈 어디 있어?"

"응? 머리끈?"

"어……."

아주 좋은 선택이라 여겼던 주원은 유미의 어리둥절한 표정에 당황했다. 괜한 이야기를 꺼낸 건가 걱정하던 찰나, 유미가 대뜸 몸을 돌려 뒤통수를 보여 주었다.

"오늘은 제대로 묶었어. 걱정 안 해도 돼."

"아, 그랬구나."

유미가 흐뭇하게 웃으며 다시 몸을 돌려 똑바로 앉았다. 그녀는 머리끈을 건네받았던 당시가 떠올랐다. 전혀 예상치 못했던 사람이 있는 힘껏 달려와 숨을 헐떡이더니 머리끈을 건네는 모습. 처음엔 너무 놀라 몸이 얼음처럼 굳어 버렸고 머릿속도 새하얘졌었다. 그런데 정신을 차리고 보니 앞에 있는 사람은 한 달여 전 모임에서 만났던 동갑내기 남자였다.

그를 보는 순간, 유미는 자신의 심장이 요동치고 있는 것을 느낄 수 있었다. 지금껏 긴장과 불안을 달고 살아왔지만, 이번에 느낀 감정은 그것과는 전혀 달랐다. 처음이기에 이해할 수도 설명할 수도 없는 그런 짜릿하고 어색한 설렘이었다.

사실, 모임으로 처음 만났을 때 유미는 주원이 왜 여기에 있는지 의아했다. 그녀가 보기에 이슬과 주원은 전혀 '은둔형 외톨이 모임'에 어울리지 않았기 때문이다. 유미의 눈에 비친 그들은 누구보다 활발하고 적극적인 사람들이었다. 딱 자신이 변하고 싶은 그런 모습을 그들은 갖고 있었다. 적어도 그녀의 기준에는 그랬다.

하지만 각자의 사연을 듣고 나서 조금은 이해가 되었다. 이슬은 특별한 사연은 없었지만 외톨이를 자처했고, 이후에 다시 사람을 만나는 게 고민이 되어 연습 단계로 모임을 만든 것이었다. 또 주원은 모임이 있기 전부터 이미 많은 훈련을 해 왔다.

그렇기에 둘 다 다른 멤버들보다 편안하게 사람들을 대할 수밖에 없다고 유미는 생각했다.

유미가 다시 고개를 돌려 조심스럽게 주원을 봤다. 그 순간, 주원도 고개를 돌려 유미를 봤다. 깜짝 놀란 둘은 1초 만에 시선을 다른 곳으로 옮겼다. 아직 눈을 마주치는 건 벅찼다. 그것도 이렇게 가까이 앉아 있는 지금은 더욱 그랬다.

유미는 입술을 오리처럼 앞으로 쭉 내밀며 뛰어다니는 아이들을 봤고, 주원은 뒤통수만 긁적이며 주변을 두리번거렸다. 원래 그는 어릴 때부터 사물과 현상을 관찰하는 습관이 있었다. 중심에서 벗어나 세상을 바라보는 게 주원은 무척 편하고 즐거웠다. 그런 탓에 요즘도 툭하면 주변을 두리번거렸다. 이제 유심히 관찰하는 정도는 아니지만, 주변을 살피는 버릇이 남아 할게 없으면 고개를 이리저리 움직이는 것이다.

그런 주원의 눈에 무언가 들어왔다. 바로 아이스크림 카트와 주변에 있는 어린아이들이었다. 안 그래도 목이 마르던 참인 주원의 입장에선 무척 반가운 존재였다. 더불어 유미에게 무언가 해 줄 수 있을 것 같다는 마음에 잔뜩 들떴다. 주원은 평소보다 살짝 큰 목소리로 물었다.

"우리 아이스크림 먹을래?"

"아이스크림? 응, 그래."

유미가 자리에서 일어나려 엉덩이를 들었다.

"아니야, 잠깐만."

주원이 급히 유미를 앉히고 자리에서 일어나 움직였다. 아이들과 부모들 사이를 겨우겨우 들어가 아이스크림 카트 앞에 섰다.

"저기, 아이스크림 두 개 주세요."

"무슨 맛으로 드릴까요?"

주인아저씨가 꼬마 아이들에게 아이스크림을 주며 물었다.

"네?"

난제가 하나 생겼다. 유미의 취향을 전혀 알지 못했기에 어떤 맛을 선택해야 할지 답을 내릴 수가 없었다. 다시 가서 물어볼지 아니면 자신이 알아서 결정해야 할지 선택의 기로에서 한참을 생각했다.

"바닐라, 초코, 딸기 세 가지 맛 있습니다. 하나 고르세요."

주인아저씨가 다른 사람의 아이스크림을 푸면서 설명했다.

"잠시만요."

주원은 결국 벤치로 되돌아갔다. 자신이 마음대로 결정하는 것이 썩 내키지 않았기 때문이다. 그 맛이 마음에 들지 않더라도 유미는 맛있다고 할 게 분명했다. 그렇기에 더욱 먼저 물어보고 싶었다. 내키지 않는 음식을 억지로 먹는 것만큼 고역은 없다.

"세 가지 맛이 있는데 어떤 거 먹을래? 바닐라, 초코, 딸기."

"음……."

유미가 왼손으로 턱을 괸 채 아주 골똘히 생각했다. 그럴수록 주원은 물어보길 잘했다며 안도의 한숨을 쉬었다.

"그럼 바닐라."

유미가 왼손 검지를 앞으로 찌르며 뭔가 답을 찾은 것처럼 시원하게 말했다.

"알겠어."

주원이 만족스런 얼굴로 다시 아이스크림 카트 앞으로 갔다.

"아저씨, 바닐라 하나랑 초코 하나요."

"네, 2,000원이요."

주원이 양손으로 아이스크림콘을 들고 벤치로 돌아왔다.

"여기, 바닐라."

"고마워. 이따가 먹고 싶은 거 있으면 말해. 내가 사 줄게."

유미가 아이스크림을 건네받으며 미안함에 말했다.

"아니야. 괜찮아."

주원이 자기 자리에 앉았다. 두 사람은 기다렸다는 듯 아이스크림을 한 입 베어 먹었다. 둘 다 무척 목이 말랐다. 평소 주원이라면 아이스크림보다 음료를 더 선호했겠지만, 주변에 자판기나 슈퍼마켓은 보이지 않았다. 당장 목을 축일 만한 게 아이스크림뿐이었다.

두 사람은 이번에도 아무 말 없이 아이스크림 섭취에만 집중했다. 둘 다 멀티태스킹이 전혀 안 되는 사람들이었다. 단순히 말 주변이 없어서, 어색해서 말을 못 하는 게 아니라 무언가에 집중할 때면 전혀 입을 떼지 못했다. 그런 탓에 자신들의 영양분을 공급하는 동안 두 사람 주변은 언제나 고요함으로 뒤덮였다.

"어머."

유미가 작게 소리쳤다. 아이스크림을 다 먹고 밑에 있는 콘

과자를 먹던 주원이 고개를 돌려 그녀를 봤다. 유미의 손엔 녹아서 흘러내린 노란색 아이스크림이 잔뜩 묻어 있었다. 그 모습을 본 주원이 더 안절부절못해 엉덩이를 들었다 내렸다만 연신 반복했다. 그러는 동안 유미는 오른손을 몸과 최대한 떨어뜨린 상태로 가만히 있었다. 그녀도 이 자세에서 더 이상 무얼 해야 하는지 알지 못했다.

"휴지가 없는데 어떡하지."

주원이 혼잣말을 하며 여전히 당황해했다. 자리에서 완전히 일어나 주변을 맴돌며 뒤통수만 긁적일 뿐이었다. 두 사람은 완전히 혼돈 상태에 빠져 있었다. 그저 아이스크림이 녹은 것뿐인데.

한참을 고민하던 주원의 머릿속으로 한 가지 아이디어가 스쳐 지나갔다. 그는 곧장 유미 앞으로 가 마주보고 선 다음, 무릎을 살짝 굽힌 채 양팔을 쭉 뻗었다. 마치 얼차려를 받는 것 같은 자세였다. 그렇게 그가 온몸으로 유미를 가려 주었다. 분명 가려진 곳보다 가려지지 않은 곳이 훨씬 많았지만.

"이제 먹어. 내가 가려 줄게."

그의 말에 유미가 부끄러운 듯 미소를 지었다.

"고마워."

유미가 거의 다 녹은 아이스크림을 허겁지겁 먹기 시작했다. 그러는 동안 주원의 두 다리에는 점점 통증이 올라왔다. 운동이라고 해 봐야 집 근처 산책이 전부인 그였기에 고통이 엄청났다. 그럼에도 티를 내지 않으려 안간힘을 썼다. 1초가 1분 같은 상황에서 그는 아랫입술을 꽉 깨물었다.

그런 그의 노력을 알기에 유미도 헐레벌떡 아이스크림을 입 안에 넣었다. 여유롭게 천천히 먹던 이전과 달리 한입 가득 베어 물고 빠르게 삼켰다.

문득 고개를 들어 앞을 보니 주원의 고통스러운 얼굴이 보여, 유미는 숨 돌릴 틈도 없이 다시 아이스크림을 베어 물었다.

그러기를 몇 분, 드디어 유미가 아이스크림을 다 먹자 주원이 두 팔을 내리고 다리를 똑바로 폈다. 입에선 의도치 않게 한숨이 새어 나왔다. 사시나무처럼 마구 떨리는 다리를 혹시라도 들킬까, 빠르게 벤치에 앉았다.

"나 때문에 고생했지. 미안해."

"아니야. 이 정도 가지고 뭘."

땀을 비 오듯 흘리는 주원이 허세 가득한 말투로 말했다.

"손에 묻은 것도 닦아야지."

주원이 유미의 오른손에 잔뜩 묻은 아이스크림을 보며 걱정스러운 얼굴로 물었다.

"응. 근처에 화장실 있는지 찾아볼게."

이번엔 유미가 자리에서 일어났다. 주원도 뒤따라 빠르게 일어났지만, 얄궂게도 두 다리가 말을 안 들었다. 다리에 힘이 풀린 나머지 의도치 않게 벤치에 털썩 주저앉아 버리고 말았다. 그러는 사이 유미가 어디론가 뛰어갔다.

'으휴, 진즉에 운동 좀 할걸.'

주원은 먼저 나서지 못한 걸 안타까워하며 자책했다.

10분 정도가 지나자 유미가 돌아왔다. 화장실 가는 길에 큰 분수대가 있었다는 유미의 말에, 두 사람은 그곳으로 걸음을 옮겼다. 분수대는 벤치에서 멀지 않은 곳에 위치하고 있었는데, 가는 길 양쪽으로 꽃과 나무들이 정갈하게 자리하고 있어 더욱 분위기를 아름답게 만들어 주었다.

주원과 유미는 얼마 지나지 않아 거대한 분수대 앞에 도착했다. 그들처럼 분수대를 보기 위해 모인 사람이 수십 명이었기에, 둘은 멀찍이 서서 높이 솟아 올라가는 물을 보며 감탄만 할 뿐이었다. 차마 그 안을 뚫고 들어갈 용기가 나지 않았다.

그러기를 몇 분. 주변만 돌며 구경하던 그들 앞으로 자리가 생겼다. 주원이 얼른 그곳으로 뛰어가 유미를 불렀다. 이곳 분수대는 크기와 아름다움도 유명했지만, 소원을 빌고 동전을 던지는 것으로도 유명했다. 다만, 물속에 있는 둥그런 접시 모형의 장식품 위에 정확히 던져야 소원이 이뤄진다는 속설이 있어 신중하게 던져야만 한다. 그런 사실을 모르고 온 두 사람은 다른 이들이 열심히 동전 던지는 모습에 잠시 어리둥절했다.

"소원을 빌고 동전을 던지는 건가 봐."

"그러게."

"나 동전 있는데 할래?"

"좋아."

"그럼 내가 먼저 해 볼게."

주원이 주머니에서 동전을 꺼내 유미에게 하나를 건넨 뒤, 자신의 동전을 두 손으로 정성스럽게 잡았다. 그리고 눈을 감은 채 중얼거리며 소원을 빌었다. 다시 눈을 뜬 주원이 접시 위로 신중하게 동전을 던졌다.

"앗."

하지만 동전은 접시의 모서리를 맞고 옆으로 휙 날아가 버렸다. 실망한 주원이 고개를 들고 입을 헤 벌린 채 가만히 서 있었다. 그러다 뒤늦게 옆에 있던 유미가 떠올랐다.

"아, 던져 볼래?"

"응."

두 사람이 자리를 바꿨다. 유미 역시 동전을 두 손으로 잡고 소원을 빌었다. 꽤 긴 시간이 지나고 다시 눈을 뜬 유미는, 한 차례 심호흡을 한 뒤 동전을 툭 던졌다. 동전은 정확히 접시의 중앙에 떨어졌다.

"와!"

깜짝 놀란 유미가 순간 소리친 뒤, 오른손을 뻗은 그 자세 그 대로 굳어 버렸다. 그 옆에 서 있던 주원 역시 그녀를 빤히 바라 볼 뿐이었다.

"넣었어."

뒤늦게 주원이 입을 열었다.

"신기해. 안 될 줄 알았는데."

"축하해. 무슨 소원인진 모르겠지만."

벌써 저녁 6시가 가까워져 오고 있었다. 여름이라 그런지 여전히 하늘은 밝았다. 두 사람은 지하철을 타고 돌아와 3번 출구를 통해 밖으로 나왔다. 바로 앞엔 유미가 근무하는 카페가 있었고, 통유리를 통해 안이 훤히 들여다보였다. 두 사람은 전혀 신경 쓰지 않고 카페를 지나쳤다. 정확히는 주원만 그랬다. 유미는 최대한 고개를 돌린 채 걸었다.

특별한 대화 없이 걷다 보니 머리끈을 주고받았던 골목 입구에 다다랐다. 그곳에서 약속이라도 한 것처럼 두 사람 모두 걸음을 멈춰 섰다.

"이제 가 볼게."

유미가 앞에 선 주원에게 조심스럽게 말했다.

"응, 다음에 봐."

"그래."

그렇게 두 사람은 헤어졌다. 주원이 왔던 길을 되돌아가 사라지는 동안 유미는 가만히 서서 그의 뒷모습을 바라봤다. 그가 완전히 사라진 뒤에야 다시 숙소를 향해 걸음을 뗐다.

넓은 골목을 걸어가자 네 갈래의 길이 나타났다. 그 주변으로 다양한 가게들이 있었고 거리는 사람들로 가득했다. 방금 전 다녀왔던 공원과 비슷한 수준의 인파였다. 한두 시간이 더 지나면 이곳은 지금보다 훨씬 많은 사람들로 붐빌 것이다. 그러기 전에 돌아와서 다행이었다.

네 갈래 길 중 정면에 있는 곳으로 걸어갔다. 주변에는 음식점뿐 아니라 옷가게와 액세서리 매장, 큰 규모의 문구점까지 있었다. 딱 한 번, 지금 입고 있는 옷을 강제로 구입했을 때를 제외하면 전부 가 본 적 없는 가게들이다. 심지어 음식점들과도 상관없이 지냈다. 근무 중 갖는 식사 시간에도 각자 챙겨 온 도시락을 먹었기 때문이다. 주로 유미는 전날 먹고 남은 배달 음식을 싸 갔다.

몇 걸음 안 가 곧바로 양옆에 새로운 길들이 나타났다. 왼쪽은 큰길로 향하는 방향이고 정면에는 술집들이 손님을 기다리고 있었다. 유미는 오른쪽으로 몸을 돌렸다. 그곳엔 모텔들이 줄지어 서 있었는데, 유미는 그곳으로 걸어가 가장 가까이 있는 오래된 모텔 건물의 정문 안으로 들어섰다. 정문과 연결된 후문으로는 한 번도 가 본 적이 없었다. 심지어 지금 지나온 길은 후문이 더 가까운데도 말이다. 유미에겐 매번 가는 곳을 이용하는 게 더 편했다.

문이 열리고 이상한 음악 소리가 흘러나왔다. 매일 이곳을 지날 때마다 듣는 소리다. 이젠 익숙해졌는지 전혀 신경 쓰이지 않았다.

"다녀왔습니다."

유미는 맞은편 계단 앞에 서 있는 여사장에게 인사를 건넸다.

"어디 갔다 왔어?"

"그, 그냥요……."

"우리 집 아저씨한테 방금 전화 왔어. 자기가 어떤 남자랑 있는 거 봤다고."

계단을 밟은 유미가 순간 멈칫했다. 어떻게 대답해야 하나 머릿속이 어지러웠다. 결국 아무런 대답도 하지 못하고 고개를 푹 숙인 채 계단을 빠르게 올랐다. 지금껏 보여 준 걸음의 몇 배나 되는 속도였다. 유미는 문 앞에서 카드 키를 꺼내 도어 록에 가져다 댔다. 그리고 덜컥 소리가 나자마자 문고리를 잡아 당겨 빠르게 안으로 들어갔다. 문을 닫으려는 순간, 길고 하얀 손이 그 틈을 막아섰다.

"자기, 잠깐만 열어 봐."

아랫입술을 깨물던 유미는 어쩔 수 없이 문을 열었다. 여사장은 팔짱을 낀 채 문틈에 서 있었다. 유미의 어깨는 마치 엄마에게 혼나는 것처럼 축 처져 있었다.

"남자 친구?"

"아, 아니요. 그냥……."

"그냥 친구?"

"네……."

"아저씨 말로는 착해 보인다던데. 어때? 진짜 그래?"

"네……."

"그래? 잘 만나 봐."

"아, 아니. 그런 게 아니라……."

"아니긴. 남자 친구도 아닌데 만났다고? 자기가? 사람 만나는 거 싫어하잖아. 분명 만났으면 사람 많은데도 다녔을 건데. 그냥 친구랑 그랬다고 자기가?"

"……카페에서 일한 덕분에……."

"핑계는. 아무튼 이참에 자기도 좀 꾸며, 나처럼."

"네?"

"예쁜 얼굴 언제까지 방치하고 있을 거야. 머리도 미용실 가서 자르고. 옷이랑 화장품은…… 그건 천천히 사, 돈 모으면."

"네……."

"그건 그렇고, 자기 기억하지?"

"뭐, 뭘요?"

또 무슨 이야기를 하나 싶어 유미가 두 눈을 크게 뜨고 물었다.

"휴대폰. 내 계좌로 매달 보내기로 했잖아."

"아, 네."

"까먹지 말라고. 옷이야 내가 선물로 준 거고."

"감사합니다."

"뭐, 그런 말 들으려고 한 건 아니고. 맞다, 숙박비. 다음 달에 내야 돼. 알지? 한 번에 석 달 치 내기로 했잖아."

"네. 다음 달에 월급 나오는 대로 바로 드릴게요."

"알았어. 그럼 푹 쉬어. 아, 맞다. 그리고 말이야."

유미가 말없이 여사장의 입을 뚫어지게 쳐다봤다.

"난 그 남자애랑 만나는 거 찬성이야. 알았지?"

사장은 그렇게 말하며 음흉한 미소를 지은 뒤 문을 닫고 나갔다. 그제야 유미는 쌓아 뒀던 한숨을 나지막이 내뱉었다.

샤워를 마치고 나와 빨간색 트레이닝 복으로 갈아입었다. 이 옷은 숙소에서 입는 옷으로 정했다. 얼마 전 선물 받은 흰색 블라우스와 청바지는 외출용이다. 일주일에 6일을 출근하기 때문에 6일 내내 입었고 쉬는 날 옥상에서 자연 건조를 했다. 하지만 오늘 그 옷을 입고 나간 탓에 다음 주까지 그대로 입어야 한다.

드라이기로 머리를 말리고 침대에 누웠다. 하루 종일 주원과 함께했던 상황들이 떠올라 멍하니 천장만 바라보았다. 식당에서 식사한 것도, 길을 마냥 걷던 것도, 벤치에 앉아 아이스크림을 먹던 것도, 분수대에 동전을 던진 것도 전부 파노라마처럼 지나갔다. 어느새 유미의 얼굴에 미소가 번졌다.

그때였다. 휴대폰이 독특한 소리를 내며 울렸다. 유미가 손을 뻗어 침대 옆 서랍장 위에 있던 휴대폰을 집어 들었다. 주원에게서 온 메시지였다. 주원의 이름을 본 순간 유미가 벌떡 일어나 똑바로 앉았다.

[오늘 즐거웠어.]

메시지를 읽은 유미가 쑥스러워하며 다시 미소를 지었다. 그 짧은 내용을 몇 번이고 반복해서 읽다가, 한참 뒤에야 정신을 차리고 답장을 보냈다.

[나도 즐거웠어.]

답장을 읽은 주원 역시 빙긋이 웃으며 다시 메시지를 보냈다.

[그럼 잘 자.]

얼마 안 되어 유미에게서 답장이 왔다.

[응, 너도 잘 자.]

주원의 얼굴엔 여전히 미소가 걸려 있었다. 처음에 자신이 보낸 메시지부터 마지막으로 온 메시지까지 쭉 훑어본 뒤, 기분 좋게 휴대폰을 주머니 안으로 집어넣었다. 무척 즐겁고 뿌듯한, 오랜만에 만족스러운 하루였다.

주원이 잠시 주변을 살폈다. 그가 있는 곳은 집이 아니었다.

옆엔 몇 권의 책이 꽂힌 책장이 있고, 정면엔 책상과 컴퓨터가, 그 뒤로는 길쭉한 소파가 있는 주원만의 아담한 작업실이다. 누나와 매형이 힘을 합쳐 어느 낡은 건물의 지하 창고를 개조해 주었다.

작업실 모습 때문인지, 만족스러운 하루 때문인지, 기분 좋은 메시지 때문인지, 주원은 이유 모를 웃음을 방긋 띄며 천천히 걸음을 옮겼다.

갑작스러운 여행

주원이 두 손을 만지작거리며 주변을 살폈다. 평소 가던 카페가 아니어서 괜히 불편하고 낯설었다. 이곳은 단골 카페 바로 건너편에 위치한 조금은 작은 카페. 원래는 지난번에 만났던 곳으로 가려 했지만, 유미가 자신이 일하는 모습을 모임 멤버들에게 보이고 싶지 않아 하는 탓에 어쩔 수 없이 이 카페로 장소를 정했다.

오늘은 '은둔형 외톨이 모임'이 있는 날이다. 지난번 모임 이후 거의 두 달 만이었다. 그동안 단체 채팅방엔 어느 누구도 글을 쓰지 않았고, 또 어느 누구도 방을 나가지 않았다. 치열한 눈치 싸움만 전개될 뿐이었다.

그 분위기를 깬 것은 바로 주원이었다. 2주 전, 그가 모임의 중심인 이슬에게 글을 썼다.

[이슬님, 우리 다시 안 모이나요?]

이후, 채팅방에서 가장 조용했던 주원이 제일 활발하게 글을 썼고 모임 약속까지 잡았다. 처음엔 모두가 반기지 않았다. 심지어 이슬마저도 꺼려 했다. 지난번 모임이 흐지부지 끝이 났기 때문이다. 기피하는 분위기에 실망한 주원은 어쩔 수 없다며 포기하기도 했지만, 이내 마음을 고쳐먹고 다시 적극적으로 나선 끝에 오늘의 모임이 성사될 수 있었다.

약속 시각인 오후 4시 30분이 거의 다 되었다. 주원은 무려 30분 전부터 미리 와 앉아 있었다. 지난번 모임의 결말이 썩 좋지 않았던 탓에 걱정도 되고 긴장도 되었다. 그럼에도 이 모임을 유지하고 싶어 적극적으로 나섰다.

어느 날 문득 친구를 만들고 싶다는 마음이 샘솟았는데, 그때 가장 먼저 생각난 것이 이 모임이었기 때문이다. 이 모든 게 유미와 전혀 상관없는지는 모르겠다. 그녀와 우연히 마주치기 전부터 어느 정도 갖고 있던 마음이지만, 그것을 실천하기 위해 채팅방에 글을 쓴 것은 유미와 데이트를 한 바로 다음 날 저녁이었다. 과연 단순한 우연일까. 주원 역시 헷갈리는 부분이었다.

주원은 멤버들을 만났을 때 어떻게 해야 할지를 고민했다. 지난번과 똑같은 결과를 내지 않아야 했기에 더욱 생각이 많았다. 그 고민을 골똘히 하는 와중에 가장 먼저 이슬이 나타났다. 주원을 본 그녀는 반갑게 인사를 하며 테이블로 걸어왔다.

"다들 아직 안 오셨네요."

"네. 아직 5분 남았어요."

"내가 제일 늦을 줄 알았는데."

이슬이 자리에 앉으며 말했다.

"아, 유미 님은 일하고 오느라 조금 늦는데요."

"알아요. 어제 채팅방에 썼잖아요."

"네……."

유미의 편을 들어 준 주원이 머쓱해하며 뒤통수를 긁적였다.

"잘 지내셨어요?"

이슬이 주원을 똑바로 바라보며 물었다.

"네, 전보다."

"확실히 그래 보여요."

"그런가요?"

"네. 저번에도 저랑 주원 씨가 모임에서 가장 적극적이긴 했지만요. 어떻게 보면 저희가 다른 분들에 비해 사연도 가장 무난했죠. 아, 물론 주원 씨는 저보다 훨씬 힘든 상황이었다고 생각해요."

주원이 가볍게 미소 지으며 고개를 끄덕였다. 그 역시 이슬과 같은 생각이었다. 친구를 잃은 자신보다 부모를 잃은 유미가, 자발적으로 친구를 만들지 않은 자신보다 따돌림과 폭행을 당했던 미연과 성민이, 가족에게서 일부러 벗어나 살고 있는 자신보다 가족이 멀리 떠나간 준혁이 훨씬 힘든 상황이라고 여겨 왔다. 그런 마음을 갖고 살다 보니 저절로 감사와 자신감이 생겼다.

"아무튼 주원 씨 많이 바뀌었어요. 혹시 특별한 이유라도 있어요?"

"아니요. 전 똑같은데……."

"그래요? 저는 사실 많이 바뀌었어요. 겉으로는 티가 안 나죠? 원래 이래서."

"네……."

"내면이 바뀌고 있는 것 같아요. 전에는 제가 세상에서 가장 외롭고 힘든 줄 알았거든요. 그래서 불만도 많고 화도 많았어요. 그런데 지난번 모임 이후로 생각이 조금 바뀌었어요. 나보다 훨씬 힘들고 어려운 상황에 놓인 사람들이 이렇게 많구나. 나는 별것도 아닌 사소한 일에 예민했구나. 그런 생각이 들더라고요. 그러면서 마음가짐을 달리하게 됐어요."

주원이 이슬의 말을 경청하며 들었다. 어쩌면 그녀도 자신과 비슷한 마음을 갖게 된 것 같았다.

"그 전까진 내 삶에 장애물이라고 여겼던 가족이랑 친구들한테도 먼저 다가가려 노력하고 있어요. 그리고 내가 하고 싶은 게 뭔지 알아가는 중이에요. 남들이 하는 대로 따라가지 않고, 진짜 내가 좋아하고 행복할 수 있는 게 뭔지를."

"꼭 찾으셨으면 좋겠어요."

"고마워요. 근데 멤버들 모이면 해야 할 말을 벌써 다 해 버렸네요."

"이따가 처음 듣는 척할게요."

주원의 말에 이슬이 크게 웃었다. 그런 그녀의 모습에 주원은 괜히 머쓱했다. 웃으라고 한 말이었지만 상대가 정말로 즐거워하면 민망함에 어쩔 줄을 몰랐다. 뭐랄까, 그 좋으면서도 쑥스러운 감정…….

"근데 이제 확실히 여름이네요."

이슬의 말대로 이젠 완연한 여름이었다. 실내는 에어컨을 틀어 시원했지만 밖은 찜통 더위였다. 그런 탓에 카페에 도착했을 때 주원의 몸에선 땀이 주르륵 흘렀고, 한참을 손으로 부채질을 해야 했다. 그건 이슬도 마찬가지였다. 처음 도착했을 때 그녀의 얼굴은 땀으로 가득했다.

"네. 7월 중순이라……."

"그럼 우리 먼저 커피 시킬까요? 아이스 아메리카노."

"아, 네."

두 사람이 자리에서 일어나 계단을 향해 걸음을 떼는 순간, 멀리서 성민과 미연이 나타났다. 그들 역시 더위에 지친 모습이었다. 반갑게 인사를 주고받으며 네 사람이 다시 자리에 앉았다.

"더우시죠?"

이슬이 새로 합류한 두 사람에게 물었다.

"네, 조, 조금요……."

성민이 목에 있는 땀을 닦으며 조심스럽게 말했다.

주원이 휴대폰을 꺼내 시간을 확인했다. 5시가 넘었다. 유미는 아마 지금쯤 퇴근 준비를 하거나 이미 카페를 나왔을 것이다. 얼마 전 만남 이후로 일주일 만이었다. 그 후로는 약속을 잡기가 어려워 메시지만 주고받았다. 갑자기 본가에 일이 생겨 그곳에 며칠 가야 했기 때문이다.

독립하고 한 번도 이런 적이 없었다. 본가에 다녀온 것 자체가 처음이었다. 하필 이런 타이밍에 집에 내려가야 하다니……. 그 현실이 안타까워 가족이 원망스럽기까지 했다. 아무튼 그런 이유로 오늘에서야 유미를 다시 만날 수 있게 되었다. 처음 만나는 듯한 설렘이 가슴에 가득 차올랐다.

주원이 성민의 말에 공감하는 얼굴로 말했다.

"며칠 전만 해도 이렇게 덥진 않았는데 갑자기 더워지네요."

"그러게요. 두 분은 여기서 쉬고 계세요. 저희가 커피 사 가지고 올게요. 아이스 아메리카노죠?"

이슬이 그렇게 말하며 자리에서 일어나자, 주원도 급히 그녀를 따라 일어났다.

주원과 이슬이 2층을 가로질러 계단을 따라 1층으로 내려갔다. 1층엔 계산대 앞으로 몇 개의 테이블이 놓여 있었다. 창가에 있는 책상도 길지 않아 두 사람이 앉으면 꽉 찰 정도였다. 유미가 근무하는 카페와 비교하면 확연히 작은 규모다.

계산대 앞에 서서 아이스 아메리카노를 다섯 잔 주문했다. 유미의 것도 미리 주문한 것이다.

"맞다. 준혁 님이 아침에 메시지 보내셨어요. 오늘 참석하기 어려우시대요."

이슬이 계산대의 가장 구석진 곳으로 걸어가며 말했다.

"왜요?"

"오늘 오랜만에 아이들을 만나신대요. 1박 2일로 여행 가는 모양이에요."

"정말요? 잘됐네요. 그동안 못 봐서 힘들어하셨잖아요."

"그러니까요."

"다행이다. 그분 걱정 많이 했는데."

주원은 준혁의 소식이 진심으로 기뻤다. 평소에도 멤버들을 종종 떠올리곤 했었다. 다들 어떻게 지낼까 궁금하기도 했고, 조금은 걱정되기도 했다. 그중에서도 특히나 준혁이 가장 마음에 쓰였다. 거의 스무 살 가까이 차이 나는 어른이지만, 모임 첫날 그가 보여 준 모습 때문에 가장 우려스러울 수밖에 없었다. 게다가 그의 곁엔 아무도 존재하지 않아 심리 상태가 무척 불안해 보였다. 그랬는데 가족을 만날 수 있게 되었다니 정말 다행이었다.

그때, 매장 유리문이 열리고 정갈하게 머리를 묶은 유미가 나타났다. 이슬과 대화하며 커피를 기다리던 주원은 그녀를 발견하자 입가에 절로 미소가 번졌다. 유미의 부탁대로 특별하게 친한 척은 하지 않았다. 다른 멤버들과 똑같이 인사를 나눴다.

드디어 모두가 한자리에 모였다. 오랜만의 만남에 주원과 유미 그리고 이슬은 몹시 반가워했지만, 그에 반해 성민과 미연은 여전히 멤버들이 어려워 보였다. 그동안 특별한 변화는 없었구나, 하고 주원은 생각했다.

"그동안 다들 어떻게 지냈어요? 저는요……."

가장 먼저 입을 연 이슬은 몇 분 전 주원에게 했던 이야기를 다시 꺼내 두었다. 연습해서 온 게 아닌가 싶을 정도로 대사가 똑같았다. 그럼에도 주원은 처음 들은 것처럼 반응해 주었다. 이슬은 내심 그런 상황이 쑥스러웠는지 한동안 주원을 쳐다보지 못했다. 거의 유미와 일대일로 대화하는 느낌이 들 정도로 그녀만 쳐다봤다.

"성민 씨는 그동안 어떻게 지내셨어요?"

"저요? 저는 그냥……."

성민이 뜸을 들이며 커피를 한 모금 마셨다.

"모, 모임 이후로 다시 방에 틀어박혀 지냈어요. 평소와 다, 다를 바 없이 무기력하게 하루하루를 겨우 버, 버텼어요. 그러다 문득 떠올랐어요. 그날 제, 제가 여러분들에게 했던 말을요. 주, 주변에 저를 도와주는 분들이 많았다고 해, 했잖아요. 곰곰이 새, 생각하니 정말로 그렇더라고요. 말로 내뱉기 전엔 사, 사실 제대로 알지 못했던 주, 주변의 도움이 새록새록 떠올랐어요. 정말 사소한 것부터 물질적인 도, 도움까지. 그런데 전 제, 제가 힘들다는 이유로 계속 그 도, 도움의 손길을 외면하거나 소, 소중히 여기지 않았어요. 아마 그, 그분들이 보기에 제가 칭얼대는 어린아이처럼 느, 느껴졌을 거예요. 그, 그쯤 했으면 이제 툭툭 털고 일어설 때도 됐는데 어, 언제까지 힘들다고 징징 될까 답답하기도 했을 거고요. 그, 그 마음을 이제야 알겠더라고요."

나머지 네 사람은 고개를 끄덕이며 성민의 이야기를 주의 깊게 들었다.

"그, 그래서 마음을 굳게 다잡았죠. 다, 당장 대단한 걸 하려기

보단 일단 세상으로 나가 보자. 그것이 첫 번째다. 그, 그렇게 여겼고 집 근처에 있는 호, 호프집에서 아르바이트를 시작했어요."

"정말요? 잘됐네요."

이슬이 성민의 말이 다 끝나기도 전에 성급하게 축하를 건넸다.

"아니에요. 사실, 처, 처음엔 조금 힘들었지만 점점 적응하고 있었어요. 그러다 최근에 술에 잔뜩 취한 소, 손님이 저, 저를 향해 고, 고함을 치고 요, 욕을 했어요. 그러더니 수, 술병을 들고 다, 달려왔죠. 주변에 있는 다, 다른 분들이 말려 주신 덕분에 가, 간신히 상황은 무마가 되었지만 전 큰 사, 상처였어요. 선수 시절 서, 선배들에게 맞았던 그 순간이 떠, 떠올랐고 겨, 겨우 씻어 냈다고 생각한 트, 트라우마가 다시 절 덮쳤어요."

잔뜩 흥분한 성민이 손을 달달 떨며 커피를 한 모금 마셨다. 그러자 조금은 마음이 가라앉는 듯 보였다.

"괜찮으세요?"

"네. 지, 지금은 분명 어렵지만 꼭 다시 트, 트라우마를 지우고 세상에 나설 겁니다. 그래서 앞으로 히, 힘들 때 절 도와주셨던 분들에게 보, 보답하고 싶어요. 그게 가장 큰 모, 목표예요. 요즘 스, 스피치 학원도 다니고 있어요. 가, 강사님이 많이 좋아졌대요. 제가 느꼈을 땐 아, 아직 부족하지만……."

"분명 다시 좋아질 거예요. 그러기 위해 모임에 참석하신 거잖아요. 지금도 말씀을 꽤 잘하고 계세요, 전보다."

이슬이 성민을 위로했다.

"맞아요. 앞으로 자주 모여서 달라져요, 우리 다."

주원이 맞장구쳤다. 자신이 오늘의 모임을 주도했다는 책임감 때문에 열심히 대화에 참여했다.

"이제 미연 씨가 얘기하실래요?"

이슬이 넌지시 미연에게 물었다.

"네……."

미연이 긴장한 듯 헛기침을 한 뒤 커피를 홀짝였다.

"편하게 하세요."

이슬이 그녀에게 용기를 북돋웠다. 크게 심호흡을 한 미연은 어렵게 입을 뗐다. 시선은 여전히 테이블을 향했지만 눈빛은 짧은 순간 생기 있게 바뀌었다.

"저도 처음엔 별다른 변화가 없었어요. 그냥 평소와 다를 바 없이 은둔 생활을 했어요. 얼마 전까지도요. 그렇게 평소처럼 지내고 있는데 갑자기 엄마가 저에게 책을 한 권 건네주셨어요. 어느 화가의 일대기를 그린 자서전이었어요. 처음엔 별로 관심이 없었는데……."

미연은 목이 잠기는지 말을 멈추고 커피로 한 번 더 목을 적셨다. 그리고 잠시 심호흡을 했다. 그러는 동안 다른 사람들은 숨을 죽이고 그녀를 기다렸다.

"그래도 엄마가 특별히 주셨으니 일단 읽어 보기로 했어요. 처음엔 시큰둥했는데 읽다 보니 깊게 빠져들더라고요. 그녀의 어린 시절이 저와 많이 비슷했거든요. 그녀는 항상 혼자였죠. 친구도 한 명 없었고 괴롭힘도 많이 당했어요. 하지만 그걸 이

겨 내고 최고의 화가가 되었어요. 책을 다 읽고는 혼자 엉엉 울
었어요. 가슴 깊숙이 감동을 받았거든요. 이후로 용기도 조금
생겼고요. 이 마음 그대로 뭔가에 도전해 보자 결심했어요. 그
때 검정고시가 가장 먼저 떠올랐어요. 곧바로 근처 서점으로 갔
죠. 거기서……."

준비한 발표를 잘하고 있던 미연이 한참 동안 말을 잇지 못했
다. 그녀의 모습에 나머지 사람들은 전부 의아해하면서도 가만
히 기다렸다.

"괜찮으세요?"

"네, 괜찮아요. 휴……. 서점에서 책을 고르고 있는데 갑자기
교복 입은 여고생 3명이 제 근처로 왔어요. 그 아이들을 보자마
자 심장이 마구 뛰기 시작했어요. 숨도 제대로 못 쉬었어요. 어
쩔 수 없이 그 자리를 도망치듯 빠져나왔어요. 그 아이들은 절
해코지하지 않았어요, 절대. 그냥 저 혼자 무서워했던 거예요.
결국 엄마가 대신 책을 사다 주셨어요. 하지만 도저히 공부에
집중이 안 되더라고요. 다시 예전의 나로 돌아갔구나 싶어 정말
힘들었어요."

미연이 훌쩍이며 간신히 말을 마쳤다.

"지금은 어떠세요?"

"지금…… 지금도……."

"분명 시간이 지나면 좋아질 거예요. 저희랑 자주 만나다 보
면 아무렇지 않아지는 순간이 올 거니까 걱정 말아요."

"맞아요. 자주 만나요, 우리."

주원이 애써 밝게 말했다.

"그래요. 한 달에 한 번씩 만나죠?"

이슬이 즉흥으로 약속을 잡았고 주원이 맞장구를 치자, 나머지 세 사람은 고개를 끄덕이며 수줍게 약속을 받아들였다.

이후 유미가 발표를 시작했다. 그녀는 지난번 만남에서 자신이 어떻게 은둔 생활을 하게 됐는지 말하지 못했기에, 그 부분부터 설명해야 했다. 물론 자신이 갖고 있는 마법에 대해서는 언급하지 않았다. 그저 부모가 세상을 떠나고 그 충격으로 은둔 생활을 시작했다고 얼버무렸다. 그리고 지금까지 시골이 아닌 서울에서 지낸 것처럼 설명했다. 마법과 그로 인한 소문을 숨기려다 보니 각색은 필수였다. 물론 지금의 상황은 숨기지 않았다. 근처 모텔에서 지내고 있고 바로 건너편 카페에서 일하고 있다고 소개하며 그런 까닭에 모임 장소를 옮기자고 요구한 사실도 밝혔다. 그러자 이슬이 이해한다며 크게 반겼다.

뒤이어 주원이 발표를 이었다. 소설가의 꿈부터 은둔 생활을 벗어나고자 어떤 노력을 기울이고 있는지를 자세히 이야기했고 모두가 그를 응원했다. 그렇게 두 번째 모임이 끝이 났다. 꽤 성공적이었다.

아직은 모임이 제대로 정착되지 않았을 뿐 아니라 각자의 상태가 제각각 달라 발표 외에 특별하게 할 것은 없었다. 하지만 거기서부터가 진짜였다. 자신의 상황을 이야기하는 것부터가 제대로 된 시작인 것이다. 주원은 이번 만남을 위해 이슬을 설득할 때도 그렇게 말했었다.

모임이 끝나자 이슬의 머릿속에는 언젠가 함께 여행을 가는 상황까지 그려졌다. 그만큼 오늘의 만남이 그녀는 무척 만족스러웠다. 다만, 계획을 이루기 위해선 각자의 노력도 필요했고 주기적인 만남도 중요했다. 특히 자신의 역할이 막중하다는 사실을 깨달았다.

다섯 사람은 30분이 채 안 되는 모임을 끝마치고 카페를 나왔다. 모두의 표정이 지난번 만남보다 훨씬 편안해 보였다. 사실 특별한 문제가 벌어지지 않은 것만으로도 어느 정도는 만족스러웠다.

"그, 그럼 이만 가 보겠습니다. 어, 언어 치료가 있어서……."

성민이 가장 먼저 인사를 건네고 걸음을 옮겼다. 그의 모습을 보며 주원은 마치 자신을 보는 것 같아 동병상련의 기분을 느꼈다. 물론 저런 상황이 되기까지의 과정은 전혀 달랐지만.

"엄마."

미연이 지금까지와는 다른 큰 목소리로 소리쳤다. 자신도 그런 자신의 목소리에 놀란 듯 두 손으로 황급히 입을 가렸다. 주변에 있던 세 사람은 그녀가 바라보는 곳으로 고개를 돌렸다.

"안녕하세요."

미연의 엄마가 세 사람에게 반갑게 인사했다.

"네, 안녕하세요."

"미연이 챙겨 주셔서 감사해요."

"아, 아니에요. 다들 같은 처지의 사람들이라……."

이슬이 손사래를 치며 대답했다.

"앞으로도 미연이 잘 부탁드릴게요."

"네, 알겠습니다. 걱정 안 하셔도 돼요."

"그럼 가자, 미연아."

"응."

미연이 세 사람을 향해 공손하게 인사하며 엄마와 함께 자리를 떠났다.

"저도 가 볼게요. 다음번 장소는 유미 씨가 일하는 카페 괜찮을까요?"

"네? 그 카페는……."

이슬의 농담에 유미가 깜짝 놀라 우물쭈물했다.

"아이, 장난이에요. 다음 모임은 식당에서 식사도 하고 카페도 가고 해요. 그다음엔 영화도 보고 한강으로 피크닉도 가고요."

"그거 재밌겠네요."

주원이 이슬의 계획에 진심으로 기뻐했다.

"언젠가 기회 되면 여행도 가요, 우리. 어때요?"

"네, 저는 좋아요."

"저도요."

"정말이죠? 그럼 두 분은 오케이 한 겁니다. 계획은 제가 다 세울 테니 기대하세요."

이슬은 자신의 성대한 포부에 뿌듯해했다.

"그럼 정말 가 볼게요. 다음엔 다른 곳에서 만나요."

이슬이 인사를 한 뒤 지하철을 타기 위해 3번 출구로 내려갔다. 갑작스럽게 활기찬 그녀의 모습에 주원과 유미 모두 어리둥절했다. 도대체 뭐 때문에 저리 신이 난 걸까.

답을 얻기까진 얼마 걸리지 않았다.

2주 뒤, '은둔형 외톨이 모임'에 다시 반가운 얼굴들이 모였다. 이번엔 카페가 아닌 어느 펜션이었는데, 이슬이 직접 예약한 곳이었다. 그녀는 지난번 모임 이후 매일 다음 만남을 준비했다. 이번엔 무조건 색다른 곳으로 가겠다는 일념 하나로 괜찮은 펜션을 찾았다.

물론 이렇게 모이는 일이 간단하진 않았다. 일주일 전 갑작스런 그녀의 통보에 채팅방은 한바탕 난리가 났었다. 아직은 부담스럽다는 사람부터 스케줄을 비우는 일이 어렵다는 사람까지. 그럼에도 이슬은 끝까지 밀어붙였다. 갑자기 어디서 그런 추진력이 생긴 걸까. 추진력과는 거리가 먼 삶을 살아왔던 이슬이었기에, 그녀도 달라진 자신의 모습을 신기해했다. 이 모습을 과연 다른 곳에서도 볼 수 있을지는 아직 의문이지만.

여섯 멤버는 이슬의 사촌 오빠가 운전한 차로 오전 11시쯤 펜션에 도착했다. 이곳에 들어온 이상 다음 날 이 시간까지는 싫어도 있어야만 한다. 다들 편한 표정은 아니었지만, 유독 미연의 얼굴이 안 좋았다. 그녀는 가족, 특히 엄마와 떨어져서 하루를 보낸 게 초등학생 때 갔던 수련회 이후로 처음이었다. 중학교에 올라가서도 수학여행과 수련회에 단 한 번도 참여하지 않았다. 갔다면 분명히 숙소에서 큰 상처를 입었을 것이다. 초등학생 때처럼.

"여기 좋죠."

이슬이 자신만만하게 말했다. 그녀의 말대로 펜션은 나름 괜찮았다. 2층으로 된 펜션은 마치 전원주택을 연상케 했다. 마당은 잔디가 넓게 펼쳐져 있었고, 양쪽엔 벤치와 그네가 놓여 있었다. 또 그 뒤로는 나무들이 펜션 전체를 둘러쌓고 있었다.

"일단 들어가서 짐부터 풀어요."

여섯 멤버는 차례로 펜션에 입성했다. 1층에 들어서자마자 양쪽에 있는 두 개의 방으로 남자 셋과 여자 셋이 흩어졌다. 그들은 아무 말 없이 각자의 짐을 자기만의 영역 안에 풀었다. 신기할 정도로 각자 자기만의 경계가 있었고 그것을 서로가 잘 지켰다.

"다들 거실로 나오세요."

이슬의 호출에 방에서 쉬고 있던 멤버들이 느릿느릿 거실로 나왔다.

"이제부터 제가 짠 프로그램에 맞춰 움직일 거예요. 다들 잘 따라와 주세요. 알았죠?"

아무도 대답하는 이가 없었다. 분위기를 살피던 주원이 뒤늦게 알겠다며 대답을 했다. 멤버들은 멀리까지 나와 함께 하루를 보내는 것이 아직은 부담스러웠다. 그런 탓에 지난번 모임보다 오히려 더 불편하고 어색한 기류가 흘렀다.

"그럼 일단 식사부터 하죠."

첫 번째 스케줄은 점심 식사였다. 여섯 멤버가 나란히 식탁에 둘러앉았다. 하지만 오로지 식사에만 집중하는 탓에 고요함이 계속되었다. 멤버들은 카페에서 봤을 때보다 훨씬 더 서로를 못 쳐다봤다. 누군가와 함께 식사를 한다는 건 역시 이들에겐 어렵고 낯선 일이었다.

서먹서먹한 식사 시간이 금방 끝이 났다. 아무런 소통 없이 식사만 했기에 오래 걸릴 이유가 없었다. 이후 멤버들은 방에 들어가 각자의 자리에서 휴대폰을 하거나 낮잠을 잤다. 대화를 하는 사람은 아무도 없었다. 주원은 거실에 앉아 창밖을 바라보았다. 평소에도 휴대폰을 하는 것보다 사색에 잠기는 것을 더 좋아했다. 최근 들어서는 더욱 그랬다.

"이제 다들 밖으로 나오세요."

한 시간의 휴식 시간이 끝나자마자 이슬이 멤버들을 마당으로 불렀다. 멤버들은 엄마의 다그침에 억지로 잠에서 깬 아이처럼 느릿느릿 걸음을 뗐다. 그들은 전부 이슬의 부름이 무척 귀찮고 짜증났다. 그럼에도 이런 자리를 마련한 그녀의 노력을 알고 있기에 순순히 계획을 따라 주었다.

다혈질인 준혁도 마찬가지였다. 그는 얼마 전 자식들과의 만남 이후로 성격이 조금 부드러워졌는데, 이번 여행을 수월하게 진행될 수 있도록 만든 요인 중 하나이기도 했다.

"우리가 남은 시간이 얼마 없어요. 오늘 하루 동안 모든 걸 다 마쳐야 합니다. 그러니까 잘 따라와 주셔야 돼요. 아셨죠?"

"네……."

주원과 성민이 대답했다.

"그럼, 갑시다."

이슬이 앞장서 걸었고 멤버들이 그녀의 뒤를 따랐다. 얼마 뒤, 그들은 힘준한 산을 오르기 시작했다. 멤버 대부분 운동 부족인 상태였다. 그런 탓에 다양한 목소리의 헉헉대는 소리가 산을 가득 채웠다. 과거 운동부를 했던 성민과 산을 자주 올랐던 유미만이 그나마 멀쩡했다. 그런 사실도 모르고 주원은 헉헉대면서도 연신 유미가 괜찮은지를 신경 썼다.

"괜찮아?"

주원이 조심스럽게 물었다.

"응, 난 괜찮아."

유미가 힘든 기색 하나 없이 멀쩡한 목소리로 대답했다.

"힘들면 나한테 말해."

주원은 땀을 비 오듯 흘리면서도 자신 있게 말했다.

이들이 도착한 곳은 어느 계곡이었다. 그곳엔 아주 거대한 바위가 위풍당당하게 자리하고 있었다.

"저 위로 올라가요."

"저기요?"

멤버들은 이슬을 따라 힘겹게 바위를 올랐다. 겨우 바위 위에 도착한 다섯 멤버들은 적당한 거리를 두고 앉았고, 그 앞에 이슬이 마주보고 섰다.

"자, 똑바로 앉아서 두 눈을 감으세요."

그들은 이슬의 지시대로 모두 눈을 감은 채 정자세를 취했다.

얼마 뒤, 나른한 음악 소리가 들리기 시작했다. 그 소리에 성민이 실눈을 떴다.

"어허, 눈 감으세요."

이슬의 호통에 성민이 급히 눈을 감았다. 곧이어 이슬이 A4 용지 한 장을 들고 그 안에 적힌 글을 읽기 시작했다.

"사람은 누구에게나 고유의 향과 색이 있다. 그것은 어느 누구의 것도 아닌 자신의 것이며 타고나는 것이다. 절대 함부로 바꾸거나 꺾으려 하지 말지어다. 그것은 남에게도 똑같이 그러하다. 그러니……."

그녀가 인터넷에서 찾아온 글을 읽을수록 명상을 하는 멤버들의 표정은 오히려 어두워졌다. 특히 준혁은 씩씩거리다 나중엔 혼잣말로 욕까지 했다. 다행히 물소리에 묻혀 바로 옆에 앉은 주원만 들을 수 있었다.

"이거 하려고 고생해서 산을 오른 거야?"

무려 20분이나 계속된 명상이 끝났다. 물놀이는 전혀 없었다. 이슬의 다급한 지시에 따라 모두가 빠르게 산을 내려왔다. 펜션으로 돌아오자마자 그들은 2층으로 향했다. 땀을 많이 흘린 멤버들은 얼른 샤워를 하고 싶었지만 어쩔 수 없었다. 이것 역시 이슬의 강력한 지시였다. 그녀는 이곳에서 또 다른 훈련을 계획했다.

2층 거실엔 세 개의 테이블이 일정한 간격으로 놓여 있었고, 각각의 테이블에는 두 개의 의자가 서로 마주보고 있었다.

"랜덤으로 둘씩 마주 앉을 거예요. 그 상태로 서로 이런저런 얘기를 나누다가 1분이 지나면 자리를 바꿔서 앉을 거예요. 총 10분간 진행할 겁니다. 재밌겠죠?"

이슬의 말에 아무도 대답하지 않았다.

"이제 아무렇게나 앉으세요. 자, 어서 빨리요."

준혁과 미연, 이슬과 성민, 유미와 주원이 마주보고 앉았다.

"자, 시작."

이슬이 시작을 알렸다. 하지만 준혁과 미연 사이에는 어떤 대화도 오가지 않았다. 고요하다 못해 긴장감까지 흘렀다. 준혁은 다리를 꼬고 팔짱을 낀 채 먼 곳을 보고 있었고, 미연은 고개를 푹 숙인 채 시간이 빨리 가기만을 기다렸다. 그들의 모습은 마치 화가 난 아빠와 겁에 질린 딸처럼 보였다.

유미와 주원은 흘끔흘끔 서로를 쳐다봤다. 눈이라도 마주치면 얼른 고개를 돌려 괜히 다른 곳을 봤다. 그러다 주원이 먼저 입을 열었다.

"그때, 같이 공원 갔다 오고 얼마만이지?"

"3주? 4주?"

"벌써 그렇게 됐구나."

"그래도 연락은 꾸준히 해서 다행이다."

"응."

짧은 대화 이후 다시 정적이 흘렀다. 주변을 굉장히 많이 신경 쓰는 두 사람이었기에, 멤버들이 함께한다는 것이 오히려 그들을 위축되게 만들었다.

그나마 소통이 잘되는 테이블은 이슬과 성민이 앉은 곳이었다. 그곳은 다른 곳과 달리 이런저런 이야기가 흘러나왔다. 그 이야기를 주로 이슬 혼자 하고 있다는 점이 문제였지만.

"내가 정말 얼마나 힘들게 준비했는지 알아요?"

"아, 아니요."

"일주일 동안 하루 두세 시간씩 자면서 준비했어요. 아휴, 정말."

그녀는 이번 여행을 계획하고 준비하면서 전에 없던 열정이 샘솟았다. 왜 지금껏 이렇게 살지 못했는지 후회가 될 정도였다. 하지만 마주 앉은 성민은 그런 열정이 무척 버거웠다.

어느덧 저녁이 되었다. 두 차례의 훈련이 끝나고 이슬은 큰 만족감을 드러냈다. 그에 반해 멤버들은 어느 누구도 웃지 않았다. 그저 훈련을 다 마쳐 더 이상 귀찮게 하지 않겠구나하는 안도감만 흘렀다.

식탁이 아닌 거실 바닥에 둘러 앉아 저녁 식사를 시작했다. 메인 반찬은 삼겹살이다. 그들은 이번에도 별다른 대화 없이 허겁지겁 삼겹살을 먹었다. 식욕이 별로 없는 미연마저도 쉬지 않고 음식을 먹었다. 명상을 위해 산을 오른 탓인지 아니면 어떤 이유에선지 식욕이 폭발했다. 그것은 다른 사람들도 마찬가지였다. 마치 경쟁을 하는 것처럼 빠른 속도로 고기를 해치웠다.

한창 식사가 진행되던 도중 이슬이 소주를 꺼냈다. 자연스럽게 성인 네 사람은 반주를 시작했다. 주원과 유미는 콜라를 마셨다. 멤버들 중 이슬이 유독 술 마시는 속도가 빨랐는데, 그런 그녀의 속도에 맞추느라 다른 멤버들도 허겁지겁 소주를 마셔야 했고 식사한 지 얼마 안 되어 네 사람 모두 취기가 올랐다. 특히 미연의 얼굴은 홍당무가 되어 있었다.

술에 취하자 다들 말수가 급격히 늘어났다. 불과 몇 분 전만 해도 단체 활동과 훈련들로 지쳐 있던 사람이 맞는지 의심이 들 정도였다. 그만큼 조용하던 분위기가 순식간에 바뀌었다.

"얘가 첫째고 얘가 둘째."

준혁이 지갑에서 꺼낸 사진을 다른 이들에게 자랑했다. 얼마 전 두 아들과의 여행 때 찍은 사진이었다.

"귀엽네요. 몇 살이에요?"

"11살, 9살."

준혁이 주원의 물음에 뿌듯해하며 대답했다. 그의 입가에 미소가 번졌다. 멤버들에게 보인 첫 번째 미소였다. 그것을 알아챈 이는 술을 먹지 않은 유미와 주원 둘뿐이었다.

"자자, 다들 조금씩 취한 것 같은데. 진실 게임이나 할까요?"

이슬이 오른손을 높이 든 채 크게 소리치며 말했다. 하지만 어느 누구도 반응하지 않았다. 유미와 주원은 썩 내키지 않았고 다른 멤버들은 그녀의 말이 들리지 않았다. 심지어 성민은 자리에서 일어나 비틀대며 주방으로 향했다.

"딸꾹. 그러면 제가 첫 번째로 말할게요."

이슬이 딸꾹질을 하더니 혼자 말을 이었다.

"사실 고등학생 때 딱 미연 씨 같은 아이가 있었거든요. 당연히 우리 반에서 따돌림을 당했어요. 당연히? 말이 이상하네. 아무튼 그 주동자가 누군지 아세요? 저였어요, 저. 돈 뺏고 때리고 욕하고. 에휴."

이슬의 말에 유미와 주원은 동시에 미연에게로 시선을 돌렸다. 미연이 술잔을 만지작대며 쓴웃음을 지었다. 이번에는 이슬의 말을 제대로 들은 모양이다.

"괜찮으세요?"

주원이 조심스레 미연에게 물었다.

"네, 괜찮아요."

미연이 고개를 들며 말했다. 방금 전과 달리 아주 해맑게 웃고 있었다. 실제 마음과 정반대의 웃음이라고 주원은 생각했다.

"미안."

"전혀요."

이슬의 사과에 미연이 고개를 저으며 대답했다. 그러더니 연거푸 소주를 들이켰다. 잠시 정적이 흘렀다. 다행히 무거운 정적이 아니었다. 주원과 유미는 분위기에 적응이 되지 않아 입을 떼지 못했고, 이슬과 미연과 준혁은 약속이나 한 듯이 동시에 술을 마셨다. 그 짧은 시간의 고요함이었다.

"으쌰."

성민이 바닥에 털썩 주저앉았다. 그의 손엔 얼음물이 든 컵이 들려 있었다. 성민은 그것을 한 모금 마셨다.

"다들 지금 생활을 벗어나면 뭐 할 거예요? 전 야구 교실을 열 거예요. 아이들이 행복하게 야구를 즐길 수 있도록."

성민이 말을 전혀 더듬지 않고 자연스럽게 말했다. 유미와 주원이 깜짝 놀라 그를 쳐다봤다. 성민이 그들의 시선을 전혀 느끼지 못한 채 만족스러운 표정으로 술을 한 잔 들이켰다.

"꼭 그렇게 되길……."

"갑자기 왜 또 조용해졌어요. 우리 게임이나 하죠."

이슬이 자리에서 벌떡 일어나며 주원의 말을 끊더니 여자 방으로 성큼성큼 걸어갔다. 얼마 뒤, 다시 거실로 나온 그녀의 두 손엔 윷놀이 세트가 들려 있었다.

"윷놀이요?"

주원이 의아해하며 물었다.

"네, 저녁 다 먹으면 하려고 가져왔어요."

"지금 하시려고요?"

"그럼요. 우리 이거 하고 놀아요."

주원과 유미를 중심으로 3대3 윷놀이 시합이 시작됐다. 주원은 미연, 준혁과 한 팀이 되었고 유미는 이슬, 성민과 한 팀을 이뤘다.

윷놀이는 의외로 아주 흥미진진하게 진행되었다. 서로 물고 물리는 치열한 접전이 펼쳐졌다. 지고 있는 쪽은 앞서 있는 상대의 말을 빠르게 잡았고 도망치듯 멀리 나아가기 위해 노력했다. 그럼 기다렸다는 듯 상대의 말이 따라와 다시 말을 잡았다. 심지어 유미 팀이 세 개의 말 전부를 업고 골인 지점 바로 앞까지 갔다가, 주원 팀 말에게 잡혀 시작 지점으로 돌아가기도 했다. 그런 상황이 반복될 때마다 한 쪽은 탄식을, 다른 한 쪽은 환호를 질렀다.

멤버들은 윷놀이가 이렇게 긴장되고 재미있는 놀이였는지 처음 알았다. 경기가 진행되면 될수록 이슬과 성민은 점차 술에서 깨어났다. 그에 반해 미연과 준혁은 여전히 반쯤 취해서 윷을 던졌다. 윷놀이하는 틈틈이 소주를 들이켰기 때문이다.

경기는 예상 밖이었다. 팀원 대부분이 정신을 차리지 못한 주원의 팀이 승리한 것이다. 세 번째 말이 골인 지점을 통과하자 세 사람은 크게 소리쳤다.

"우와!"

그 순간 준혁의 두 눈에 눈물이 맺혔다. 얼마 안 되어 그는 흐느껴 울기 시작했고 넓고 큰 두 어깨가 마구 흔들렸다. 이번 승리가 몹시 감격스러웠다. 그러자 바로 옆에 있던 미연이 준혁의 어깨 위에 오른손을 올렸다.

"울지 마요. 뭐 이런 거로 질질 짜요."

미연이 울고 있는 준혁을 나무라기 시작했다.

"그만 울어요, 그만."

소리치던 미연의 두 눈에도 어느덧 눈물이 흘렀다. 두 사람은 서로를 부둥켜안은 채 한참 동안 소리 내어 울었다. 그런 그들을 나머지 네 사람이 어이없어하며 바라봤다.

30여 분 뒤, 미연과 준혁을 각자의 방에 눕히고 나머지 네 사람이 거실 중앙에 다시 뭉쳤다. 뭔가 큰일을 마친 듯 홀가분했다. 마음이 편해진 탓인지, 이후 그들은 누가 먼저랄 것도 없이 허심탄회하게 자신들의 속 얘기를 꺼냈다.

"저희 부모님은 제가 아주 어릴 때부터 자주 싸웠어요."

가장 먼저 이슬이 말했다. 모두가 귀 기울여 이야기를 듣기 시작했다.

"이유는 뻔했어요. 경제적인 이유 때문이었죠. 항상 시작은 엄마였어요. 풀이 죽은 채 일을 마치고 돌아온 아빠를 향해 소리를 질렀죠. 처음엔 무조건 미안하다고 사과하던 아빠도 어느 순간부터 같이 소리 지르며 화를 냈어요. 엄마는 그 모습에 크게 놀라셨고 아빠의 따귀를 때리기까지 했는데…… 초등학교도 안 들어간 저에겐 너무 큰 충격이었어요."

"에휴."

주원이 작게 한숨을 뱉었다.

"그러다 아빠가 하시는 사업이 점차 안정기에 접어들면서 부부 싸움도 줄어들었어요. 엄마의 얼굴엔 웃음이 떠나질 않았죠. 어떻게 보면 제 인생에서 가장 행복한 시간이었어요. 뭐, 그 행복이 오래가지 못했다는 게 문제지만 말이죠. 시간이 지나고 엄마의 얼굴에 다시 그늘이 졌어요. 우리 가족의 경제력은 날이 갈수록 좋아졌기 때문에 전 의아했어요. 도대체 뭐가 문제일까 싶었죠. 이유는 알 수 없었지만, 엄마는 다시 화를 내기 시작했어요. 아빠가 하는 말에 어떻게든 꼬투리를 잡고 싸우려고 했어요. 적어도 제가 보기엔 그랬어요. 사실 지금도 엄마가 왜 그랬는지는 정확히 모르겠어요. 딱 하나 알고 있는 건, 엄마가 동창들과 만나고 들어오는 날에 무조건 싸웠다는 것뿐이에요."

그렇게 말하며 이슬이 고개를 절레절레 흔들었다.

"그때가 중·고등학생 때였어요. 너무 힘들었어요. 집에 가기도 싫었죠. 그래서 가출도 여러 번 했어요. 물론 하루 만에 집에 돌아갔지만요. 아무튼 그렇게 살았어요. 지금은……."

이슬이 더 이상 말을 잇지 못하고 찬물을 벌컥벌컥 들이켰다.

"괜찮으세요?"

유미가 조심스레 물으며 그녀의 옆자리로 다가갔다.

"네, 괜찮아요."

이슬이 애써 웃음을 지었다.

"제, 제가 얘기할게요. 전 벼, 별거 없어요."

성민이 분위기를 바꾸려 말을 시작했다. 그가 이렇게 적극적인 모습을 보인 건 이번이 처음이다.

"유, 육 개월 전에 절 때린 선배를 찾아갔어요. 야, 야구를 그만두게 만든 선배요. 복수하기 위해 그 사람 지, 집에 갔죠. 근데 도, 도저히 못 들어가겠더라고요. 무, 문 앞을 한참 서성였죠. 그러다 무, 문이 열릴 때 까, 깜짝 놀라 계단을 뛰어 내려갔어요. 그 기, 길로 집에 돌아갔죠. 그게 전부예요. 구, 구타 말고는 평탄하게 살아서."

"구타로 야구를 못 하게 된 게 큰 일인 거죠."

주원이 성민의 왼쪽 어깨를 두 손으로 감싸며 말했다. 그의 마음이 전달됐는지 성민이 가볍게 미소를 지었다.

이후로 주원과 유미 역시 자신들의 과거와 고민들을 솔직하게 이야기했다. 물론 마법에 대한 내용은 없었다. 이렇게 솔직한 얘기를 할 수 있었던 건 술이나 훈련 때문이 아니었다. 오히려 방금 전에 했던 윷놀이 덕분이라고 모두들 생각했다. 게임을 진행하면서 서로에게 응원과 위로를 하고, 때로는 장난 섞인 타박을 하며 어느덧 가까워진 것이다. 그건 이미 방에 들어가 잠이 든 준혁과 미연 역시 마찬가지였다. 귀찮고 힘들었던 이번 여행을 통해 멤버들의 관계가 더욱 끈끈해질 수 있었던 것은 큰 수확이었다.

어느덧 시간이 훌쩍 지나 이슬과 성민이 차례로 방에 들어갔다. 그들은 아침에 다 같이 정리할 테니 치우지 말라고 당부했지만, 주원과 유미는 거실을 깨끗이 정리했다. 소주병과 컵, 수저와 그릇들을 치웠고 바닥을 깨끗이 닦았다. 그러고 나니 자정이 훌쩍 넘었다. 유미가 여자 방으로 가기 위해 걸음을 떼던 그 순간, 주원이 다급히 그녀를 불렀다.

"저기, 잠깐 밖에 나갈래?"

"으응."

두 사람은 마당으로 가 한쪽에 세워진 그네에 나란히 앉았다. 그들은 말없이 하늘을 올려다봤다. 어두운 하늘엔 달과 별이 그림처럼 선명하게 보였다. 서울에선 보지도, 보이지도 않았던 것들이 이곳에선 눈에 아주 잘 들어왔다.

"하늘이 정말 예쁘다. 그치?"

"응."

유미가 발끝으로 바닥을 툭툭 차며 대답했다.

"오늘 많이 피곤했지?"

"조금. 그래도 괜찮아. 재밌었어. 특히 윷놀이한 게."

"맞아. 여기 온 덕분에 다른 사람들하고 더 가까워진 것 같아."

"그러게. 오늘 낮에 했던 훈련들이 우리에게 앞으로 도움이 될 거야."

유미가 자신 있게 말했다.

"정말?"

"응. 처음엔 힘들기만 했는데 다시 생각하니까 앞으로 나한테 도움이 될 것 같아."

주원은 유미의 확신이 이상했지만 더 이상 묻지 않았다. 대신 대화 주제를 바꿨다.

"다시 서울에 가면 뭐 할 거야?"

"똑같지 않을까?"

"그치. 나도 그럴 것 같아."

정적이 흘렀다. 둘 다 어떤 말을 이어야 할지 몰랐다. 단순히 대화하는 방법을 모르는 게 아니었다. 또다시 이상하고 낯선 감정이 분위기를 지배해 입이 안 떨어졌다. 마치 주원이 유미에게 머리끈을 건네 줬던 그 순간처럼.

"있잖아."

주원이 바닥만 바라보며 힘겹게 말을 시작했다.

"응?"

유미가 그런 주원의 옆모습을 가만히 바라봤다.

"음, 우리……."

여전히 바닥을 보던 주원이 고개를 들어 유미의 눈을 마주하며 말했다.

"사, 사귈래?"

"어?"

갑작스런 그의 고백에 유미는 어리둥절했지만, 이내 뺨이 발그레 달아올랐다.

"아직은 잘 모르겠어."

유미가 고개를 살짝 돌리며 대답했다.

"그래?"

"시간이 조금 필요할 것 같아. 미안."

"아, 아니야."

두 사람은 쑥스러운 마음에 그저 하늘만 올려다봤다.

9

호수에서 생긴 일

"수고했어."

"네, 수고하셨습니다."

유미가 카페 동료들과 인사를 나누고 카페를 나오자, 유리문 바로 앞에 주원이 방실방실 웃으며 서 있었다. 깜짝 놀란 유미는 코앞에 있는 주원을 애써 모른 척하며 오른쪽으로 몸을 돌려 빠르게 걸어갔다. 주원은 그녀의 냉담한 모습에 당황했다. 어리둥절해하던 주원은 급히 그녀를 쫓아갔다. 두 사람은 건물을 크게 돌아서 카페와 멀어졌다. 그제야 유미가 걸음을 멈추고 서서 주원을 돌아봤다.

"미안."

"아, 아니야. 근데 왜 그래?"

"카페 바로 앞이라……."

"아, 맞다. 내가 다른 데에 있을 걸 그랬네."

주원이 뒤통수를 긁적이며 웃었다. 유미는 미안함에 어쩔 줄 몰랐다. 남자와 함께 있는 모습을 본다면 분명 동료들이 의심하고 놀릴 게 뻔했다. 모텔 주인 부부에게 이미 겪은 바 있기에 유미는 더욱 조심스러웠다. 그런 탓에 주원을 매정하게 지나쳤던 것이다. 그것도 잠시, 몇 걸음 걷다 보니 너무 심한 건 아닌지 속으로 걱정이 되었다.

"근데 우리 어디 가?"

"내가 요즘 자주 가는 곳."

주원이 흐뭇하게 미소 지으며 말했다.

두 사람이 간 곳은 근처에 있는 도서관이었다. 역시나 도서관은 조용했다. 2층에 위치한 종합 자료실에선 책을 고르는 사람들의 걸음 소리와 책장 넘기는 소리만이 아주 작게 들렸다. 그곳에서 주원은 서가와 서가 사이에 들어가 책들을 유심히 살폈다. 그 옆에 있던 유미도 괜히 꽂혀 있는 책들을 꺼내서 봤다.

주원이 서가에서 책 한 권을 꺼내 후루룩 넘기며 대충 훑어보자, 유미가 고개를 삐죽 내밀어 그가 들고 있는 책을 훔쳐봤다. 주원은 다시 책을 서가에 꽂고 천천히 걸음을 뗐다. 유미는 마치 어미 뒤를 졸졸 쫓아가는 병아리처럼 주원의 뒤를 따라갔다.

사실 유미는 책과 거리가 먼 타입이다. 지금까지 읽은 책은 어린 시절 읽었던 동화책이 전부였다. 정확히는 어린 시절에 구매한 뒤 몇 년이 지나 처음 읽은 동화책이다. 심지어 도서관은 살면서 처음 와 봤다. 어떻게 생겼는지도 전혀 모르고 지냈을 정도였다. 그런 탓에 도서관이 무척 신기하고 재밌었다.

처음엔 조용히 해야 하는 줄도 몰랐다. 하지만 사람 많은 곳에선 위축되는 성격 탓에 절로 정숙해졌다. 주원은 뒤에서 졸졸 쫓아오는 유미를 인식하지 못한 채 책 구경에 푹 빠져 들었다. 그의 눈은 평소보다 훨씬 초롱초롱했다. 이곳에 올 때마다 특별히 빌릴 도서를 정해 놓진 않았다. 이번에도 마찬가지였다. 그저 서가 주변을 맴돌며 살피다 마음에 드는 책을 고르는 편이었기 때문이다. 그러다 보면 절반의 책은 마음에 들었지만 나머지 절반은 후회하며 반납했다. 하지만 자신과의 약속은 반드시 지켰다. 아무리 재미가 없어도 한 번 읽기 시작한 책은 끝까지 다 읽는다는 약속. 그리고 그렇게 읽은 책 중 마음에 들었던 것은 꼭 구매해 작업실을 채웠다.

그 속에 유미의 시선을 끈 책이 한 권 있었다. 유미는 곧바로 그 책을 꺼내 한 장 한 장 심혈을 기울여 읽었다. 하지만 도저히 내용이 이해가 되지 않았다. 너무 어려웠지만 그래도 최선을 다해 읽어 보려 노력했다. 주원이 다른 서가로 간 것도 모른 채 뚫어져라 책만 봤다.

결국, 포기하고 말았다. 유미가 다시 서가에 꽂은 건 고급 영문법 책으로, 난이도가 너무 높아 영어를 전문적으로 공부하는 사람이나 이해할 법한 책이었다.

그러는 사이 작은 책 두 권을 손에 든 주원이 유미 곁으로 돌아왔다.

"읽고 싶은 책 있어?"

"아, 아니."

유미가 수줍어하며 대답했다.

"그래? 그럼 이제 나갈까?"

"응."

주원은 두 권의 책을 빌린 뒤 종합 자료실을 나와 1층으로 내려갔다. 그곳에는 사람들이 비교적 활기차게 걸어 다녔다. 그렇다고 시끄럽게 떠들진 않아 주원과 유미 역시 조용히 걸어서 밖으로 향했다.

유리문을 열고 나오자 넓은 마당이 나타났다. 바닥엔 잔디가 깔려 있고 주변엔 수풀이 우거져 있었다. 도서관 건물 입구부터 마당 중앙에 있는 벤치까지는 돌길이 길게 깔려 있었는데, 두 사람은 그 길을 따라 천천히 걸어갔다. 중앙에는 여러 개의 원목 벤치와 원목 테이블이 마치 카페처럼 모여 있었다. 바깥으로 네 군데엔 나무 기둥이 서 있었고, 그 위로는 나뭇가지와 나뭇잎으로 만들어진 천장도 덮여 있었다. 두 사람은 한가운데에 있는 가장 그늘진 테이블로 향했다.

"시원하다."

"그러게."

둘은 맞은편 도서관 건물 위로 보이는 푸른 하늘을 바라봤다. 구름이 뭉게뭉게 피어 어디론가 열심히 움직이고 있었다. 마치 자유롭게 날아다니는 새처럼 보였다.

"목마르지?"

주원이 자리에서 일어나며 물었다.

"조금."

"콜라하고 사이다 중에 뭐 좋아해?"

"음, 사이다."

"알았어. 잠깐만 기다려."

주원이 곧장 근처 자판기로 향했다. 동전을 넣고 콜라 하나를 고른 뒤 사이다도 하나 골랐다. 쿵 소리를 내며 차례로 음료들이 떨어졌다. 주원은 두 개의 캔을 들고 자리로 돌아와 유미에게 건넸다.

"자, 사이다."

"고마워."

"아니야."

주원은 먹고 싶은 음료를 미리 물어본 자신이 무척 뿌듯했다. 얼마 전 데이트에서 아이스크림을 고를 때의 경험이 큰 도움이 되었다. 평소 자신의 의견을 잘 내지 않는 유미였기에, 질문하는 게 오히려 불편하게 만드는 것은 아닌지 많은 걱정을 했었다. 그리고 경험을 통해 알았다. 그건 다 쓸데없는 고민이었다고.

둘이 동시에 캔을 따, 한 모금 들이켰다. 시원한 음료가 목을 타고 내려가는 게 느껴졌다. 꽤 좋았다. 여름의 끝자락임에도 여전히 더운 날씨 탓에 조금만 걸어도 힘이 드는 요즘이었다. 그나마 실내엔 에어컨이 잘 나와 괜찮았지만, 밖에 나오면 얼마 안 가 땀이 주르륵 흘러 내렸다.

"책 읽는 거 좋아해?"

유미가 테이블 위에 있는 책들을 보며 물었다.

"원래는 전혀 안 좋아했어. 독립하기 전까지 읽은 책이라고 해 봐야 다섯 권이 전부일 거야. 그나마도 방학 숙제로 읽은 정도? 그것도 수박 겉핥기였어. 독후감 숙제 때문에 대충 훑어보고 인터넷에서 줄거리를 찾았거든."

"정말? 전혀 안 그럴 것 같은데."

"정말이야. 독립하고 나서야 바뀌었으니까 그렇게 오래되진 않았어. 내 방에 큰 책장이 두 개가 있거든. 거기에 우리 누나랑 매형 책들이 가득 들어 있는데, 독립한 후로 밖에 거의 안 나갔으니까 매일 집에서 그 책들만 읽었던 거야. 처음엔 잘 안 읽히더라고. 그래도 시간이 지나니까 점점 재밌어졌어. 이젠 이렇게 직접 도서관을 찾아서 읽는 수준까지 됐지."

"그렇구나. 난 독서하고 안 맞는 것 같아. 동화책까지가 내가 읽을 수 있는 전부야."

"괜찮아. 독서에 흥미가 있는 사람도 있고 없는 사람도 있지."

주원이 그렇게 말하며 다시 콜라를 한 모금 마셨다.

"응. 그래도 언젠가 독서를 한번 즐겨 보고 싶어. 매일 집에만 있는 나한테 분명 도움이 될 것 같아. 어릴 때 엄마하고 아빠가 그렇게 말해 줬거든. 책을 읽는 것은 경험하지 못한 걸 간접 체험하게 해 준다고."

"맞아. 나도 그런 마음으로 소설을 읽어. 내가 가 보지 못한 곳, 내가 겪어 보지 못할 일을 대신한다고 해야 할까."

"그렇구나. 혹시 그 두 권 나중에 나도 빌려 줄 수 있어?"

"물론이지. 최대한 빨리 읽고 빌려 줄게."

두 사람은 약속이나 한 듯이 동시에 음료를 마셨다.

"이제 우리 어디 갈까?"

"맞다. 오늘 축제 있는 거 알아?"

"축제? 아, 들은 것 같아. 같이 아르바이트하는 언니가 말해 줬어."

"이 동네에서 처음 하는 큰 축제래. 이따 저녁에 같이 가자."

"음⋯⋯. 그래."

"그 전에 먼저 들릴 데가 있어."

"어딘데?"

"얼마 전에 생긴 나만의 아지트라고나 할까."

"아지트?"

유미가 의아한 표정으로 입술을 쭉 내밀었다.

☆ ☆ ☆

두 사람은 길고 낮은 다섯 칸의 계단을 내려갔다. 그러자 앞에 자물쇠로 잠긴 오래된 문이 나타났다. 주원이 주머니에서 열쇠를 꺼내 꽂아 돌리자 자물쇠가 탁 소리를 내며 풀렸다. 자물쇠와 열쇠를 한 손에 쥔 채 안으로 들어가자, 유미도 그의 뒤를 쫓아 아지트에 입성했다.

주원이 왼손을 뻗어 문 바로 옆에 있는 스위치를 눌렀다. 그러자 불이 타다닥 켜졌다. 문을 조심히 닫은 유미가 몸을 돌려 아지트 안을 살폈다. 정면엔 책상과 컴퓨터가, 그 뒤로는 소파가 자리하고 있었고, 한쪽 벽엔 4층짜리 책장이 위엄 있게 서 있었다. 그 안엔 몇 권의 책이 편히 누워 휴식을 취하고 있었다.

"작지?"

"아니야. 아늑하고 좋은데."

"좁긴 해도 뭐, 이 정도면 나한테 충분해."

주원이 천천히 걸어가 책상 위에 자물쇠와 열쇠 그리고 책 두 권을 내려 두었다.

"응. 혼자 쓰기에 좋은 것 같아."

유미가 여전히 아지트 안을 살피며 천천히 걸음을 옮겼다.

"앞으로 자주 놀러 와. 카페랑 가까우니까."

"놀러 와도 돼?"

"그럼."

실제로 카페와 그리 멀지 않은 곳이었다. 카페에서 나와 바로 앞 신호등을 지나간 뒤, 몸을 왼쪽으로 틀어 30m쯤 걷다 보면 오른쪽에 골목이 하나 나온다. 그곳으로 가면 낡고 오래된 7층짜리 건물이 보이는데, 그 건물의 옆쪽에 지하로 향하는 낮은 계단이 놓여 있다.

"어떻게 이런 아지트를 만들었어?"

"아, 우리 누나랑 매형이 만들어 준 거야."

"좋은 분들이시다. 책도 그렇고."

"그치. 지금 살고 있는 집도 매형이 마련해 준 거거든."

"와."

"아지트, 정확히는 작업실이지. 이곳을 만들어 준 이야기를 하자면 조금 긴데, 누나랑 매형 둘 다 꿈이 소설가였어. 책도 많이 읽고 글도 많이 썼지. 둘이 만난 것도 관련 모임에서 알게 돼 결혼까지 한 거야. 그런데 둘 다 소설가의 꿈을 이루진 못했어. 그래서인지 얼마 전에 소설가가 되고 싶다고 넌지시 말했을 때 굉장히 좋아하더라고. 이후에 이런 공간을 만들어 줬어. 내가 부탁한 것도 아닌데."

"널 많이 사랑하시는 것 같아."

"맞아. 매형은 거의 날 아들처럼 여기셔. 나랑 스무 살 차이니까. 뭐, 얼마 전에 조카가 태어나고 조금은 밀린 기분이지만."

들뜬 주원이 크게 웃었고 유미도 따라 웃었다.

"그래야지, 당연히. 아무리 그래도 이런 곳을 마련해 주시다니 정말 대단하시다."

"우리 매형이 나이도 많고 돈도 많아."

주원이 장난스레 피식 웃으며 덧붙여 말했다.

"언젠가 다 갚아야지. 그때까지 열심히 하려고."

"그러게. 열심히 해야겠다."

"응. 여기 소파에 앉아. 잠시 쉬자."

두 사람은 선풍기를 틀고 나란히 소파에 앉았다. 이후로 이상하게 말이 없었다. 방금 전까지 이러쿵저러쿵 말을 잘했던 주원도 입을 굳게 다물고 가만히 있었다. 괜히 서로를 흘긋 보다가 행여나 들킬세라 빠르게 시선을 돌렸다. 둘 다 아무도 없는 공간에서 딱 붙어서 나란히 앉으니 어쩔 줄 몰랐다. 입술이 바짝

마르기 시작했다.

유미가 엉덩이를 살짝 들어 옆으로 한 칸 띄어 앉았다. 그것을 알아차린 주원 역시 옆으로 자리를 조금 옮겼다. 그렇게 둘은 거리를 두었다. 그럼에도 떨리는 것은 어쩔 수 없었다. 아무도 없는 작은 공간. 그 공간이 주는 분위기에 완전히 압도되었다. 둘은 서로의 눈치만 살폈다. 먼저 어색한 분위기를 깬 것은 주원이었다.

"카페 말이야."

"응?"

유미가 놀라 움찔하며 답했다.

"일은 잘 맞아?"

"으응. 아직 배우고 있는 중이야."

"손님 상대하는 게 쉽지 않을 것 같은데……."

"응, 그렇지."

유미가 쓴웃음을 지었다. 그 웃음의 의미를 정확히 읽은 주원이 안쓰럽게 그녀를 쳐다봤다.

"시간이 지나면 괜찮아질 거야. 모임에 다녀온 뒤로 점점 달라지고 있잖아, 우리 둘 다."

"맞아. 그런 것 같아. 같이 일하는 언니 오빠들도 점점 좋아지고 있다고 칭찬 많이 해 주거든. 그럴 때마다 달라진 게 나도 느껴져."

"내가 보기에도 그래."

"정말?"

"응, 정말이지."

주원이 확신에 찬 말투로 대답했다.

"노력한 만큼 달라지고 있어. 사실 그럴 필요를 못 느끼면 상관없겠지만, 네가 일부러 모임에도 나가고 일도 하는 거잖아. 그렇게 마음먹었으면 꼭 성공해야지. 옆에서 내가 많이 도와줄게."

"고마워."

"뭘……."

주원이 쑥스러워하며 뒤통수를 긁적였다. 유미 역시 조용히 미소 짓다가 조심스레 입을 열었다.

"글은 어때? 잘돼?"

"그냥. 잘될 때도 있고 안 될 때도 있고 그래. 아직 경험이 없어서겠지. 그 전까지 전혀 생각도 안 하다가 갑자기 시작한 거잖아. 그렇게 날 위로하고 있어."

"맞아, 처음이라 그런 걸 거야. 점점 좋아질 거라 믿어."

"그렇겠지……."

주원이 살짝 우울한 기색으로 말끝을 흐렸다.

"우리 모임에 언니 오빠들도 다 열심히 사는 것 같아."

"맞아. 얼마 전에 보니까 한결 좋아 보이더라. 다들 많이 밝아졌어."

"각자 이루고 싶은 꿈도 생기고."

"의외로 여행 갔던 게 도움이 많이 된 것 같아. 멤버들끼리 사이도 더 가까워졌잖아. 그땐 마냥 힘들었는데."

두 사람은 당시를 떠올리며 싱긋 웃었다.

"아, 맞다."

주원이 급하게 바지 주머니에서 휴대폰을 꺼내 시간을 확인했다.

"벌써 6시가 다 돼 가네. 얼른 가야겠다."

"축제?"

"응. 근데 그 전에 먼저 들를 곳이 있어."

"어디?"

"근처 한복 대여소."

"한복 대여소? 거긴 왜?"

"얼마 전에 축제 팸플릿을 살펴봤는데, 한복 입으면 음식도 기념품도 게임 참여도 전부 10%씩 할인해 준대. 그 외에 다른 것들도."

"우와."

"그러니까 얼른 가자. 아마 대여소도 사람들로 가득 찼을 거야."

두 사람이 자리에서 벌떡 일어나 아지트 밖으로 나왔다. 문을 잠그고 계단을 오른 그들은 곧장 10분 거리에 있는 한복 대여소로 향했다. 주원이 이미 이곳의 위치를 확인한 상태였다.

가게 앞은 예상했던 대로 한복을 입은 사람들로 북적였다. 문을 열고 안으로 들어서자 역시 넓은 가게 안도 손님들로 가득 들어차 있었다. 대부분 친구와 추억을 남기기 위해 모인 여성분들이 대부분이었고 중간중간 커플들도 보였다.

　주원과 유미가 수많은 손님들 사이를 뚫고 가게 안으로 깊숙이 들어갔다. 그러자 길쭉한 옷걸이에 걸린 한복들이 나타났다. 먼저 주원의 한복을 고르기로 했다. 어차피 남자 한복은 몇 벌 걸려 있지 않아 금방 고를 수 있었다. 가장 구석에 있는 남자 한복을 고르기까지 1분이 채 안 걸렸다. 하얀 저고리에 하얀 바지 그리고 푸른 쾌자로 된 깔끔하고 전통적인 한복이었다. 주원에게 꽤 잘 어울렸다. 마치 조선 시대의 양반집 도련님 같아 보였다.

　곧이어 유미의 한복을 고르기 시작했다. 워낙 예쁘고 아름다운 한복이 많아 고르는 데 한참의 시간이 걸렸다. 유미가 선택을 망설이는 탓도 있었지만, 입는 옷마다 그녀와 잘 어울려 주원의 입장에서도 골라 주는 게 굉장히 힘이 들었다. 그만큼 한복을 곱게 입은 유미는 반짝이는 별처럼 아름다웠다.

　결국 30여 분이 지나서야 옷 선택을 마칠 수 있었다. 유미는 꽃무늬 가득한 흰색 저고리에 보랏빛이 나는 긴 치마의 한복을 입었다. 주원은 넋을 놓고 그 모습을 쳐다보았다. 생활 한복을 비롯한 다른 한복을 입었을 때도 그랬지만, 마지막으로 입은 보랏빛 한복은 주원이 꿈을 꾸고 있는지 스스로를 의심하게 만들 정도로 아름다웠다. 주원의 반응에 유미는 쑥스러우면서도 무척 기뻤다.

　유미는 직원의 안내를 받아 가게 구석에 놓인 의자에 앉았다. 길쭉한 거울 테두리에 박힌 여러 개의 전등에서 빛이 밝게 피어났다. 얼마 뒤, 헤어 디자이너가 다가와 말을 건넸다.

"댕기머리 하면 어울리겠다."

"네? 네……."

헤어 디자이너는 유미의 머리끈을 푼 뒤, 우선 5대5 가르마를 내었다. 그리고 빗으로 머리칼을 세 갈래로 나누어 양옆 그리고 뒷머리까지 정성스럽게 땋았다. 그 후 세 갈래의 머리를 하나로 모은 뒤 그 끝에 분홍색 댕기를 묶고, 마지막으로 연꽃 무늬의 하얀 머리핀을 양옆에 꽂았다. 같은 무늬의 족두리까지 머리 위에 쓰니 한층 더 단정해 보였다. 뒤이어 메이크업 아티스트가 찾아와 유미에게 화장도 해 주었다. 유미 생애 첫 화장이었다.

그렇게 모든 준비가 끝이 났다. 유미는 거울에 비친 자신의 모습을 보며 희미한 미소를 지었다. 그건 뒤에서 지켜보는 주원 역시 마찬가지였다. 물론 둘 다 마음을 겉으로 내비치지 않으려 노력했지만 얼굴에 확연히 티가 났다.

둘은 준비를 마치고 한복 대여소를 나왔다. 어느덧 밖은 어두워져 있었고 연화등이 하늘을 가득 수놓았다. 축제가 시작된 것이다.

"배고프지?"

"조금."

"떡볶이 먹을래?"

"응, 그래."

두 사람은 무작정 앞으로 걸었다. 이미 축제가 진행되어 어디를 가든 상관없었다. 가는 길마다 먹음직스러운 음식이 있었고, 전통 놀이를 즐길 수 있는 곳이 만들어졌고, 곳곳에 쉼터가 배치되어 있었다. 그들은 길게 늘어선 포장마차를 지나며 마음에 드는 음식을 골랐다. 대부분 떡볶이를 판매했기에 어렵지 않게 찾을 수 있었다.

"떡볶이 좋아해?"

유미가 떡을 한입 베어 물며 질문했다.

"으응? 뭐, 그럭저럭."

정수리에서 땀이 샘솟은 주원이 어묵 국물을 마시며 거짓 섞인 대답을 했다. 사실 매운 음식을 잘 못 먹는 편이다.

"맵지? 그럼 튀김 먹을래? 저기 튀김도 있는데."

"그래. 나 튀김 좋아해. 떡볶이 국물에 찍어 먹으면 엄청 맛있어."

"정말? 나도 먹어 봐야지."

오순도순 식사를 마친 두 사람이 포장마차를 나왔다. 소화도 시킬 겸 천천히 길을 걷기로 했다. 많이 먹은 것도 아닌데 배가 불렀다. 주원이 평소처럼 주변을 살폈다. 어린아이들은 잔뜩 들떠 신나게 뛰어다녔고, 가족과 친구들은 게임에 참여해 기쁨을 만끽하고 있었다. 그리고 연인들은 팔짱을 끼거나 손을 잡은 채 느긋하게 거리를 거닐었다. 그 안에서 주원과 유미는 연인인지 친구인지 모를 애매한 분위기를 풍겼다.

멀리서 노랫소리가 들려왔다. 둘은 곧바로 소리가 들리는 쪽으로 빠르게 걸어갔다. 그곳엔 지금까지와는 비교가 안 될 정도의 수많은 인파가 몰려 있었다. 그 사이를 뚫기란 불가능해 보였다. 특히 이 두 사람에겐 더욱 그랬다. 어쩔 수 없이 멀리서 보기로 했지만 그래도 괜찮았다. 노랫소리의 주인공이 크고 높은 무대 위에서 노래를 부르고 있었기 때문이다. 그는 전 국민이 다 알 만한 유명 밴드 가수였다.

그의 시원시원한 보컬이 현장에 있는 모두의 흥을 불러일으켰다. 그중엔 주원과 유미도 있었다. 그들도 한껏 신나서 몸을 움찔거렸다. 남들처럼 노래를 따라 부르거나 손을 높이 들어 흔드는 행위는 할 수 없었지만, 그들이 지금 당장 할 수 있는 최대치의 흥을 발산한 것이다.

둘은 서로를 쳐다봤다. 상대가 자신과 똑같은 상태임을 직감할 수 있었다. 절로 웃음이 지어졌다. 둘 다 한껏 흥분됐지만 겉으로 표현하지 못하는 것에 대한 동질감 같은 거랄까. 유미 입장에선 주원은 자신보다 훨씬 감정 표출에 능숙할 줄 알았다. 하지만 결국 그도 자신과 똑같다는 걸 새삼스레 느낄 수 있었다.

가수의 무대가 끝나고 사회자가 나와 이런저런 얘기를 하는 동안 주원과 유미는 자리를 벗어났다. 다음 가수가 누구일지 궁금하기도 했지만, 지금은 좀 더 돌아다니며 다양한 것을 해 보고 싶었다.

양옆으로 여러 가게들이 길게 늘어서 있었다. 음식점도 있고 딱지치기나 투호 놀이를 하는 곳도 있고 휴대용 선풍기처럼 다양한 소품을 파는 가게도 있었다. 이곳저곳을 구경하며 지나다 보니 어느덧 그 줄의 끝에 도착했다. 그곳엔 지금 막 준비를 마친 가게가 있었는데, 가게 앞엔 사람 키만 한 윷 네 개가 세워져 있었다. 얼마 전 펜션에서 했던 윷놀이가 생각난 두 사람이 앞에 서서 유심히 구경했다.

"해 보시겠어요?"

가게 사장이 슬며시 물었다.

"네? 뭐, 뭔데요?"

"두 분이 윷을 동시에 던져서 나오는 거로 선물을 드리는 겁니다. 누구 말이 먼저 통과하나 시합하는 전통 놀이가 아니라 그냥 윷만 던지면 되는 거예요. 예를 들어 도나 개가 나오면 꽝, 걸이 나오면 이 작은 강아지 인형, 윷이 나오면 큰 곰돌이 인형, 마지막으로 모가 나오면 강아지 인형이랑 곰돌이 인형 둘 다 드리고, 하나 더."

주인이 바지 주머니에서 종이 한 장을 꺼냈다.

"무료 식사권. 오늘 축제에 입점한 포장마차들 어디에서나 쓸 수 있는 무료 식사권을 드립니다. 5천 원 한정이고 사용은 딱 한 번만 가능합니다. 아무튼 이 정도면 도전해 볼 만하겠죠?"

"얼마예요?"

"한 판에 만 원 되겠습니다. 아, 여러분들은 한복을 입었으니 10% 할인해서 9천 원 되겠습니다."

"9천 원이요?"

예상보다 높은 금액에 잠시 망설여졌다.

"여기요."

고민하던 주원이 가게 사장에게 만 원을 건넸다. 손님들이 이미 와 있었다면 절대 하지 않았겠지만, 이제 막 준비를 마친 덕분에 첫 번째로 참여할 수 있었기 때문이다. 구경꾼들이 몰리기 전에 빨리 마치고 갈 생각이었다. 사장은 돈을 주머니에 넣고 천 원을 거슬러 주었다. 그리고 윷 네 개를 주원과 유미에게 두 개씩 나눠 주었다.

"자, 그럼 하나, 둘, 셋."

신호에 맞춰 두 사람이 윷을 힘껏 던졌다. 바닥에서 몇 번 구르던 윷이 멈춰 섰고, 결과는 걸이었다. 주인은 뒤로 들어가 자그마한 강아지 인형을 가지고 나와 유미에게 건넸다.

"한 번 더 하시겠어요?"

"아니요."

때마침 구경꾼들이 모이기 시작했다. 주원과 유미가 얼른 그곳을 빠져나왔다.

"잘됐다. 그치?"

"응. 근데 만 원이면 너무 비싼 거 아냐? 돈을 갖고 나왔으면 내가 냈을 텐데."

"아니야. 나는 어차피 매형이 매달 용돈을 줘서. 물론 언젠가 다 갚아야 할 돈이지만."

주원이 빙긋이 웃었다.

"이제 우리 뭐 할까?"

"근데 있잖아."

"응?"

"나 보여 주고 싶은 비밀이 하나 있어."

"비밀?"

갑작스런 유미의 고백에 주원이 흠칫 놀랐다.

"알려 주고 싶은데, 나랑 같이 갈래?"

"어딜?"

"공터."

주원과 유미가 30분 거리에 있는 콘크리트 바닥의 공터에 도착했다. 그들은 공터 안으로 연결된 계단 위에 섰다. 반대편엔 철조망과 굳게 잠긴 철문이 있었고, 과거에 어떤 용도로 사용됐는지 모를 거의 다 벗겨진 하얀색 선이 바닥에 그려져 있었다. 양옆으로는 나무들이 우거져 공터 안을 보호했다.

두 사람은 천천히 내려가 계단 중간에 앉았다. 주원은 그녀가 도대체 왜 이곳에 자신을 데리고 왔는지 알 수 없었다. 걸어오는 동안 아무리 물어봐도 대답해 주지 않았다. 그저 도착하면 알게 될 거라는 말뿐이었다. 하지만 도착해도 전혀 알 수 없었다.

게다가 가로등도 하나 없어 깜깜한 암흑이었다. 달빛과 저 멀리 아파트에서 나오는 불빛에 의지해야 겨우 공터 안이 보였다. 그것으로도 부족해 나중엔 휴대폰 손전등을 켰다. 주원은 이런 곳을 유미가 알고 있다는 것도 신기했고 이 어두운 곳에 자신을 데리고 온 것도 의아했다.

"지금 몇 시야?"

유미가 넌지시 주원에게 물었다.

"지금? 8시."

"그렇구나. 시간이 많이 남았네."

"그런가?"

"자정까지 네 시간이나 남았으니까."

"자정?"

"응. 그때 보여 주려고 했거든."

"괜찮아. 자정까지 기다리지 뭐."

"내가 너무 마음이 급했나 봐. 축제에 좀 더 있다 와도 됐는데."

"아니야, 아니야. 기다리는 것도 좋아. 다만 너무 어두워서."

"그렇지."

"그럼 기다리는 동안 먹을 거라도 좀 가지고 올까?"

"그래. 같이 가자."

두 사람은 왔던 길을 다시 걸었다. 공터에서 가장 가까운 편의점에 들렀는데, 이름만 편의점이지 그 안엔 고를 만한 음식도 별로 없었고 식사를 할 수 있는 공간도 마땅치 않았다. 그곳에서 샌드위치와 바나나 우유, 초콜릿 몇 개를 사 다시 공터로 돌아왔다.

말수가 적은 두 사람이었기에 기다리는 동안 특별히 많은 대화가 오가진 않았다. 그저 조용히 음식을 먹으며 자정을 기다렸다. 겨울이었다면 결코 지금처럼 기다리지 못했을 것이다. 늦은 여름의 저녁이라 나름 시원하고 괜찮았다. 모기만 없다면 말이다.

어두컴컴한 곳에 단둘이 있는 것이 마치 몇 시간 전 주원의 작업실에 있었을 때와 비슷했다. 그때의 느낌과 분위기가 그들에게 전달됐고 그 당시처럼 어색한 기류가 흘렀다. 그렇게 네 시간을 버렸다.

사실 버렸다는 표현이 과연 맞는지는 모르겠다. 왜냐하면 이 두 사람에게 기다리는 것은 그리 따분하거나 어려운 일이 아니었기 때문이다. 약간의 어색함은 있었지만 그럴 때마다 자리에서 일어나 공터를 배회했다. 그것이 아지트에서와의 다른 점이었다. 덕분에 시간이 훌쩍 지나갔다.

어느덧 자정이 되었다. 영문 모르고 기다렸던 주원이 유미를 바라봤다. 여전히 생기 넘치는 유미가 자리에서 일어나 엉덩이를 툭툭 털었다. 주원도 그녀를 따라 자리에서 일어나 엉덩이에 묻은 흙과 먼지를 털었다. 편의점에서 깔개를 사서 앉은 덕분에 흙이 많이 묻진 않았다.

"저기 중앙으로 가자."

"응."

공터의 중앙에 도착한 두 사람이 마주 섰다.

"지금 당장 가고 싶은 곳 있어?"

유미가 대뜸 물었다.

"지금? 아니, 딱히."

"그럼 평소에 가 보고 싶은 곳은? 그리웠던 곳이나?"

"음, 지금 우리 복장을 보니까 경복궁이 생각나는데."

"경복궁? 그곳도 좋지만 거긴 언제든지 갈 수 있잖아. 멀지도 않고."

"그렇긴 하지. 근데 신기하다."

"응? 뭐가?"

"우리 입에서 언제든지 갈 수 있다고 말하는 게."

"아, 그러네."

유미가 머쓱해하며 웃었다.

"그럼 어디가 좋지……. 아, 남산 타워?"

"남산 타워?"

"응. 사실 아주 어렸을 때 엄마 아빠랑 가 보고 한 번도 안 가 봤거든. 서울에 살면서도."

"나도 가 보고 싶긴 했는데……."

"정말? 언제 갈까?"

"다음 주에 가자. 쉬는 날에."

"그래. 케이블카도 타 보자."

"응. 나도 남산 타워를 실물로 보고 싶었어. 적어도 처음엔 이런 식으로 말고 직접 보는 게 맞는 것 같아."

"이런 식으로 말고?"

주원이 고개를 갸웃했다.

"다른 곳은 없어?"

"다른 곳? 음, 맞다. 호수, 호수가 보고 싶어."

"호수?"

"응, 호수."

"알았어."

유미가 두 눈을 감았다. 그리고 주먹 쥔 자그마한 왼손을 오른손으로 감싼 뒤 가슴팍에 가져다 댔다. 그녀의 갑작스런 행동에 주원은 어리둥절했지만 가만히 지켜보았다. 바로 앞에 선 주원에게도 들리지 않을 정도로 유미가 작은 소리로 속삭였다.

그때였다. 공터의 가장자리부터 천천히 모습이 바뀌기 시작했다. 주원의 눈이 동그랗게 커졌다. 콘크리트 바닥이 호수로 변하는 것을 본 주원은 혹시 꿈을 꾸고 있는 건 아닌지 헷갈렸다. 어느덧 그와 유미가 서 있는 발밑까지 완전히 다른 모습으로 변했다.

잠시 후 유미가 눈을 떴다. 두 사람이 서 있는 곳은 조명이 나오는 아치형 다리였고 그 밑엔 조용한 물이 흘렀다. 공터의 가장자리엔 원래 있던 것보다 작지만 깔끔히 정돈된 나무들이 줄지어 서 있었다. 아무렇지 않게 주변을 살피는 유미와 달리 주원은 여전히 제정신이 아니었다. 주원은 마치 마술을 처음 보는 어린아이처럼 넋이 나간 표정으로 말했다.

"이게 무슨 상황인지 모르겠어."

"사실 나에겐 '공간을 바꾸는 마법'이 있어."

"마법? 나 이상해. 정말 꿈꾸고 있는 것 같아."

"꿈이 아냐. 진짜야."

유미가 손가락으로 다리 밑 호수를 가리켰고 주원이 홀린 듯 호수를 봤다. 맑고 깨끗한 호수였다. 그가 보고 싶어 했던 그 모습 그대로였다. 이곳에서 볼 수 있을 줄은 꿈에도 상상 못 했다. 주원은 연신 고개를 가로 저으며 말도 안 된다고 중얼거렸다.

"예쁘다."

유미가 온화하고 평온한 호수를 내려다보며 감탄했다. 그에 반해 주원은 여전히 상황을 파악하려 다리 위를 마구 돌아다녔다. 그러다 불빛에 비친 유미가 눈에 들어왔다. 순수한 감격에 빠진 그녀를 보자 주원의 감각이 현실로 돌아왔고 입가에 미소가 번졌다. 그리고 무언가에 홀린 듯 유미의 곁으로 가 함께 호수를 내려다봤다. 나란히 서 있는 둘의 모습에서 순백의 아름다움이 뿜어져 나왔다.

"어때?"

유미가 여전히 호수에 시선을 둔 채 물었다.

"여전히 헷갈려."

"뭐가?"

"지금 내가 보고 있는 게 진짜인지 꿈인지. 이거 현실 맞아?"

"아직도 안 믿겨?"

"응."

주원의 대답에 유미가 싱긋 웃어 보였다.

"앞으로도 자주 해 줄게."

"정말?"

"응."

"근데 어디까지 바뀔 수 있어?"

"어디까지? 아, 정확히는 나도 몰라. 아주 높은 곳까진 안 바뀌는 것 같아."

"그렇구나."

"그리고 하나 더 있어."

"뭐가?"

"하루에 한 번, 1시간밖에 안 돼."

"1시간이 지나면 바로 사라져?"

"응, 사라져. 근데……."

유미가 한참 동안 뜸을 들였다. 그러다 겨우 입을 열었다.

"좀 더 길게 할 수 있긴 한데……."

"그럴 일은 없을 거야. 걱정 안 해도 돼."

유미의 목소리와 표정을 읽은 주원이 그녀를 다독이듯 말했다.

"고마워."

"아니야."

유미와 주원이 고개를 돌려 서로를 빤히 쳐다봤다. 잠시 정적이 흘렀다. 조용한 호수에서 각자의 심장 소리만 크게 들렸다. 이번에는 어느 누구도 눈을 피하지 않았다.

"나 앞으로도 지금처럼 함께하고 싶어."

유미가 고개를 숙여 조심스럽게 말한 뒤, 아랫입술을 살짝 물었다가 뗐다.

"나도."

둘의 눈이 다시 마주쳤다. 유미가 수줍은 듯 눈을 감더니 주원의 얼굴을 향해 턱을 살짝 들었다. 잠시 움찔하던 주원이 그녀를 향해 천천히 다가갔다. 그렇게 둘의 얼굴이 조금씩 가까워졌다. 얼마 뒤, 두 사람의 입술이 맞닿았다.

그 순간.

펑펑.

멀리서 폭죽이 터지기 시작했다. 색색의 다양한 폭죽들이 쉴 새 없이 하늘에서 터졌다. 마치 두 사람의 사랑을 축복하는 것처럼.

아무도 모르게

[오늘 카페에 놀러 올래?]

신호를 기다리며 서 있던 주원이 유미에게서 온 메시지를 확인했다. 하지만 그는 여전히 답을 내리지 못했다.

작업실이 생긴 뒤 바뀐 생활 패턴대로 오전 10시에 집을 나섰다. 계단을 내려와 빌라 건물 밖으로 걸어 나왔을 때, 유미에게서 메시지가 왔다. 그때부터 이곳까지 20여 분을 걷는 동안 계속 고민했고 결정을 수십 번도 더 바꿨다.

그동안 주원은 유미가 근무하는 카페에 가지 않았다. 둘이 정식으로 사귀기 시작한 이후로. 아무래도 그녀가 부담스러워할까 걱정되는 마음에 그랬다. 그런데 오늘 뜬금없이 카페를 찾아오라고 먼저 연락이 왔다. 처음엔 기분이 좋았지만 점점 걱정이 됐다. 괜히 일하는데 방해하는 것은 아닐까. 신호를 기다리면서도 고민을 거듭한 끝에, 결국 커피만 조용히 마시다 나오기로 결정했다.

이젠 날씨가 제법 쌀쌀했다. 여름은 완전히 사라졌고 새로운 계절이 찾아왔다. 얼마 전엔 낮과 밤의 심한 기온 차로 감기에 걸려 고생을 하기도 했다. 그 이후 옷장에서 두꺼운 옷들을 꺼냈다. 오늘은 날씨에 맞게 긴팔 티셔츠에 니트 카디건을 입었다. 처음 집을 나올 땐 추위가 느껴졌지만 이곳까지 걸어오는 동안 몸에 열기가 살짝 올라왔다.

신호가 바뀌고 여유롭게 횡단보도를 건넜다. 반대편 보도블록에 서자 통유리로 된 카페 안이 훤히 보였다. 직원들은 커피를 제조하거나 손님을 응대하고 있었다. 그중에 유미는 안 보였다. 아마 테이블을 닦거나 쓰레기통을 비우고 있겠지. 주원이 이곳을 자주 찾던 시기에 그녀는 그 역할을 주로 담당했었다.

문을 열고 카페 안으로 들어갔다. 이미 가게 안엔 많은 손님들이 자리하고 있었다. 주문을 위해 선 줄도 꽤 길었다. 주원도 줄을 선 뒤 주변을 두리번거렸다. 첫 번째 이유로는 앉을 자리를 확인하기 위해서였고, 두 번째 이유로는 유미를 찾기 위해서였다. 다행히 앉을 자리는 몇 군데 보였다. 여기가 아니어도 2층으로 가면 된다. 오히려 그 편이 더 나을지도 모른다. 그런데 두 번째 목적인 유미는 아무리 주변을 살펴도 눈에 들어오지 않았다.

"주문하시겠어요?"

한참을 두리번거리던 주원이 아르바이트생의 말에 흠칫 놀라며 고개를 돌렸다. 남자 아르바이트생은 가벼운 미소를 지으며 주원의 주문을 기다렸다.

"아메리카노요."

언제나 똑같았다. 한여름엔 시원한 아이스 아메리카노를, 다른 계절엔 따뜻한 아메리카노를. 봄에 처음 이 카페를 찾은 이후 자연스럽게 만들어진 규칙이다. 물론 이제 겨우 세 번째 계절이지만 이 방식은 앞으로도 쭉 정착이 될 것 같다. 다른 메뉴에 대한 호기심이 많지 않은 탓도 있었다.

주문과 계산을 마친 뒤 구석에 위치한 빈 테이블로 가 의자 위에 가방을 내려놓았다. 그리고 다시 계산대로 가 커피가 나오는 곳 앞에 섰다. 누구는 주문을 한 뒤 테이블에 앉아 차례를 기다렸고, 누구는 주원처럼 어슬렁거리며 기다렸다. 어차피 순서대로 나올 것이기에 테이크아웃을 하는 게 아닌 이상 앞에 서 있을 필요는 없었다. 심지어 진동 벨이 있어 자리에 앉아 있는 편이 더 좋았다. 그럼에도 주원은 구석에 서서 오매불망 커피를 기다렸다. 오늘따라 그러고 싶었다.

주원의 눈에 아르바이트생들의 모습이 들어왔다. 그들은 바쁘게 움직이는 와중에도 뭔가를 속닥이며 키득대고 있었다. 주원이 느끼기에 그들의 시선이 한 번씩 자신을 향하는 것 같았다. 뭔가 찝찝했지만 애써 모른 척하며 옆에 있는 빨대와 티슈를 챙겼다. 얼마 뒤, 진동 벨이 울렸다.

"A-20번 고객님, 아메리카노 나왔습니다."

주원이 커피를 받아 미리 잡아 둔 테이블로 돌아갔다. 테이블에 컵과 티슈, 빨대를 내려놓고 자리에 앉았다. 맞은편 의자에 둔 가방에서 책과 노트 그리고 펜을 꺼냈다. 이곳에선 오랜만에 시간을 보내는 것이기에 약간의 설렘과 함께 걱정이 밀려왔다. 설렘과 걱정 모두 유미와 관련된 감정이었다. 그녀를 만난다는 설렘과 혹시 일에 지장을 주지 않을까 하는 걱정이 공존해 그를 정신없게 만들었다.

그것과 별개로 도통 보이지 않는 유미의 모습이 의아했다. 혹시 아직 출근을 안 한 것은 아닌지, 어디 멀리 심부름을 간 것은 아닌지, 여러 가지 상황들이 머릿속에 그려졌다. 연락해 볼까 고민도 했지만 일단 그러지 않기로 했다. 급한 상황이면 먼저 연락이 올 것이라 믿었다. 그렇게 마음먹는 편이 더 나았다.

대신 오랜만에 카페에서의 독서를 즐기기로 했다. 불과 얼마 전 일이지만 추억처럼 느껴지는 순간이었다. 과거의 경험을 다시 겪어 보는 것도 나름 즐거운 일이다. 사소한 일도 잘 기억하고 추억으로 간직하는 주원에겐 더욱 그랬다.

얇고 작은 책 한 권을 들어 책갈피를 꽂은 부분을 펼쳤다. 그곳부터 천천히 읽기 시작했다. 주변에서 떠드는 소리나 작은 소음 따위는 전혀 귀에 들어오지 않았다. 원래 독서를 할 때 집중력이 좋은 편은 아니었지만, 이 책만큼은 달랐다. 그만큼 주원이 재밌어하는 소설이었다.

"유미야."

순간, 다정한 여자 목소리가 주원의 귀를 스쳐 갔다. 동시에 그의 집중력이 완전히 박살 났다. 책을 테이블에 내려놓고 계산대 쪽을 봤다. 그곳에 유미는 없었다. 혹시나 싶어 고개를 돌리니, 계단에서 내려오는 유미의 모습이 보였다. 2층에서 일을 하고 내려오는 모양이었다. 그녀는 동료들의 갑작스런 부름에 의아해하며 그들을 쳐다봤다.

"뭐 하다 이제 내려와."

카운터에 서 있는 남자가 장난스럽게 타박했다.

"청소할 게 많아서요. 왜요?"

"아니, 그냥."

유미의 동료들은 그렇게 말하며 또 키득거렸다. 유미는 영문을 모르겠다는 듯 고개를 갸웃거리다, 계산대를 지나쳐 직원들만 이용하는 문 안으로 들어갔다. 얼마 뒤 다시 나왔고 주문을 받는 곳으로 갔다. 하지만 갑자기 손님이 뜸해진 덕분에 유미와 동료들은 잠시 휴식 아닌 휴식을 취할 수 있었다.

유미는 차가운 두 손을 꼼지락거리고 입김을 불어넣었다. 그러다 멀리 앉아 있는 주원을 발견했다. 주원 역시 그녀를 보고 있었다. 둘은 눈이 마주쳤고 입가에 수줍은 미소를 지었다. 유미가 주변을 살피더니 몰래 왼손을 흔들며 인사했다. 주원도 오른손을 살짝 흔들며 화답했다.

그때, 카페 문이 열리고 새로운 손님이 들어왔다.

"어서 오세요."

유미가 자신도 모르게 큰 소리로 손님을 맞았다.

"캐러멜마키아토요."

"네, 알겠습니다."

지금껏 한 번도 보여 준 적 없는 명랑한 태도였다.

"무슨 일이야?"

주문이 끝나자 아르바이트생 수미가 유미에게 다가갔다.

"네? 뭐, 뭐가요?"

그녀의 물음에 유미가 당황했다.

"왜 이리 자신감이 넘쳐?"

"제가요?"

"응. 안 그래?"

"그러니까. 무슨 좋은 일이라도 있나 봐."

승훈이 수미 곁으로 다가와 그녀의 어깨에 팔을 척 올리며 능청스럽게 말했다.

"그러게 말이야. 좋은 일이 있는 게 분명해."

그러자 다들 수미의 말에 맞장구치며 웃었다.

"그, 그게. 제가 몇 달 전부터 모임에 나가잖아요. 계속하다 보니까 도움이 돼서⋯⋯. 안 그래도 요즘 목소리 크고 손님들한테 친절하다고 칭찬해 주셨잖아요."

"아, 그렇지. 맞다, 맞아. 근데 변화가 단순히 그 모임 때문만은 아닌 것 같은데⋯⋯."

또 다른 아르바이트생 정호가 능글맞은 표정을 지으며 말했다.

"네? 무슨?"

"내가 얼마 전에 퇴근하다 본 게 있어 가지고 말이야."

정호의 말에 유미를 제외한 모두가 키득거렸다. 1층에 있는 손님들의 시선을 끌 만큼 소란스러운 소리였다. 그 손님 중엔 주원도 있었다. 그가 앉은 자리에선 대화가 전혀 들리지 않았지만 분위기를 보아하니 동료들이 유미를 놀리는 것 같았다. 그게 혹시 자신과 연관된 건 아닌지, 불과 몇 분 전 자신을 흘끔흘끔 보던 상황을 떠올리며 의심했다.

"조용히들 안 해?"

매니저가 2층에서 내려오며 아르바이트생들을 다그쳤고 다들 웃음을 멈춘 채 일산분란하게 움직였다. 그 옆에서 유미의 얼굴이 벌겋게 달아올랐다.

어느덧 오후 5시가 되었다. 주원은 그때까지 책을 읽고 사색에 잠긴 채 시간을 보냈다. 마치 여자 친구가 근무하는 곳에 놀러 온 것이 아닌 평범한 손님으로 온 것처럼.

"벌써 5시네. 얼른 퇴근해."

"네."

매니저의 말에 유미가 계산대 뒤 문으로 들어갔다. 그 모습을 본 주원도 얼른 가방을 챙겨 자리에서 일어났다. 빈 머그컵과 티슈, 빨대를 들고 퇴식구로 가 정리해서 버린 뒤 카페를 나왔다. 매니저가 옆에 있어서 그런지 아니면 손님이 많아서 그런지, 주원에게 관심을 보이는 아르바이트생은 한 명도 없었다.

카페를 나선 뒤 옆으로 몇 걸음 가 신호등 바로 아래에 섰다. 카페 계산대에선 고개를 쭉 내밀지 않으면 볼 수 없는 위치였다. 그곳에 도착하자마자 신호가 바뀌었지만 주원은 건너지 않고 서서 유미를 기다렸다. 둘이 만나기로 약속한 장소였기 때문이다.

몇 분 뒤, 가방을 맨 유미가 카페를 나왔다. 주원을 본 그녀의 얼굴이 금방 밝아졌다. 슬쩍 카페 안을 살폈다가 다시 고개를 돌려 주원에게 달려갔다.

"고생했어."

"아니야. 와 줘서 고마워. 힘이 많이 났어."

신호가 바뀌고 두 사람은 나란히 횡단보도를 건넜다. 다른 사람들의 눈에 둘의 모습은 전혀 연인 같아 보이지 않았다. 그저 친구 사이 정도로만 느껴졌다. 그만큼 두 사람은 조심스럽게 행동했다.

"근데 배고프지 않아? 저녁 먹어야 되잖아."

주원이 걱정스러운 얼굴로 물었다.

"조금 배고파."

"편의점에서 도시락 사 갈까?"

"그래."

두 사람은 바로 옆에 있는 편의점 안으로 들어갔다. 좁은 편의점 안에는 이미 손님들이 여럿 있었다.

"어서 오세요."

아르바이트생이 심드렁하게 인사했다. 주원과 유미는 고개를 살짝 끄덕이며 그녀에게 인사한 뒤, 안쪽으로 더 들어갔다. 둘은 다양한 라면들을 지나쳐 곧장 냉장 코너로 향했다. 그곳엔 포장된 김밥과 소시지, 어묵 등이 있었고 그 옆엔 푸짐한 도시락도 있었다. 그들은 도시락을 자세히 살폈다. 작업실에서 점심을 해결할 때 이곳을 자주 애용했던 주원은 자신이 좋아하는 도시락이 정해져 있었다. 곧바로 그것을 집은 뒤 유미를 기다렸다. 편의점 도시락이 처음인 유미는 무엇을 골라야 할지 한참을 망설였다.

"똑같은 걸로 먹을까?"

"그래. 지난번에 먹은 돈가스 맛있다고 했잖아. 여기에도 돈가스 몇 조각 있어."

"응, 그럼 이걸로 할게."

"음료랑 과자도 몇 개 살까?"

"그러자."

음료 코너로 가 콜라 두 개를 고르고 과자 코너로 가 새우깡과 죠리퐁을 골라 계산대 위에 올렸다. 무표정한 아르바이트생이 하나씩 바코드를 찍었다.

"2만 원이요. 봉투는요?"

"아니요. 괜찮아요."

계산을 마치자마자 아르바이트생은 의자에 앉아 휴대폰을 꺼냈다. 주원이 매일 이곳을 찾아 도시락을 살 때마다 이 아르바이트생은 한결같이 무뚝뚝했다. 서비스 정신이라고는 전혀 없는 사람이었다.

주원과 유미는 편의점을 나와 다시 작업실을 향해 걷기 시작했다.

"점점 날이 추워지네. 옷 단단하게 입어."

주원이 몇 개월째 똑같은 유미의 옷을 보며 말했다.

"응, 그래야 할 것 같아."

"위에 걸칠 거 없어?"

"응……."

"다음에 내 옷 하나 줄게. 걸칠 수 있는 걸로."

"아니야……."

골목으로 몸을 틀어 가장 가까운 건물 옆으로 가 낮은 계단을 따라 내려갔다. 자물쇠를 따고 들어가 문 바로 옆 스위치를 누르자 둘만의 아지트가 나타났다.

"배고프니까 빨리 먹자."

"그래."

유미는 이곳을 거의 매일 찾았다. 일이 끝나면 자신의 숙소로 가기보단 길 건너의 아지트로 향했고 이곳에서 저녁 내내 주원과 함께했다. 오는 길에 그녀가 산 샌드위치가 두 사람의 평소 저녁 식사 메뉴였다. 그리고 11시가 넘으면 아지트를 나와 공터로 향했고, 마법을 통해 함께 어딘가로 떠났다. 유미는 데이트가 끝나고 새벽 2시가 다 되어서야 숙소에 도착했다. 이 패턴이 몇 주째 계속되었다.

유미가 자연스럽게 소파에 앉아 가방을 내려놓았다. 주원은 얼마 전 매형이 선물해 준 전자레인지에 도시락 두 개를 넣었다. 2분의 시간이 지나고 요란한 소리가 울렸다. 전자레인지에서 도시락을 꺼내, 책상 의자를 반대로 돌리고 앉아 유미에게 하나를 건넸다. 그 자세로 둘은 식사를 시작했다.

"오늘 점심은 어떻게 해결했어?"

유미가 숟가락으로 밥을 푸면서 물었다.

"카페에서 케이크 사 먹었어. 네가 2층에 갔을 때 주문했지."

"그랬구나. 계속 걱정했는데."

"도시락은 어때?"

"맛있어."

"다행이다. 저녁마다 샌드위치 사 와 줬잖아. 그래서 오늘은 내가 사 주고 싶었어. 내가 점심 때마다 먹는 걸로."

"응, 고마워. 앞으로도 자주 먹을 것 같아. 정말 맛있어."

둘은 서로를 보며 씩 웃고는 다시 식사에 집중했다. 언제나 두 사람은 식사할 때 말이 없었다. 그렇기에 방금 전 대화가 상당히 익숙하지 않은 상황이었다. 그만큼 둘은 서로의 식사가 걱정되었던 것이다.

둘은 순식간에 식사를 마쳤다. 도시락 뚜껑을 덮어 책상 위에 올려 둔 뒤 주원이 유미 옆으로 가 소파에 앉았다. 유미가 손을 조심스럽게 뻗어 주원의 손 위에 얹자, 주원이 그녀의 손을 잡아 깍지를 끼었다. 둘은 그 자세로 수줍은 듯 먼 곳만 바라봤다. 이 순간만큼은 서로를 제대로 보지 못했다. 몇 주째 지속된 아지트에서의 데이트인데 여전히 똑같은 자세, 똑같은 감정을 느꼈다.

"감기는 괜찮아?"

"응, 덕분에 다 나았어."

"내가 뭘······."

유미가 부끄러워하며 손가락으로 주원의 손등을 간지럽혔다.

"맞다. 과자 먹을래?"

"응."

주원이 방금 전 편의점에서 산 과자 봉지를 뜯어 자신과 유미 사이에 펼쳤다.

"내가 제일 좋아하는 과자야."

"그래?"

유미가 과자를 한 입 베어 물었다.

"맛있다."

둘은 잠시 아무 말 없이 과자를 먹었다. 하지만 배가 부른 탓에 얼마 안 되어 과자로 향하는 손길이 끊겨 버렸다.

"나 앞으로 검정고시 준비하려고. 미연 언니처럼."

유미가 갑자기 결심한 듯 말했다.

"정말? 잘 생각했어. 일 마치고 나면 저녁에 공부하려고?"

"응. 카페 언니 오빠들도 그러는 편이 좋다고 해서."

"안 그래도 물어보려고 했는데."

"뭘?"

"카페 일 말고 다른 거 하고 싶은 거 없냐고. 근데 이미 다 준비하고 있었구나."

"얼마 전에 결정했어. 내가 정말 잘할 수 있을진 모르겠지만."

"아니야. 분명 잘할 수 있을 거야. 물어보고 고민 터놓을 사람들이 주변에 많아졌잖아. 나도 있고. 힘들 때마다 물어봐."

"응, 그럴게."

힘을 얻은 유미가 크게 숨을 내쉬었다. 사실 검정고시에 도전한다는 말을 언제쯤 꺼내야 좋을지 고민이 많았다. 말하고 나니 답답했던 가슴이 단숨에 풀리는 듯했다.

"그럼 이제 일 마치면 바로 숙소로 가야겠네?"

"그럴 것 같아."

"그러지 말고 여기 사용해."

"여기?"

"응, 어차피 난 아침부터 오후까지만 있으면 되니까 일 마치고 여기서 공부해. 저녁 식사만 같이 하고."

"그래도 될까?"

"물론이지."

"고마워. 대신 일주일에 한 번은 꼭 같이 시간 보내자."

"그래, 알았어."

주원이 뿌듯한 미소를 지었다.

"근데 소설은 어떻게 돼 가?"

"사실 얼마 전에 출판사에 투고했었어. 근데 잘⋯⋯."

해맑았던 주원의 표정이 우울하게 바뀌었다.

"미안. 괜한 소릴⋯⋯."

"아니야, 괜찮아. 어차피 첫 번째 소설이라 큰 기대 안 했어. 내가 읽어도 별로였고. 안 되는 게 당연해."

말과 달리 주원은 크게 상처를 받았다. 공들여 쓴 글이 아무에게도 인정받지 못하는 현실을 받아들일 작가는 아무도 없을 것이다. 주원은 이번에 처음으로 그 참담한 감정을 느낄 수 있었다.

"앞으로 더 발전할 거야, 분명히."

"그래야지. 그래야지……."

유미는 힘없이 땅바닥만 바라보는 주원을 안쓰럽게 쳐다봤다.

"힘내. 계속 쓸 거지?"

"응, 물론이지."

주원이 애써 밝게 웃으며 대답했다.

잠시 정적이 흘렀다. 이번에 그 정적을 깬 것은 유미였다.

"근데, 나 보여 줄 거 있어."

"뭐?"

"잠시만."

유미가 옆에 있는 가방에서 무언가를 꺼내 주원에게 건넸다. 그건 할머니가 마지막으로 남긴 소중한 편지였다.

"이게 뭐야?"

"읽어 봐."

주원이 편지를 펼쳐 천천히 글자들을 읽어 나갔다. 그리고 모두 읽은 뒤 다시 유미를 바라봤다.

"내가 서울에 온 것도, 모임에 나간 것도 전부 이 편지가 시작이었어. 할머니께선 내가 세상 밖으로 나가길 간절히 원하셨던 것 같아."

"그러게. 어쩜 우리가 이렇게 만난 것도 다 할머니 덕분인지 모르겠다."

"맞아. 나도 그렇게 생각해."

유미가 아랫입술을 살짝 물며 수줍게 웃었다. 주원은 다시 편지를 훑어봤다. 그의 시선은 편지의 가장 마지막 줄에 향해 있었다.

시간이 빠르게 흘러 벌써 자정이 다 되어 가고 있었다. 두 사람은 여느 때와 똑같이 아지트를 빠져나왔다. 그리고 익숙하게 공터를 향하기 시작했다. 밤공기는 무척 차가웠고 길거리엔 수많은 사람들이 돌아다녔다. 번화가라 그런지 이곳은 24시간 내내 사람들로 가득했다. 날씨와는 전혀 상관없었다. 심지어 비가 오는 평일 새벽에도 놀러 나온 사람들로 북적였다.

주원과 유미는 그 틈을 빠져나오기 바빴다. 처음엔 조금 힘들었다. 사람들과 부딪히기 일쑤였고 술에 취한 행인도 종종 마주쳤다. 그럴 때마다 유미는 잔뜩 긴장해서 아무것도 하지 못했다. 주원 역시 마찬가지였지만 최대한 정신을 차려 상황을 넘어가려 애썼다. 옆엔 자신보다 더 안타까운 사람이 함께하고 있었으니까.

도시락을 샀던 편의점 앞에 도착해 다시금 문을 열고 안으로 들어갔다. 그곳엔 저녁 시간대의 다른 아르바이트생이 있었다. 그는 낮에 봤던 아르바이트생과 달리 꽤 상냥했다. 인사도 제법 활기찼고 딴짓은 전혀 하지 않았다. 주원과 유미가 이곳을 찾을 때마다 그는 항상 창고와 진열대를 정리하거나, 계산을 마친 손님에게 친절히 인사를 하고 있었다.

"컵라면 사고 싶긴 한데. 아쉽다."

주원이 진열되어 있는 컵라면을 보며 가벼운 한숨을 쉬었다.

"그러게. 공터 근처엔 뜨거운 물이 없잖아."

유미 역시 아쉽기는 마찬가지였다.

"다음에 내가 보온병에 뜨거운 물 담아 올게. 그 방법밖에는 없겠다."

"응, 그러자. 그럼 오늘은 뭐 고르지?"

"원래 먹던 대로 삼각김밥 먹을까? 어차피 야식이니까 간단하게 먹자."

"그래."

두 사람은 냉장 코너에서 삼각김밥을 들고 계산대로 가 계산을 마쳤다.

"안녕히 가세요."

아르바이트생의 상냥한 인사를 뒤로하고, 두 사람은 편의점을 나와 다시 공터를 향해 걷기 시작했다.

"우리 삼각김밥 엄청 좋아하는 것 같아. 몇 주째 이것만 먹네."

주원이 새삼 깨달은 듯 말했다.

"그러게."

"도시락도 난 항상 똑같은 것만 먹는데."

"나도 작업실 찾아갈 때 맨날 똑같은 샌드위치만 가지고 가잖아."

"아, 맞다. 그러고 보니 둘 다 똑같네."

두 사람은 공통점을 발견하고는 밝게 웃었다.

인파를 뚫고 걷다 보니 어느새 한적한 곳에 접어들었다. 그곳에서 더 깊숙이 들어가자 반가운 공터가 나왔다. 이곳은 주원의 집과 그리 멀지 않은 곳에 위치해 있었다. 하지만 주원은 유미가 알려 주기 전까지 집 근처에 공터가 있는 줄도 몰랐다. 워낙 인적이 드문 곳에 위치한 탓도 있었지만, 집 밖을 잘 안 나갔었고 외출이 가능한 요즘도 익숙한 곳만 갔기 때문이다.

둘은 바로 앞 공터를 바라보며 평소처럼 계단의 중간에 앉았다. 그들은 아무도 찾지 않는 이곳에서 시간을 보내는 것을 무척 좋아했다. 둘만의 아지트에서 데이트하는 것도 마찬가지였다. 언제나 아무도 없는 둘만의 공간과 시간을 소중하게 생각하는 커플이다.

"지금 먹을래?"

"응."

둘은 삼각김밥 포장지를 조심스럽게 뜯었다.

"우리 둘 다 살 많이 쪘겠다. 그치?"

"그러게. 걱정이야."

그렇게 말하면서도 맛있게 삼각김밥을 한입 베어 물었다.

"오늘은 어디로 갈까?"

유미가 넌지시 물었다.

"음, 어디로 가지. 근데 항상 내가 가 보고 싶은 곳만 갔잖아. 오늘은 반대로 유미가 가고 싶은 곳으로 가자."

지금껏 두 사람은 이곳저곳으로 다양하게 여행을 떠났었다. 제주도의 해변을 거닐며 푸른 바다를 구경했고 프랑스의 에펠

탑 앞에서 바게트 빵을 먹었으며 아이슬란드에선 오로라를 코 앞에서 봤다. 그뿐 아니라 주원은 처음으로 비행기와 배를 경험하기도 했다.

"나? 나는 딱히. 이 마법으로 누굴 도와주는 게 훨씬 좋아. 그게 더 행복해."

유미가 방긋 웃으며 말했다.

"그래도 한 번쯤은 반대로 해도 되잖아. 어디 생각해 본 곳 없어?"

"음......."

주원의 말에 유미가 골똘히 생각에 빠졌다. 그 모습을 주원이 귀여워하며 쳐다봤다.

"그럼 동물원 어때?"

"동물원? 그래, 가자. 나도 가 본 적 없어."

"정말? 잘됐다."

식사를 마친 두 사람이 자리에서 내려와 함께 공터 중앙으로 향했다. 유미가 눈을 감은 채 주문을 외우자, 주원은 그 모습을 빤히 바라봤다. 얼마 지나지 않아 공터의 가장자리부터 서서히 모습이 바뀌기 시작했다. 그리고 몇 초 만에 공터는 동물원이 되었다.

쿵.

둘 다 깜짝 놀라 움찔하며 뒤를 돌아봤다. 유리벽 너머에 원숭이가 있었다. 나무에서 유리벽으로 날아온 덩치 큰 원숭이가 그들을 빤히 바라보고 있었다. 그 모습에 유미와 주원은 뒷걸음질 쳤다.

"깜짝이야."

주원이 놀란 가슴을 쓸어내렸다.

그들은 유리벽 앞으로 천천히 걸어갔다. 그러자 원숭이가 유리벽을 주먹으로 쿵쿵 치더니 다시 나뭇가지 위로 뛰어갔다. 그제야 둘은 안심하며 원숭이의 행동을 살폈다. 원숭이는 나뭇가지와 나뭇가지 사이를 마구 넘나들었고, 중간 중간 쉴 때면 바닥에 있는 바나나를 먹었다.

얼마 뒤 또 다른 원숭이가 나타났다. 그 원숭이의 한쪽 팔에는 새끼 원숭이가 안겨 있었다. 엄마 원숭이 역시 바나나가 있는 곳으로 빠르게 달려와 바나나를 한 입 먹더니, 아기 원숭이에게도 먹여 주었다.

그 모습을 본 유미와 주원은 한껏 들뜬 표정이었다. 원숭이를 처음 본 것이 마냥 신기했다. 그러면 안 되는 것을 알면서도 유리벽을 주먹으로 쿵쿵 쳤다. 그 소리에 원숭이들이 소스라치게 놀라 뛰어다녔다.

"앗, 미안."

이 한마디를 남기고 그들은 옆으로 자리를 옮겼다. 그곳엔 뱀 한 마리가 자유롭게 움직이고 있었다. 처음 보는 뱀의 부드러운 움직임에 주원은 넋을 잃고 쳐다봤다. 그에 반해 시골에서 두 차례나 뱀을 본 적 있는 유미는 별다른 동요 없이 서 있었다. 물론 과거에 본 뱀보다 이곳에 있는 뱀이 훨씬 크고 길었다. 그녀는 그 점이 조금 징그럽게 느껴지긴 했다.

얼마 뒤, 금방 호기심이 사라진 주원이 자리를 또다시 옮겼다. 유미 역시 그를 따라 옆으로 갔다. 그곳엔 거북이가 느릿느릿 움직이고 있었다. 다시 유미가 관심을 보였다. 그녀도 거북이는 처음이었다.

거북이 두 마리는 아주 느리게 움직이다가, 어느 순간 걸음을 멈추고 밑에 깔린 풀들을 먹기 시작했다. 그 광경을 유미와 주원은 호기심 어린 눈으로 지켜봤다. 언제쯤 다시 움직일까, 하고 기다리면서. 하지만 거북이는 움직일 생각을 하지 않았다. 그럼에도 구경하는 것이 무척 즐거웠다.

"재밌다. 그치?"

"응, 나도."

두 사람은 서로를 보며 방긋 웃다가 다시 유리 너머의 거북이로 시선을 돌렸다. 그렇게 한참의 시간이 흘렀다.

☆ ☆ ☆

"야, 걔네 완전 바보 아니냐."

다섯 명의 남녀 무리가 건들대는 걸음으로 어두운 밤길을 걸었다. 고등학생 정도로 보이는 그들은 다들 손에 맥주 캔을 하나씩 들고 있었다.

"아무튼 오랜만에 좀 재밌게 놀았다."

"그러니까. 다음에도 걔네 다시 불러서 놀자."

"그래야지. 그렇게 겁 많은 녀석들은 처음 본다니까."

"맞아."

그들은 자신들에게 괴롭힘당한 이들을 떠올리며 파안대소했다.

"야, 잠깐."

"왜?"

"저기 봐봐."

일제히 고개를 돌렸다. 그곳엔 동물원이 있었다.

"저게 뭐야? 원래 저기 공터잖아."

"뭐지?"

"쟤네는 또 뭐야?"

그들은 동물원 이곳저곳을 돌아다니는 유미와 주원을 바라봤다.

"여기에 저런 게 있었냐? 반년 만에 왔더니 이상하게 변했네."

"무슨 소리야. 어제까지도 아무것도 없었어."

"그럼 저건 뭐야. 동물원이잖아."

"원숭이랑 뱀이랑 거북이랑 그리고 저쪽엔 코알라냐?"

"응. 어렸을 때 갔던 동물원이랑 똑같은데."

"무슨 상황이냐 이게."

모두 눈앞의 상황이 현실인지 아닌지 전혀 감을 잡을 수가 없었다.

"아니, 나는 동물원보다 저 연놈이 누군지 더 궁금해."

무리 중 유일한 여학생이 유미와 주원을 손가락으로 가리켰고 나머지도 두 사람에게 시선을 옮겼다.

"안 되겠다. 일단 찍어 놓자."

무리 중 한 명이 주머니에서 휴대폰을 꺼냈다. 마시던 맥주 캔을 옆에 있는 친구에게 준 뒤, 휴대폰을 가로로 들어 앞에 보이는 상황을 영상으로 찍었다. 영상 속에는 동물원과 그곳을 구경 중인 두 사람의 모습이 담겼다. 워낙 멀리 있는 탓에 얼굴은 정확히 안 나왔지만 모두의 호기심을 불러일으킬 만한 영상임에는 틀림없었다.

그리고 다음 날 아침, SNS에 이 영상이 올라왔다.

11

동물원

영상은 삽시간에 퍼졌다. 동물원과 두 남녀의 모습으로 시작하는 영상은 특별할 것 없어 보였지만, 불과 3분 뒤 엄청난 광경이 벌어졌다. 정중앙에서부터 서서히 땅이 변화하더니 몇 초 만에 동물원은 사라지고 공터가 나타난 것이다.

이 영상을 시청한 모든 사람들은 놀라움을 금치 못했다. 대부분은 CG일 거라 생각하며 대수롭지 않게 여겼다. 실제 현상일거라 믿는 사람은 그리 많지 않았다. 그러나 시간이 지나자 실제 상황이라 믿는 사람들은 점점 더 많아졌다.

이 영상이 SNS상에서 퍼지기 시작한 초기엔 장소가 가장 큰화제였다. 도대체 어디이기에 저런 모습으로 바뀔 수 있는 건지다들 궁금해했다. 그리고 얼마 안 가 사람들은 공터의 위치를 찾아냈다. 직접 찾아가 공간이 바뀌기를 희망하며 밤새 기다리는 이들도 꽤 있었다. 이 공터에 특별한 비밀이 숨겨져 있을 것이라 믿었기 때문이다.

모두의 관심사가 공터에서 유미에게로 향한 것은 얼마 지나지 않아서였다. SNS상에서 화제가 된 두 사람의 영상이 TV 뉴스에 나온 뒤였다. 그때부터 섬마을 주민들 중 몇몇이 적극적으로 나서기 시작했다. 그들은 하나같이 유미가 어릴 때부터 '공간을 바꾸는 마법'을 할 수 있었다고 밝히며 영상 속 여성이 그녀일 것이라 인터뷰했다.

그때부터 유미의 정체가 초미의 관심사가 되었다. 마법을 부릴 줄 아는 사람에 대해 궁금증을 갖는 것은 당연했다. 그때부터 기자들은 재빠르게 그녀의 어린 시절 친구들을 찾아 나섰다. 이미 자진해서 인터뷰에 나섰던 이들 뿐만 아니라 유미와 같은 시기 섬마을에 있었던 주민 모두에게까지 발빠르게 움직이며 인터뷰를 요청했다. 학교에 가서는 유미와 관련된 온갖 기록들을 다 찾아냈다.

그러던 중 한 가지 폭탄 발언이 나왔다. 인터뷰에 응한 사람들 중 한 명이 유미 부모님의 교통사고에 대한 이야기를 꺼냈고, 심지어 당시에 떠돌던 소문을 사실인 양 말한 것이다.

"유미네 부모님은 교통사고로 돌아가셨어요. 그때 걔도 뒷좌석에 타고 있었죠. 근데 어른들 얘기로는 한창 운전 중일 때 걔가 도로를 다른 장소로 바꿨다고 하더라고요. 그 바람에 큰 교통사고가 나 부모님이 목숨을 잃었다고."

"어떤 장소로요?"

"갯벌이랬나, 계곡이랬나. 아무튼 그런 거였어요."

"그런 짓을 왜 했을까요?"

"저야 모르죠. 뭐, 듣기론 걔네 부모님이 좀 엄했대요. 한번은 유미 걔가 섬을 막 울면서 돌아다니기도 했다고 하더라고요. 아마 그래서 그런 게 아닐까 싶어요. 뭐, 그날도 뭔가로 크게 혼났겠죠. 그래서 순간 욱한 마음에 그런 일을 저지른 것일 수도……."

딱 유미가 중학생 때 떠돌던 소문 그대로였다. 그들을 뉴스 인터뷰에서 사실인 것처럼 떠들어 댔다. 그 인터뷰를 본 유미는 모자이크 속 인물이 누구인지 단번에 알아차렸다. 그 사람은 바로 혜연이었다. 그녀는 3년 전 소문을 처음 만들어 퍼트린 당사자이기도 했다.

도대체 혜연이 왜 이러는지 유미는 이해가 되지 않았다. 사실 그 당시에도 소문의 시작이 그녀임을 알고 있었지만 따지지 않았다. 혜연이 그랬다는 사실을 믿고 싶지 않았고 실제로 전혀 믿지 않았다. 하지만 인터뷰 영상을 보고는 자신이 잘못 생각하고 있었음을 바로 깨달을 수 있었다. 초등학교에 입학하기 전부터 섬마을을 떠날 때까지 가장 친하게 지냈던 사람이 혜연이었다. 그렇기에 유미는 더욱 깊은 절망감에 빠져 버렸다.

"도대체 왜 이런 사실들이 세상에 안 알려졌을까요? '마법 소녀'라면 누구나 궁금해할 법한 이야기인데."

"처음엔 아무도 믿지 않았거든요. 솔직히 너무 동화 같잖아요. 거기다 유미가 떠난 뒤로 마을 어느 누구도 그 아이에 관해 얘기하는 사람이 없었어요. 어른들부터 아이들까지 전부요. 뭐, 취재 온 사람이 한 명 있긴 있었죠. 하지만 어떤 정보도 못 얻었을 거예요. 모두가 함구했으니까요."

유미가 TV를 껐다. 언제까지 절망에 빠져 지낼 수만은 없었다. 혜연의 인터뷰가 나간 뒤로 사람들의 호기심 어린 시선이 부정적으로 바뀌고 있었다. 거기다 소문은 꼬리에 꼬리를 물기 시작했다. 있지도 않은 일들이 사실처럼 떠돌아 다녔다. 마법을 자신의 이익을 위해서 썼다거나 남을 헤치는 용도로 썼다는 식이었다. 심지어 할머니의 죽음까지도 마법과 연관 지어 추측하는 사람들이 늘어났다. 그날 이후, 마법이고 소문이고 전혀 믿지 않았던 이들마저 귀를 기울이기 시작했다.

영상이 처음 SNS에 올라와 관심을 받기 시작할 무렵에 유미는 갑작스런 해고 통보를 받았다. 아무래도 유미의 동료들은 SNS를 즐겨 하는 젊은 층들이었기에 누구보다 소문을 빨리 캐치했을 것이다. 거기다 매니저는 눈썰미가 아주 뛰어난 사람이었다. 영상만 보고도 장소와 주인공들을 알아봤다. 화질이 좋지 않았는데도 말이다. 그녀는 곧바로 유미를 불러 직접 물었다. 이 사람이 네가 맞느냐고. 대답을 들은 그녀는 앞으로 어떤 일이 벌어질지 걱정이 되었다. 결국, 유미를 그 자리에서 해고했다. 그 상황에서 카페 사장과 모텔 사장의 관계 따위는 중요하지 않았다.

상황이 안 좋게 흘러가는 동안 유미는 꼼짝없이 방에 갇혀 지내야 했다. 해고된 뒤 얼마 지나지 않아 모텔 앞은 기자들과 구경꾼들로 인산인해를 이루었다. 커튼을 살짝 걷어 창문 아래를 보려고만 하면 플래시가 터졌고, 사람들은 손가락으로 그녀를 가리키며 소리쳤다. 추운 겨울이었다. 심지어 눈까지 내렸지만 그들은 전혀 개의치 않았다. 그런 분위기 속에서 유미는 완전히 은둔 상태로 지내야만 했다.

심지어 모르는 번호로 하루에도 수십 통씩 메시지와 전화가 왔다. 처음엔 아무 생각 없이 전화를 받았다. 그중엔 사업가라고 자신을 소개한 사람들도 여럿 있었다. 그들 전부 '공간을 바꾸는 마법'을 가지고 함께 사업을 하자는 내용이었다. 바로 전화를 끊었고 휴대폰의 전원마저 껐다.

그렇게 고통 속에서 하루하루를 보냈다. 그 고통은 자신을 향한 무분별한 소문과 관심 때문만은 아니었다. 사람들은 모텔과 모텔 사장 부부에게까지 손길을 뻗쳤다.

"자기 때문에 힘들다. 가게 망하게 생겼어."

모텔 여사장이 문틈에 서서 힘없이 말했다.

"죄송해요."

"사업에 실패했던 것도, 우리 아들이 발달 장애인 것도 세상 사람들 전부가 다 알게 됐네. 뭐, 일부러 숨긴 건 아니었지만 그렇다고 전 국민이 다 알게 하고 싶진 않았는데……."

"죄송해요……."

"아니야. 자기가 일부러 그런 것도 아닌데 뭐. 하, 근데 무섭다. 앞으로 어떡해야 하지."

"죄송……."

유미는 더 이상 말을 잇지 못했다. 두 사람은 서로를 부둥켜
안고 울었다.

✫ ✫ ✫

'마법 소녀'라는 캐릭터 덕분에 함께 찍힌 주원은 사람들의 관
심에서 조금은 벗어나 있었다. 게다가 멀리 서 있던 주원은 영
상 속에서 대부분 뒤통수만 나왔다. 계속 유리벽 너머의 동물들
만 관찰하며 있었고 동물원이 사라질 때까지 아쉬운 마음에 그
곳만 바라보고 있었기 때문이다.

영상은 동물원이 공터로 바뀌자마자 끝이 났다. 그런 탓에 그
가 누군지 알아차린 사람은 거의 없었다. 시간이 한참 지나서야
같은 반이었던 친구들 사이에서 영상 속 남자가 주원이란 사실
이 조금씩 퍼지기 시작했다. 그것도 의심일 뿐이었다. 아마 그
들 중 주원과 친하게 지냈던 이가 없어 알아차리기 더욱 어려웠
을 것이다. 하지만 주원 역시 집에서 혼자 끙끙 앓으며 하루하
루를 보냈다.

인터넷이고 TV고 전부 유미와 관련된 기사들로 가득했다. 그
럴 때마다 그는 가슴이 아팠다. 어떻게든 도와주고 싶었지만 방
법을 찾을 수가 없었다. 이곳저곳에서 유미에 대한 이상한 소문
들이 퍼져 나갔지만 주원은 전혀 귀담아 듣지 않았다. 그것만

이 그녀를 위해 자신이 할 수 있는 유일한 일이라고 생각했다. 어차피 그는 그 소문을 절대 믿지 않았다. 그럴 사람이 아닐 거란 확신이 있었다. 게다가 전부 말이 안 되는 소문들이었다. 그저 마법을 사용할 줄 안다는 이유만으로 허무맹랑한 이야기들이 사실인 것처럼 퍼져 나갔다. 마법을 부릴 수 있다면 이런 일도 가능하지 않을까, 하는 전부 추측성 이야기들이었다.

평소와 다를 바 없이 전전긍긍하던 어느 날, 문득 유미를 모텔 방에서 구출할 수 있는 한 가지 아이디어가 떠올랐다. 그것을 좀 더 구체화했고, 얼마 지나지 않아 확실한 해결책이 나왔다. 혼자 힘으로 할 수 있는 것은 아니었다. 주변 사람들의 도움이 절실히 필요했다.

가장 먼저 떠오른 것은 '은둔형 외톨이 모임'의 멤버들이었다. 주원이 소파에 누워 있는 휴대폰을 들어 급히 이슬에게 전화를 걸었다. 그리고 자신이 생각한 구상을 그녀에게 자세히 설명했다.

"일단 멤버들에게 말해 볼게요."

워낙 세상 사람들의 관심이 쏠려 있는 상황이라 섣불리 결정할 수 없었다. 이슬은 단체 채팅방에 주원의 계획을 적었다. 그리고 의외의 상황이 펼쳐졌다.

"당연히 함께해야죠."

"안 그래도 연락 기다렸습니다."

"뭐부터 하면 될까요?"

워낙 위험한 일이라 당연히 거부할 것이라 예상했다. 적어도 처음엔 부담스러워할 줄 알았다. 그러나 아니었다. 모두가 유미의 상황을 안타까워하며 동참하기로 뜻을 모았다. 그들의 모습에 크게 감동한 주원은 곧바로 자신의 계획을 상세히 설명했다.

다음 날 오후, 계획을 실천하기 위해 이슬과 준혁 그리고 성민과 미연이 카페에서 만났다.

"오늘 어떤 작전인지 다들 이해하고 계시죠?"

이슬이 단호하면서도 조용한 목소리로 멤버들에게 물었다.

"그럼요."

준혁이 긴장한 듯 상기된 얼굴로 말했다.

"특히 두 분의 역할이 중요해요."

"네……."

성민과 미연이 동시에 말했다. 두 사람의 얼굴은 누가 봐도 긴장이 가득해 보였다.

"긴장되고 두려운 거 알아요. 하지만 두 분이 잘해 주셔야 모든 게 문제없이 마무리될 수 있어요."

"네, 최, 최선을 다, 다해 볼게요."

성민이 심호흡을 크게 했다.

"연락이 제대로 된 건 맞죠?"

미연이 걱정스러운 마음에 조심히 물었다.

"네, 두 분 오시기 전에 이미 카페 매니저님 통해서 연락했어요."

"순순히 연락하게 해 주셨어요?"

미연이 놀라서 물었다.

"뭐, 그게, 저랑 준혁 님이 좀 적극적으로 했어요. 그랬더니……."

이슬이 난처해하며 슬쩍 옆을 봤다. 그곳엔 매니저가 서서 이들을 노려보고 있었다.

"아……."

"어쨌든 그건 확실히 됐으니까 걱정 안 하셔도 돼요."

이슬이 휴대폰으로 시간을 확인했다.

"벌써 시간이 이렇게 됐네. 두 분 이제 출발하세요."

"근데 주원 씨는요?"

"곧 올 거예요."

"네. 그럼 이, 이따 봬요."

성민과 미연이 자리에서 일어나 카페를 벗어났다. 그들은 밖으로 나가자마자 준비한 모자를 푹 눌러썼다. 그리고 몸을 틀어 걸어가기 시작했다. 얼마 안 되어 나타난 넓은 골목 안으로 들어가자, 이미 그곳부터 엄청난 인파로 가득 차 있었다. 원래 사람들이 많이 다녔지만 오늘은 확실히 달랐다. 유미 때문일 것이 분명했다.

두 사람은 인파를 지나쳐 또 다른 골목으로 들어갔다. 그곳엔 더 많은 사람들이 있었고 대부분이 유미가 묵고 있는 모텔 정문 앞에 뭉쳐 있었다.

현장을 보자마자 그들은 낙담했다. 난처해하는 표정으로 서로를 쳐다봤지만, 이내 결심한 듯 몸을 돌려 뛰어갔다. 다시 왔던 길을 지나쳐 옆쪽 작은 골목에 진입했다. 이곳에도 사람들은 있었지만 정문에 비하면 훨씬 적었다. 다섯 명이 채 안 되었다. 이곳은 유미가 묵고 있는 방이 전혀 보이지 않았기 때문이다.

두 사람은 좀 더 걸어가 유미가 묵고 있는 모텔의 뒤쪽에 섰다. 앞뒤로 뻥 뚫린 주차장 안을 살피니 구석에 한 대의 차가 주차되어 있었다. 주차장 너머엔 아까 봤던 인파의 모습이 보였다. 모텔 내부 1층은 아주 좁은 로비와 카운터의 역할만 하고, 2층부터 숙소가 있는 구조였다. 주차된 차 바로 뒤로 작은 문이 하나 있었다. 정문 외에 안으로 들어갈 수 있는 유일한 문이었다. 그곳을 통해 모텔에 입성할 계획을 이미 세워 두었다.

문제는 모두의 시선을 다른 곳으로 분산시켜야 한다는 점이었다. 아무리 사람이 별로 없다고 해도 반대편인 정문 앞엔 구경꾼들과 기자들이 몰려 있었다. 그냥 이대로 뻥 뚫린 주차장을 통해 후문으로 달려가면 분명 들킬 것이고, 그럴 경우 나중에 있을 계획까지 어렵게 만들고 말 것이다. 미연과 성민은 무척 난처했다.

그때였다. 어딘가에서 웅성대는 소리가 들렸다. 그곳으로 모든 사람들의 시선이 쏠렸다. 웅성대는 소리가 있는 곳엔 세 남녀가 서 있었다.

"뭐라고 했어요?"

"쪼끄만 녀석이 어디서 까불어."

"그만들 하세요."

언제 왔는지 모자를 푹 눌러쓴 주원과 준혁, 그리고 이슬이 모두의 관심을 받으며 싸우는 척 연기를 하고 있었다. 그들의 모습에 미연과 성민이 피식 웃었다. 주변을 살피니 모두들 고개를 돌려 싸움 구경을 하고 있었다. 심지어 몇몇은 아예 그곳으로 걸음을 옮기기까지 했다.

이때가 기회였다. 두 사람이 몸을 숙인 채 주차장 안으로 쏜살같이 달려갔고 주차된 차량 뒤에 도착했다. 그들 앞엔 후문이 기다리고 있었다. 잠긴 유리문 안쪽을 보니 작은 신장에 머리가 벗겨진 중년 남성이 한 명 서 있었다. 그는 두 사람을 발견하자마자 잠겨 있는 후문을 열었다. 그리고 두 사람이 안으로 들어서자 중년 남성은 황급히 후문을 잠가 버렸다.

"잘 왔어요. 가 봐요."

모텔 남사장의 말에 미연과 성민이 로비와 연결된 좁은 복도를 천천히 걸었다. 고불고불한 복도를 지나 로비에 도착하자, 바로 앞에 작은 창문이 달린 카운터가 있었고 양옆으로 계단과 정문이 보였다. 그들은 지체하지 않고 계단을 올라갔다. 복도 맨 끝으로 걸어가자 208호가 나타났다. 208호는 문을 살짝 연 채 두 사람을 기다리고 있었다.

"저, 저기……."

성민이 조심스럽게 문 안으로 고개를 넣으며 자신들이 무사히 왔음을 알렸다. 안에는 유미와 여사장이 함께 있었다.

"오셨어요."

유미가 자리에서 벌떡 일어나 그들을 향해 현관으로 달려갔다. 못 본 사이 핼쑥해진 그녀의 모습에 미연과 성민이 흠칫 놀랐다.

"괜찮아요?"

"네······. 고마워요."

"아니에요."

"다들 들어와서 쉬어요. 난 잠시 나가 있을 테니까."

여사장이 문을 닫고 나갔다. 세 사람은 방 안에 들어가 각자 자리를 잡고 앉았다.

"주, 주원 씨가 마, 많이 걱정해요."

"네······."

"모, 못 만난 지 어, 얼마나 됐어요?"

"2주일 정도요."

"연락도?"

미연이 걱정하며 물었다.

"네······. 모르는 번호로 전화가 너무 많이 와서 아예 껐어요."

유미가 전원이 꺼진 채 서랍장 위에 누워 있는 휴대폰을 손가락으로 가리켰다.

"그, 그랬구나. 아무튼 이, 이제 밖에서 연락 올 때까지 기, 기다리기만 하면 돼요."

"네······."

어느덧 하늘이 시커멓게 바뀌고 차량 한 대가 골목 안으로 들어섰다. 하얀색 승용차는 아주 느릿느릿 움직였고 앞에서 걸어가던 사람들이 길을 터주었다. 그들은 골목 한쪽에 차를 세운 뒤, 고개를 돌려 멤버들이 있는 모텔과 그 앞을 빼곡히 채운 사람들을 봤다.

"이 시간에도 사람들이 엄청 많네요."

조수석에 앉은 이슬이 앞을 살피며 말했다.

"갈수록 늘어나는 것 같아요."

준혁 역시 앞을 살폈다.

"건물 뒤쪽은 별로 없는 것 같던데."

"그래도 안심할 수는 없죠."

"네, 그렇죠."

이슬이 휴대폰을 꺼내 시간을 확인했다. 저녁 7시 정각이었다.

"연락할게요."

"네."

이슬이 급히 어딘가로 전화를 걸었다.

"여, 여보세요."

성민이 전화를 받았다.

"준비 다 하셨어요?"

"네."

"그럼 출발하세요."

"아, 알겠습니다."

이슬에게 지령을 전달받은 성민이 심호흡을 했다. 그의 모습에 함께 있던 유미와 미연의 심장이 크게 뛰었다.

"이제 가, 가시죠."

"네."

세 사람이 자리에서 일어나 방을 나왔다. 계단을 내려가자 바로 앞에 모텔 사장 부부가 기다리고 있었다. 그들도 이슬에게 이미 연락을 받고 준비를 끝마친 상태였다.

"너무 겁먹지 말고 빠르게 걸어가기만 하면 돼."

모텔 여사장이 세 사람에게 말했다.

"네."

대답을 하는 세 사람의 얼굴은 여전히 굳어 있었다.

"그럼 이제 출발합시다."

모텔 남사장이 진지하고 결연한 표정으로 시작을 알렸다.

유리로 됐지만 실내가 전혀 안 보이는 정문 앞에 미연과 성민이 섰고 모텔 사장 부부와 유미가 복도를 따라 후문으로 걸어갔다.

문 앞에 선 미연이 자신의 옷을 살폈다. 유미가 모텔에서 주로 입는 빨간색 트레이닝 복이었다. 그녀가 이 안에 들어와 이 옷을 입고 있는 건, 유미와 나이가 비슷하고 체격이 거의 흡사했기 때문이다. 모자만 깊게 눌러쓰면 절대 두 사람을 쉽게 알아볼 수 없을 것이라 판단했다.

"준비 다 돼, 됐어요?"

똑같이 모자를 눌러쓴 성민이 조심스럽게 물었다. 그는 분명 주원보다 키가 컸지만 그럼에도 나이가 비슷하단 이유로 대역을 맡았다.

"네, 준비됐어요."

미연이 심호흡을 하며 대답했다.

"하나 둘 셋 하면 다, 달려가는 겁니다."

"네."

"하, 하나, 둘, 셋."

성민이 정문을 활짝 열었다. 곧바로 두 사람이 빠르게 뛰어나 갔다. 그러자 건물 앞에 서 있던 기자와 구경꾼들이 깜짝 놀라 그들을 쳐다봤고 얼마 안 되어 그곳은 아수라장이 되었다.

고개를 푹 숙인 채 무작정 앞으로 가는 미연과 성민을 향해 플래시가 쉬지 않고 터졌고 기자들이 마이크를 그녀 앞으로 들 이밀며 질문을 쏟아 냈다. 그 뒤에 있는 구경꾼들은 그녀의 얼 굴이라도 한번 보기 위해 앞으로 몸을 밀었다. 그 바람에 몇몇 이 넘어질 뻔했지만, 다행히 따닥따닥 붙어 있어 넘어지진 않았 다. 그 정도로 많은 인파였다.

"저 남자가 그 남자야?"

계획대로 성민을 주원이라 여기는 사람들도 있었다. 그들은 집중적으로 성민의 사진을 찍기도 했다.

미연과 성민은 얼마 가지 못해 인파에 둘러싸여 옴짝달싹하 지 못하게 되었다. 어떻게든 앞으로 가기 위해 움직였다가 다시 뒤로 밀리기를 수차례. 예상보다 많은 인파에 그들은 당황하여 더욱 움츠러들었다.

그 순간, 인파를 뚫고 두 사람 앞에 누군가가 나타났다. 준혁 이었다. 큰 체격을 앞세워 두 사람을 가로막고 있는 이들을 밀 쳐 냈고, 호위무사처럼 그들 곁에 섰다.

"따라와."

준혁이 몸을 돌린 뒤 왔던 길로 다시 걸었다. 그는 이번에도 넓은 어깨와 강한 팔로 앞에 선 사람들을 밀쳤고 자연스레 길이 하나 생겼다. 그곳으로 미연과 성민도 편하게 걸어갈 수 있었다. 둥글게 쌓여 있던 인파를 지나자마자 근처에 있는 차로 쏜살같이 달려갔다. 미연과 성민은 뒷좌석에, 준혁은 조수석에 탔다. 준혁이 차에서 내렸을 때 운전석으로 자리를 옮긴 이슬이 빠르게 핸들을 돌려 좁은 골목을 빠져나갔다.

오랜 시간 모텔 앞을 지켰던 기자들과 구경꾼들은 허탈해하며 웅성댔다. 그들 중엔 과연 저 둘이 기다리고 기다리던 영상 속 주인공들이 정말 맞는지 의심하는 이도 있었다. 하지만 대부분은 두 사람이 그 주인공이라고 확신했다.

정문 앞이 아수라장이 되어 정신없는 틈을 타, 모텔 사장 부부와 유미는 반대편 문을 열고 나가 후문 바로 앞에 미리 세워 둔 차에 쏜살같이 올라탔다. 그리고 차를 돌려 주차장을 빠져나왔다. 주차장에 있었던 소수의 사람들까지 전부 정문으로 달려간 탓에 다행히 들키지 않을 수 있었다. 빨리 벗어나야 한다는 생각에 속도를 내어 큰길에 도착했다. 유미는 그렇게 길고 긴 모텔 생활에서 벗어날 수 있었다.

어둠을 뚫고 빠르게 도로를 달리던 차는 이내 약속한 장소에 도착했다. 흙바닥의 마당 한쪽에 차를 대충 세운 뒤, 세 사람이 차에서 내렸다. 다행히 주변엔 아무도 없었다. 그들은 몸을 한껏 움츠린 채 유리문 안으로 들어가 계단을 뛰어 올라갔다. 1층, 2층, 3층을 쉼 없이 올라간 그들은 곧이어 5층에 도착했다. 그리고 501호 초인종을 눌렀다.

띵동.

한참을 초조하게 기다리던 주원은 초인종 소리에 흠칫 놀랐다. 그리고 급히 현관으로 가 문을 열었다. 거기엔 모텔 사장 부부와 유미가 함께 서 있었다. 그 순간, 주원의 눈에 눈물이 맺혔다.

"들어와."

주원의 말에 유미가 조심스럽게 발을 들였다.

"이제 우린 가 볼게. 뭔 일 있으면 연락하고. 연락처는 이슬인가 하는 사람이 알고 있으니까."

"네, 감사합니다."

모텔 사장 부부는 유미를 바래다 준 뒤 다시 자신들의 차로 달려갔다. 비워 둔 모텔에 얼른 가야만 했다.

유미와 주원은 우여곡절 끝에 드디어 다시 마주할 수 있었다. 무려 2주 만의 만남이었다. 얼마든지 쉽게 만날 수 있는 거리임에도 그럴 수가 없어 더 애타는 시간이었다. 수많은 장애물들을 치워 버린 뒤에야 이렇게 간신히 만날 수 있었다.

둘은 서로를 바라봤다. 그 순간, 눈물이 터져 나왔다. 주원과 유미는 서로를 꼭 끌어안았다.

주원은 그동안 유미 걱정에 잠을 이룰 수가 없었다. 밥은 잘 챙겨 먹고 있는지, 매일 울고만 있는 건 아닌지, 그런 생각들이 머릿속을 온통 지배했다. 유미 역시 주원을 떠올리면 미안함이 앞섰다. 이 모든 게 마법을 보여 준 자신 때문에 벌어진 일이라고 여겼기 때문이다. 그럴수록 힘든 시간을 보낼 주원 생각에 무척 괴로웠다. 제발 주원만은 괜찮기를 기도하고 또 기도했다.

꽤 오랜 시간이 지나서야 겨우 마음을 추스를 수 있었다. 꼭 끌어안고 있던 둘은 서로에게서 떨어져 눈물을 닦았다. 그러면서도 계속 서로를 바라봤다.

"힘들었지?"

"아니야."

"미안해."

"뭐가 미안해?"

"힘이 되지 못해서."

"전혀. 주원이 네가 없었으면 난 더 고통스러웠을 거야. 멀리서 이렇게 있어 준 것만으로 너무 큰 힘이 됐어."

"나도 그랬어."

주원이 유미의 눈을 가만히 바라보다 말했다.

"힘들지. 잠시 쉬어."

"응."

유미가 애써 웃으며 대답했다.

"소파에 앉아. 마실 거 갖다 줄게."

모자를 소파에 내려놓은 유미가 눈물을 닦으며 거실을 천천히 둘러보았다. 이제야 집이 눈에 들어왔다. 그 전부터 공터와 멀지 않은 그의 집에 한번 와 보고 싶었는데, 이렇게 주원의 집에 앉아 있다니 실감이 나지 않았다. 마치 마법으로 공간을 바꾼 것처럼.

천천히 좁은 거실을 돌아보던 유미가 부엌을 지나 문이 활짝 열려 있는 방 안으로 들어갔다. 조심스레 불을 켜자 주원이 주로 생활하는 그의 방이 나타났다. 책상과 침대가 가장 먼저 눈에 들어왔고, 고개를 돌리자 책이 빼곡히 꽂힌 책장이 보였다. 그것을 본 유미가 가볍게 미소를 지었다.

"물."

뒤에서 주원의 목소리가 들렸다. 유미가 움찔하며 몸을 돌렸다.

"고마워."

유미가 물이 가득 담긴 컵을 두 손으로 정성스레 받았다.

두 사람은 거실에 있는 소파로 이동하여 나란히 앉았다.

"머리가 그새 또 많이 자랐네."

주원이 허리까지 자란 유미의 긴 머리카락을 보며 말했다.

"머리끈은?"

"여기."

유미가 바지 주머니에서 머리끈을 꺼내 보여 주었다.

"혹시 또 떨어뜨릴까 봐 주머니에 넣었지."

"잘했어. 대신 주워 줄 사람도 없었잖아."

두 사람이 서로를 보며 웃었다. 유미가 손을 뻗어 주원의 손을 어루만졌다. 주원도 그런 그녀를 아주 사랑스럽고 안쓰럽게 바라봤다.

"주원아."

"응?"

"이거, 나 대신 가지고 있어 줘."

"왜?"

"그게 더 좋을 것 같아. 부탁이야."

"음……. 알았어."

주원이 유미의 머리끈을 받아 자신의 바지 주머니에 넣었다.

"아마 TV에서 방금 전 일에 대해 계속 얘기하고 있겠지?"

유미가 슬픈 눈으로 말했다.

"그럴걸."

"도와준 사람들한테 어떻게 보답을 해야 할지 모르겠어."

"언젠가 보답할 수 있는 날이 올 거야. 앞으로 몇 주만 지나면 그럴 수 있어."

"몇 주? 아……."

그 대화를 마지막으로 둘 사이엔 기다란 정적이 흘렀다.

이후 두 사람은 주원의 집에서 함께 지냈다. 그 방법밖엔 없었다. 모두의 눈을 피해 모텔을 빠져나온 뒤, 유미에게 갈 데라고는 이곳밖에 없었기 때문이다. 시선을 피하기에 적절한 공간만을 뜻하는 건 아니었다. 마음의 안식처로 가장 적절한 곳이 주원의 집이라는 의미도 포함됐다. 유미에게 있어 함께 시간과 공간을 공유하기에 적절한 사람은 주원 한 명뿐이었다.

모텔 탈출 이후 연일 TV와 인터넷에서 두 사람에 대한 이야기가 쏟아져 나왔다. 어떻게 알았는지 주원의 집 앞에도 사람들이 몰렸다. 빌라 앞마당은 모텔 앞 골목보다 넓어 편하게 기다릴 수 있었고, 그런 탓에 더 많은 사람들이 고개를 들고 5층만 바라봤다. 어쩔 수 없이 하루 종일 커튼을 쳐야만 했다. 이 생활에 이미 익숙해진 유미와 달리 주원은 무척 힘이 들었다.

어느덧 일주일이 지나고 크리스마스이브 날이 되었다. 늦잠에서 깬 주원이 소파에서 내려와 몸을 일으켰다. 두 팔을 하늘로 쭉 뻗고 기지개를 켰다. 그런 뒤 창가로 향했다. 커튼 틈 사이로 조심스레 밖을 살폈는데, 이상했다. 그 많던 인파는 다 어디 가고 마당엔 사람이 한 명도 없었기 때문이다. 주원은 상황을 파악하기 위해 애썼다. 한참을 고민하다 답을 내렸다. 드디어 모두의 관심에서 멀어진 것이다.

사실 며칠 전부터 서서히 사람들의 관심이 식고 있는 것을 느꼈다. 모두가 한 달 가까이 지속된 똑같은 보도에 싫증을 느끼며 지쳐 버렸다. 심지어 그 영상이 조작이라는 이야기가 사람들 사이에서 퍼져 나갔다. 그리고 그 의견이 사실처럼 여겨지기 시작했다. 하나둘 줄어드는 기자와 구경꾼들을 매일 눈으로 봐 왔다. 그렇지만 전날만 해도 십여 명이 진을 치고 있었는데…… 갑작스러운 변화가 조금 당황스럽긴 했다. 어떻게 썰물 빠지듯 한번에 다 사라질 수 있는 건지.

그 생각은 접어 두고 얼른 커튼을 쳤다. 오랜만에 거실로 햇살이 들어왔다. 주원은 온 얼굴로 햇살을 맞으며 흐뭇한 미소를 지었다. 그는 얼마 전부터 유미에게 계속해서 말해 왔다. 이제 관심이 식고 있으니 조금만 더 버티라고. 며칠만 지나면 관심이 있어도 어쩔 수 없을 거라고. 둘만 아는 비밀을 공유하며 그날을 기다렸고, 예상보다 빨리 자유의 시작을 만끽했다.

TV를 켰다. 처음엔 일부러 보지 않았지만 최근 들어서는 편안한 마음으로 TV를 볼 수 있게 되었다. 자신들의 소식이 줄어드는 것을 실감할 수 있었기 때문이다. 뉴스에서는 언제나처럼 세상의 새로운 소식들이 끊임없이 흘러나오고 있었다. 혹시나 하는 마음에 가슴 졸이며 화면을 보던 주원의 얼굴이 순식간에 바뀌었다. 웃는 것도 아니고 우는 것도 아닌 애매한 표정으로.

TV에선 대형 쇼핑몰 붕괴 사고 속보가 전해지고 있었다.

마지막 마법

주원이 TV를 켜기 불과 두 시간 전에 일어난 사고였다. 서울 중심가에 위치한 지상 5층, 지하 3층의 대형 쇼핑몰이 오늘 아침 갑작스럽게 무너지고 만 것이다. 원인을 조사하기에 앞서 사상자에 관한 확인이 우선이었다. 평일 아침이었지만 크리스마스이브인 탓에 많은 사람들이 몰려 확인된 사상자만도 꽤 됐다. 아직 확인되지 않은 이들까지 생각하면 엄청난 대형 참사였다. '공간을 바꾸는 마법' 같은 건 안중에도 없는 게 당연했다.

　제일 큰 문제는 수색에 난항을 겪고 있다는 점이었다. 철근과 콘크리트 더미에 깔린 수많은 사람들을 구조하기에 구조대원의 숫자는 너무 적었다. 결국 군인들이 현장에 투입되어 구조대원들을 도왔다.

그럼에도 상황은 쉽사리 해결되지 않았다. 시간이 지나면 지날수록 어려움은 더해 갔다. 워낙 어두운 데다, 높고 큰 쇼핑몰의 규모만큼 겹겹이 쌓인 잔해물의 양과 무게가 상당했기 때문이다. 도저히 인력만으로는 불가능한 상황이었다. 다른 여러 가지 수단을 써서 구조를 시도했다. 하지만 그마저도 상황을 타개하기엔 역부족이었다.

무엇보다 어둠이 짙게 깔린 탓에 바로 앞의 상황을 정확히 인지하는 것조차 벅찼다. 그것만 해결되어도 괜찮을 것 같다고 구조대원과 병사들이 말했지만 당장 해결할 수 있는 방법이 없었다. 그런 여러 가지 어려움으로 구조를 하는 모두가 답답해했다.

주원은 뉴스 속보를 보다 채널을 이리저리 돌렸다. 모든 채널에선 뉴스 속보로 쇼핑몰 붕괴 사고를 전하고 있었고, 휴대폰을 꺼내 인터넷을 살펴보아도 역시나 붕괴 사고가 모든 뉴스를 덮고 있었다. 주원의 마음이 요동쳤다. 마치 자신이 나쁜 사람이 된 듯 찝찝한 기분이 들었다. 전혀 다른 두 가지 감정이 공존한 탓에, 어떤 마음으로 결론을 내려 표정을 짓고 행동해야 할지조차 헷갈릴 지경이었다.

분명 모두의 관심이 자신들에게서 멀어졌다는 안도감이 생겼지만, 그것을 마냥 좋아할 수만은 없는 가슴 아픈 사고가 벌어졌다. 그렇기에 더욱 마음과 행동을 조심하자고 생각했다. 그건 유미 역시 마찬가지였다. 붕괴 사고 소식을 들은 그녀는 TV를 보는 내내 눈물을 머금으며 안타까워했다. 정확히는 자신이 어려움을 겪을 때보다 더 가슴이 아팠다.

"괜찮아?"

주원이 걱정스러운 마음에 넌지시 물었다.

"모르겠어. 사람들의 관심에서 멀어졌지만…… 너무 슬퍼. 어떻게 저런 일이……."

"그러게. 하필이면 안 좋은 일로 우리 일이 덮여서……."

두 사람은 침통한 얼굴을 한 채 더 이상 말을 잇지 못했다.

다음 날이 되었다. 크리스마스 오후에 뜻밖의 연락이 도착했다. 재난 안전 본부였다. 국가 소속의 기관에서 왜 연락을 한 건지 주원과 유미는 의아했다.

"무슨 일로……."

휴대폰을 귀에 댄 주원이 조심스럽게 물었다.

"혹시 옆에 김유미 양 있나요?"

"네, 그런데요?"

"잠시 전화를 바꿔 줄 수 있을까요?"

"아, 네. 여기……."

주원이 바로 옆에서 가슴 졸이며 있던 유미에게 휴대폰을 건넸다.

"여보세요?"

유미가 아주 조심스럽게 전화를 받았다.

"안녕하세요. 저희는 재난 안전 본부인데요. 한 가지 여쭙고 싶은 게 있습니다."

"네……."

"영상에서 본 그 마법, 정말 가능한가요?"

"네? 그건 왜⋯⋯."

"뉴스를 보셔서 아시겠지만 지금 굉장히 큰 사고가 일어났습니다. 구조에 힘을 쏟고 있습니다만 쉽지 않은 상황입니다. 유미 양의 마법을 구조에 활용하고 싶어 이렇게 전화했습니다."

"아⋯⋯."

"사실 지금 일 분 일 초가 급박한 상황입니다. 지푸라기라도 잡는 심정으로 연락한 거라⋯⋯. 유미 양의 능력으로 국민들의 안전을 지키고 싶습니다. 한 사람이라도 더 구하기 위해선 유미 양의 마법이 필요합니다. 영상 속 모습이 사실인가요?"

흥분한 재난 안전 본부 관계자가 목소리를 높여 아주 다급하게 말했다.

"네, 사실이에요⋯⋯."

"정말요? 그럼 그 마법으로 저희를 도와주실 수 있나요? 아니, 제발 도와주세요. 지금도 사고 현장에는 수많은 사람들이 콘크리트 아래에 깔려 있습니다. 제발⋯⋯."

"제가 할 수 있는 게⋯⋯."

"현장에 와서 그 마법만 써 주시면 됩니다. 간단해요."

"⋯⋯네, 알겠습니다."

"감사합니다. 감사합니다, 정말. 저희가 지금 당장 그곳으로 차를 보내겠습니다. ○○빌라 맞으시죠?"

"네."

"바로 가겠습니다."

유미가 전화를 끊자 주원은 기다렸다는 듯 입을 열었다.

"왜 전화한 거야?"

"도움이 필요하대."

"도움?"

"응. 현장에 와서 마법으로 도와 달라고."

주원의 얼굴이 순식간에 잿빛으로 바뀌었다.

"무슨 소리야. 이제 겨우 조용하게 살 수 있게 됐는데. 왜 굳이 가서 관심을 받으려고 하는 거야?"

"하지만…… 지금은 그게 중요한 게 아니잖아. 얼른 사람들을 구해야지."

유미가 타이르듯 나긋나긋 말했다.

"그러면 너는? 구조가 끝나면 다시 너한테 관심을 보일 거라고. 영상 속 마법이 사실이라면서."

"그래, 그렇겠지. 하지만 그보다 사람들의 목숨이……."

"나한텐 네가 더 중요하다고!"

주원이 크게 소리쳤다. 처음 보는 그의 모습에 유미가 깜짝 놀라 움찔했다.

"……고마워. 근데 어쩔 수 없어."

하지만 유미 역시 단호했다. 그녀의 눈빛은 절대 물러서지 않을 것임을 내비쳤다. 주원의 눈가에 눈물이 맺혔다. 그는 한숨을 푹 내쉬며 자리에서 빠르게 방으로 들어갔다. 그러고는 서랍장을 뒤지더니 무언가를 가지고 다시 거실로 나왔다.

"할머니께서 써 준 편지야. 마지막 줄 잘 보라고."

할머니가 유미에게 쓴 편지의 마지막 줄엔 이렇게 쓰여 있
었다.

[유미야, 마법을 쓸 수 있는 날이 이제 얼마 안 남았단다.
성인이 되는 해 1월 1일 0시가 되면 곧바로 그 마법은 사라
지고 말아. 그러니 그때까지 신중하게 사용하기를 바란다.]

주원이 펼쳐 든 편지를 보며 유미가 아랫입술을 살짝 물었다.
그녀 역시 이미 알고 있던 사실이었다. 처음 편지를 본 그날 이
후 머릿속에서 지워지지 않았다.

주원이 편지를 대충 접어 봉투와 함께 소파에 던지며 말했다.

"이제 며칠만 버티면 돼. 그러면 마법이고 뭐고 아무것도 없
이 사라진다고. 그때부턴 정말 평범하게 살 수 있는데 굳이
왜……."

"맞아. 며칠만 있으면 남들처럼 평범하게 살 수 있을 거야. 하
지만 그 전에 이 능력으로 남들을 돕고 싶어. 당장이라도 달려
가서 돕고 싶다고. 내 마음 이해해 줄 수 있잖아."

"알아. 알지만……."

주원이 속상한 마음에 눈물을 쏟아 내기 시작했다. 그녀의 마
음을 모르는 것이 아니다. 하지만 곁에 있는 연인의 입장에서
답답하고 걱정되는 것은 어쩔 수 없었다. 다른 사람이 아니고
왜 하필 너냐고. 그 말이 턱 끝까지 올라왔지만 말을 꺼낼 수가
없었다.

"이 마법을 마지막으로 좋은 일에 쓰고 싶어. 그래야 마음이 편해질 것 같아. 부탁이야."

주원은 더 이상 아무 말도 할 수 없었다. 소파에 털썩 주저앉아 두 손에 얼굴을 파묻고 눈물을 쏟아 낼 뿐이었다. 유미가 옆으로 가 그런 그를 꼭 끌어안았다. 두 사람은 복잡하게 뒤엉킨 감정을 삼키며 말없이 흐느껴 울었다.

30분 뒤, 초인종이 울렸다. 그 소리에 소파에 나란히 앉아 있던 두 사람이 고개를 들어 비디오폰을 봤다. 현관문 앞엔 낯선 남자 두 명이 서 있었다. 그들은 같은 옷을 입고 있었는데 가슴에는 대한민국 소방이라고 쓰여 있었다.

"후……. 이제 가 볼게."

유미가 자리에서 일어났다. 한 걸음을 떼자 주원이 고개를 푹숙인 채 유미의 팔을 잡아 당겼다. 유미가 고개를 돌려 주원을 봤다.

"미안해."

그 마지막 말에 주원의 팔이 힘없이 떨어졌다. 유미가 다시 고개를 돌려 심호흡을 한 뒤, 천천히 걸음을 뗐다. 그렇게 그녀는 집을 나와 사고 현장으로 향했다.

☆ ☆ ☆

"어서 오세요."

유미가 천막 안으로 들어가자 그곳에 있던 관계자들이 그녀에게 인사했다.

"네……."

"지금부터 유미 양이 해야 할 일이 막중합니다."

관계자들 중 각진 턱과 우람한 어깨를 지닌 중년의 남자가 말했다.

"현장에 가면 끔찍한 모습들을 볼 수도 있는데 괜찮겠어요?"

"네……. 어차피 마법을 쓰고 나면 현장을 벗어나 있어도 유지가 돼요. 그래서 괜찮을 것 같아요."

"그래요? 다행이네요. 공간이 바뀌면 곧바로 이곳으로 오면 되겠군요."

"네, 그럴게요."

"옆에서 잘 도와드리고."

"예, 알겠습니다."

근처에 있던 이등병의 군인이 절도 있게 대답했다.

"지금 바로 할 수 있겠어요? 가능한 빨리 진행하면 좋겠는데."

"네, 바로 할 수 있어요."

"그럼 지금 이 친구와 함께 가시면 됩니다."

구조대원들이 사용하는 헬멧과 방화복을 착용한 유미가 옆에 있는 군인과 함께 천막을 나왔다.

쇼핑몰의 중앙은 완전히 붕괴가 되어 있었다. 남아 있는 양옆의 건물 중 하나는 위태로운 모습으로 서 있었고, 다른 한 건물은 외벽의 일부만 붕괴된 채 천장과 내부 구조물이 거의 다 가라앉은 상태였다. 특히 규모가 크고 어두워 구조가 힘든 상황이었다. 유미가 마법을 발휘할 장소가 바로 이곳이다.

두 사람이 걸어가는 쇼핑몰과 천막 사이의 길은 이미 말 그대로 아수라장이었다. 바닥에는 겨우 구조한 피투성이의 부상자들이 누워 응급 치료를 받고 있었고, 소방차와 구급차는 물론 굴착기를 비롯한 중장비들이 구조 작업에 한창이었다. 취재진들은 참혹한 상황을 카메라에 담기 위해 이리저리 뛰어다녔다.

군인의 호위를 받아 모두를 지나쳐 쇼핑몰 입구에 다다랐다. 때마침 구조대원들이 환자를 들것에 실어 빠져나왔다. 환자의 얼굴은 상처로 가득했다. 깜짝 놀란 유미가 움찔했다. 그럴수록 무섭기는커녕 더욱 빨리 도움이 되고만 싶었다.

"들어가시죠. 사고 현장이라 굉장히 위험합니다. 원래 민간인은 들어가면 안 되지만 어쩔 수 없이……."

"네, 괜찮아요."

"제가 옆에서 잘 지켜드리겠습니다."

군인이 자신과 유미의 헬멧에 부착된 랜턴을 켰다.

"이제 들어가시면 됩니다."

두 사람은 쇼핑몰 안으로 조심히 들어섰다. 랜턴 덕분에 어두컴컴한 현장이 조금은 보였지만, 철제 구조물과 콘크리트 벽돌이 바닥에 뒤엉켜 있어 걸음을 떼는 것조차 어려웠다. 그나마 가장 많이 정리한 곳임에도 이러했다.

군인이 손가락으로 가리킨 곳으로 한 발 한 발 겨우 걸음을 뗐다. 주변엔 구조대원들과 군인들이 최선을 다해 구조를 계속

하고 있었다. 한 명의 부상자라도, 한 구의 시신이라도 더 찾기 위해 위험을 불사하고 동분서주했다. 그들의 모습을 본 유미는 마음이 더욱 다급해졌다. 희생자들을 위해서도, 구조를 위해 힘쓰는 이들을 위해서도 빨리 도와야겠다는 마음이 일었다.

"이곳입니다."

두 사람이 도착한 곳은 사고 현장의 정중앙이었다. 안내를 받아 그곳에 선 유미가 긴장감에 심호흡했다. 주변을 두리번거렸을 때 몇몇 구조대원과 군인이 작업을 잠시 멈추고 그녀를 바라봤다. 그들의 얼굴엔 다급함이 묻어 있었고, 동시에 유미가 얼른 마법을 써 주길 바라는 표정이었다.

"도착했습니다. 바로 할까요?"

군인이 무전기에 대고 물었다.

"바로 시작해."

"확인. 이제 하시면 됩니다."

"네."

유미가 두 눈을 꼭 감았다. 왼손으로 주먹을 쥐고 그것을 오른손으로 감싼 뒤 가슴팍에 가져다 댔다. 그리고 아무도 들을 수 없게 작은 소리로 속삭였다.

몇 초 뒤, 사고 현장의 가장자리부터 서서히 모습이 바뀌기 시작했다. 현장에 있는 사람들은 어리둥절한 표정을 지으며 바닥을 바라봤다. 유미와 군인이 서 있는 정중앙까지 완전히 바뀌고 나자, 사고 현장은 순식간에 푸른 초원이 되어 있었다.

바닥에 있던 철제 구조물과 콘크리트는 어디론가 사라졌고, 그곳엔 차가운 땅을 대신해 파릇한 풀들이 깔렸다. 어두웠던 공간은 랜턴이 필요 없을 정도로 환하게 바뀌었다. 그러자 밑에 깔려 있던 희생자들의 모습이 나타났다. 원래 2층에 해당하던 곳은 푸른 하늘이 되어 있었다.

"빨리 움직여."

누군가의 말에 현장에 있던 구조대원과 군인들이 빠르게 움직이기 시작했다. 그들은 얼른 부상자들과 시신을 업거나 들것에 실어 밖으로 나갔다. 그 모습에 유미가 안도의 한숨을 푹 쉬었다.

"신기하네요."

옆에 서 있는 군인이 넋을 놓고 주변을 두리번거렸다.

"앞으로 1시간 동안은 지금 모습이 유지될 거예요."

"감사합니다. 덕분에 구조가 빨리 진행될 것 같아요."

"도움이 됐다니 다행이네요. 근데 위쪽은 마법이 안 통해서……."

"아닙니다. 괜찮아요. 그럼 다시 천막으로 가실까요?"

"네."

두 사람은 현장을 빠져나와 천막으로 돌아갔다. 그곳에 있던 많은 사람들이 유미를 보며 환호하고 박수를 쳤다. 심지어 어떤 이는 유미에게 감사의 의미로 절까지 했다.

구조의 속도가 아주 빨라졌다. 몇 분 사이에, 하루 종일 애썼던 구조보다 훨씬 더 많은 구조가 이뤄졌다. 뉴스에서는 바뀐 현장의 모습을 헬기로 찍어 내보내며 유미의 마법을 찬양하는 수준으로 소식을 전했다.

유미는 천막 한쪽에서 커피를 마시며 숨을 골랐다. 지금 이 상황이 무척이나 기뻤다. 자신이 누군가를 도울 수 있다는 사실에 행복했다. 아마 마지막일지도 모르는 마법을 아주 의미 있게 사용할 수 있어 더욱 그랬다. 천막에 있던 관계자들 역시 같은 마음이었다. 그들의 얼굴은 처음과 달리 화색이 돋았고 발걸음도 훨씬 가벼웠다. 힘든 줄도 모를 정도였다.

그런데 문제가 하나 있었다. 유지 시간이 다 되도록 구조가 마무리되지 못한 것이다.

시간을 확인한 유미가 자리에서 일어나 발을 동동 굴렀다. 그녀의 모습에 현장을 안내했던 군인이 다가왔다.

"왜 그러세요?"

"제가 아까 마법을 쓰고 얼마나 지났죠? 1시간 다 됐죠?"

"네, 딱 50분 지났네요."

군인이 손목에 찬 전자시계를 보며 말했다.

"구조는 얼마나 진행됐어요?"

"아직 꽤 남았어요. 아무래도 크리스마스이브여서 손님이 많았잖아요. 보셨듯이 구조 인력이 부족해서……."

"큰일 났어요."

유미가 군인의 말을 끊었다. 그녀의 표정은 어느 때보다 다급해 보였다.

"뭐, 뭐가요?"

"마법은 1시간밖에 유지가 안 돼요."

"네? 정말요? 그럼 그 이후부터는요?"

"원래대로 돌아가요."

"이런."

군인이 얼른 관계자들을 불러 모았다. 그들은 이등병에게 자초지종을 들었다.

"그게 사실인가요?"

"네⋯⋯."

"아직 많이 남았는데. 하, 이를 어쩌지. 시간을 더 연장할 수 있는 방법은 없을까요?"

"하나 있긴 한데⋯⋯."

"시간이 없어요. 뭐라도 해야 됩니다."

"제가 방금처럼 마법을 다시 거는 수밖에⋯⋯."

"그래요? 그러면 빨리 하시죠."

"그, 그게⋯⋯."

"왜요? 이제 5분도 안 남았어요."

"아니에요. 그럼 다시 가요."

유미는 군인의 안내를 받아 다시 사고 현장으로 향했다. 하늘은 어느덧 어두워져 있었다. 두 사람은 전혀 신경 쓰지 않고 빠르게 무너진 건물 안으로 달려갔다. 아까보다 훨씬 빠르게 초원의 정중앙에 와 섰다. 유미가 심호흡을 한 뒤, 주먹 쥔 왼손을 오른손으로 쥐고 가슴팍에 가져다 댔다. 그리고 두 눈을 감고 조용히 속삭였다. 그렇게 다시 마법을 시작했다.

초원으로 바뀐 지 1시간이 지났지만, 그녀의 재빠른 판단 덕분에 붕괴 현장은 여전히 푸른 초원의 모습 그대로였다. 구조대원과 군인들은 그 안에서 숨 가쁘게 뛰어다녔다. 그럼에도 구조의 끝은 보이지 않았다. 예상한 것보다 훨씬 많은 희생자들이 있었다.

그러는 동안, 유미는 똑같은 자세로 쉬지 않고 속삭였다. 그녀의 머리에서 땀이 흐르기 시작했고, 온몸에 힘을 잔뜩 준 탓에 두 다리가 떨렸다. 그럼에도 유미는 마법에만 집중했다. 그런 그녀의 모습에 옆에 있는 군인은 어쩔 줄을 몰랐다.

어느덧 30분이 지났다. 유미의 얼굴은 땀으로 범벅이 되어 있었다. 그냥 속삭이는 수준이 아니었다. 1시간이 지난 후에도 마법을 유지하기 위해선 온몸에 잔뜩 힘을 주어야 했다. 너무 힘이 들었지만 어떻게든 버텼다. 끝까지 버티기 위해 이를 악물었다.

방송국에서 그 모습을 헬기로 촬영했고 생방송으로도 전파가 되었다. 무너진 건물 안에 우두커니 서 있는 유미를 본 국민들은 큰 감동을 받았다. 동시에 걱정스러웠다. 가냘픈 몸으로 위험천만한 곳 한가운데에 서 있는 그 자체가 국민들에겐 놀라움과 충격이었다. 거기다 사시나무 떨듯 떨고 있는 모습은 안타까움을 자아냈다.

그것은 주원도 마찬가지였다. 그는 화면 속 유미를 보며 연신 눈물 흘렸다. 자신이 아무런 도움도 되지 못한다는 생각에 더욱 괴로웠다. 문득 바지 주머니에서 머리끈을 꺼냈다. 그리고 그것을 꽉 움켜쥐었다. 잠시 눈을 감고 있던 주원은, 더 이상 안 되겠다는 생각에 결국 자리를 박차고 일어나 곧바로 집을 나섰다.

두 번째 마법을 유지한 지 벌써 1시간이 지났다. 하지만 여전히 유미는 멈추지 않았다. 옆에 있던 군인이 그녀의 얼굴에 흘러내린 땀을 손수건으로 닦아 주었다. 유미의 마음에는 오로지 구조를 돕겠다는 일념만이 가득했다. 자신이 이번 일로 얼마나 다칠지는 전혀 상관없었다. 그저 모든 힘을 쥐어짜 낼 뿐이었다.

지금까지 그녀는 셀 수 없이 많은 마법을 걸었지만, 이번처럼 힘든 적은 없었다. 대부분 공간이 바뀌면 자동으로 사라지는 1시간까지만 그 장소를 이용할 뿐이었다. 간혹, 정확히는 딱 세 번, 마법을 1시간 넘게 유지한 적이 있었다. 전부 자신이 아닌 남들을 위해서였다. 한 번은 친구의 부탁으로 또 한 번은 담임의 부탁으로 그리고 가장 최근엔 주원의 부탁으로. 하지만 그때마다 유미의 힘들어하는 모습에 모두가 10분을 넘기지 않고 끝냈었다.

유미는 점점 지쳐 갔다. 이렇게까지 오래 마법을 유지해야 할 줄은 전혀 예상치 못했다. 그렇다고 여기서 멈출 수는 없었다. 이곳엔 아직 구조가 필요하거나 안타깝게 세상을 떠난 희생자들이 남아 있기 때문이다. 그들을 위해서 마지막까지 힘을 내야 한다. 그것이 자신의 사명이라고 유미는 마음속으로 계속 되뇌었다.

눈물이 땀과 섞여 얼굴을 타고 흘렀다. 그 모습에 옆에 서 있는 군인마저도 안타까움에 발을 동동 구르며 어쩔 줄 몰라 했다. 유미의 눈물은 어떤 의미였을까. 신체적인 고통 때문인지, 희생자들에 대한 슬픔 때문인지, 곧 있으면 마법을 쓸 수 없다는 사실 때문인지, 유미 자신도 알 수 없었다. 그저 이유 모를 눈물이 하염없이 흘러내릴 뿐이었다.

"조금만 더 힘내세요, 조금만. 거의 다 끝나 가요."

이등병이 안절부절못하며 연신 유미를 위로했다. 유미의 귀에 그의 목소리는 전혀 들어오지 않았다. 지금 그녀는 공간이 원래대로 돌아오지 않기만을 간절히 바랄 뿐이었다. 그것만이 마법의 끝을 멋지게 마무리하는 길이라고 생각했다.

한참을 망설이던 군인이 유미의 방화복을 살짝 벗겨 주었다. 다만, 두 손이 겹쳐 있었기에 완전히 벗기진 못했다. 어깨 부분이라도 벗어나면 분명 조금은 효과가 있을 것이라 이등병은 생각했다. 하지만 현실은 아니었다. 도움에도 불구하고 유미의 체력은 점점 한계에 다다랐다. 두 다리와 손은 점점 더 심하게 떨렸고, 얼굴과 머리카락은 땀으로 범벅이 되어 금방이라도 쓰러질 것처럼 보였다.

결국, 유미의 에너지가 약해지기 시작했다. 그러자 그녀의 주변도 조금씩 원래의 모습으로 돌아오기 시작했다. 서서히 콘크리트 벽돌과 철제 구조물들이 나타났고, 어느새 주변은 다시 암흑처럼 어두워지기 시작했다. 유미를 도와주던 이등병뿐만 아니라 근처에 있는 모든 이들이 깜짝 놀라 행동을 멈췄다.

"벼, 변했어."

이등병의 혼잣말이 유미의 귀에 박혔다. 정신이 번쩍 들었다.

곧바로 숨 쉬기조차 버거울 만큼 온몸에 힘을 잔뜩 주었다. 그러자 시커먼 붕괴 현장으로 바뀌던 주변이 일순간 다시 멈춰 섰다. 유미와 이등병 주변만이 사고 현장으로 돌아갔을 뿐, 나머지는 푸른 초원 그대로였다.

안도의 한숨을 쉰 구조대원과 군인들은 다시 힘차게 발을 뻗었다. 그들 역시 유미의 노력을 보고 있었기에, 더욱 힘을 내어 강하게 마음을 잡을 수 있었다. 자신들도 힘들지만 유미가 무척이나 고통스러워 보였기 때문이다. 그렇게 모두가 한 마음이 되었다.

이등병은 급히 자신과 유미의 헬멧에 부착된 랜턴을 켰다.

그때였다.

퍽. 유미의 바로 옆으로 아주 커다란 콘크리트 벽돌이 떨어졌다. 사고 현장에 있는 사람들과 건물 밖에 있는 사람들, 심지어 TV로 상황을 지켜보는 모두가 크게 놀랐다. 천만다행이었다. 하마터면 유미가 크게 다칠 뻔했다. 벽돌의 크기와 떨어진 높이로 보아, 어쩌면 다치는 수준이 아니었을지도 몰랐다.

"괘, 괜찮으세요?"

소스라치게 놀란 이등병이 유미에게 물었다. 하지만 유미는 전혀 미동도 하지 않고 여전히 중얼거릴 뿐이었다. 바로 옆에 어떤 일이 벌어졌는지조차 전혀 알지 못할 만큼 그녀는 최선을 다하고 있었다.

어느덧 마법을 건 지 2시간이 다 되어 갔다. 서서히 구조의 끝이 보이기 시작했다. 구조대원과 군인들이 마지막까지 최선을 다해 현장을 뛰어다녔다. 그들은 아직 남아 있을지 모를 희생자들을 찾으려 애썼다.

"이제 없는 것 같습니다."

"마지막으로 한 번 더 확인하죠."

구조대원과 군인의 말이 유미의 귀에 들어왔다. 곧 끝난다는 생각에 마지막 힘이 피어났다. 방금 전 억지로 힘을 주었던 것과는 차원이 달랐다. 마치 꺼져 가던 불씨가 되살아난 것만 같았다. 이제 조금만 버티면 된다. 그 생각으로 지쳤던 것도 잊고 더욱더 마법에 집중했다. 어느 순간, 주변의 말소리와 걸음 소리는 전혀 들리지 않았다. 오로지 자신과 자신의 마음에만 열중했다.

그리고 얼마 뒤.

"유미 씨, 유미 씨."

옆에 함께 서 있던 군인이 그녀를 마구 흔들었다. 그의 목소리가 한껏 들떠 있었다.

"이제 그만하셔도 돼요. 다 됐어요."

그제야 땀범벅이 된 유미가 겨우 두 눈을 떴다.

"끄, 끝났나요?"

"네, 구조가 완료됐어요."

"다행이……."

유미가 말을 다 마치지 못한 채 그대로 정신을 잃고 자리에 쓰러졌다. 그 순간, 하늘에서 하얀 눈이 떨어지기 시작했다. 쓰러져 있는 유미의 위로.

안녕

2022년 가을. 3년의 세월이 빠르게 흘렀다. 단풍이 여러 차례 물들다 졌고, 어느덧 새로운 단풍이 물들기 시작했다. 그사이 모두의 기억에서 유미와 그녀의 마법은 아득해져 갔다.

팔짱을 낀 채 서점 안을 걷던 어느 한 커플의 옆으로 사람들이 길게 줄을 서 있었다.

"저 사람들은 요즘도 마스크 쓰네?"

"그러게. 우린 얼마 전부터 벗었는데."

"계속 쓰는 게 더 좋다는 사람들도 많더라고. 뭐, 앞으로도 조심해야 한다고 하니까 그렇겠지."

"그러게. 근데 이건 무슨 줄이야?"

두 사람이 의아한 표정으로 주변을 두리번거렸다. 그리고 어렵지 않게 알 수 있었다.

"사인회래. 저 사람이 작가인가 봐."

"그래? 꽤 어려 보이는데."

사인회의 주인공은 바로 주원이었다. 그는 서점 한쪽에 마련된 자리에서 자신의 책에다 차례대로 사인을 하고 있었다. 사인을 받는 사람들의 표정은 정확히 둘로 나뉘었다. 감격스러워하는 얼굴과 흥미 없는 무표정에 가까운 얼굴.

몇 달 전 처음으로 출간한 그의 소설의 인기가 딱 그러했다. 마니아층은 나름 두터웠지만 특별히 인기가 많은 소설은 아니었다. 인지도도 무명에 가까웠다. 그런 탓에 사인회 제안을 받았을 때 주원은 무척 놀랐다.

그럼에도 이렇게 긴 줄이 만들어진 이유 역시 두 가지였다. 하나는 그의 몇 안 되는 팬들의 열성적인 행동 덕분이었다. 그들은 사인회가 시작하기 한참 전부터 줄을 서서 기다릴 정도로 이날을 손꼽아 기다렸다. 그리고 결정적인 두 번째 이유는, 그가 사인한 도서는 정가의 90%로 판매했기 때문이다. 게다가 그의 사인만 있으면 다른 책 한 권도 5% 할인을 해 주었다.

도대체 이런 혜택을 어디에서 받을 수 있을까. 얼마든지 줄을 설 만했다. 그렇다 보니 주원이 누구인지, 이 소설이 어떤 작품인지 모르고 줄을 선 사람들도 있었다. 그들은 그저 사인회를 하는 작가와 작품에 대한 호기심 그리고 책을 값싸게 구매할 목적으로 줄을 섰다.

그렇다고 주원의 소설이 인정받지 못한 것은 아니었다. 얼마 전에 처음으로 신인 작가상을 수상했다. 오늘도 사인회를 마치면 곧바로 시상식장에 가서 상을 받아야 한다. 지금의 일상이 주원은 꽤 즐거웠다. 그가 첫 작품으로 이루고 싶은 딱 그 정도의 성공과 명예였다. 그 이상도 이하도 아닌 곳에서 정확히 현실과 꿈이 맞닿았다.

"인기 많네?"

사인을 해 주던 주원이 고개를 들어 방긋 미소 지었다. 그에게 말을 건넨 사람은 모텔 여사장이었다.

"아니에요. 사인받으면 할인해 준다고 해서 그렇죠, 뭐."

"그래도 이게 어디야. 완전 스타 다 됐네."

"쑥스럽게 왜 그러세요."

"다음 주에 놀러 와."

"네, 꼭 갈게요."

"응, 숙박비는 싸게 해 줄게."

"아니에요. 다 내야죠."

"아무튼 다음 주에 보자고."

"네."

사인을 받은 모텔 여사장은 책을 들고 그곳을 빠져나갔다.

그녀는 3년 전 모텔을 처분하고 가까운 곳에 게스트 하우스를 차렸다. 처음에는 나름 잘됐다. 한국인 손님뿐 아니라 외국인 관광객들이 하루에도 수십 명씩 그녀의 게스트 하우스를 찾았다. 그러다 최근 몇 년은 많이 힘들어져 폐업 위기까지 갔지만 간신히 버텨 냈다. 다행히 요즘은 다시 손님이 늘기 시작했다. 물론 그 전의 손해를 메울 정도는 절대 안 되지만.

주원은 가끔 그곳을 찾았다. 게스트 하우스에서 만난 다양한 사람들과 이런저런 대화를 하다 보면 많은 것을 얻을 수 있기 때문이다. 인간적인 깨우침만이 아니라 작가로서의 도움도 받았다. 지금껏 경험하지 못했던 많은 것들을 그들에게서 들을 수 있었고 그것이 곧 소설을 쓰는 데 자양분이 되었다.

벌써 약속된 1시간이 훌쩍 지나 사인회가 모두 끝이 났다. 예상보다 많은 사람들에 주원은 깜짝 놀랐다. 사실 놀란 것은 주원뿐만 아니라 서점 관계자들도 마찬가지였다.

사인회를 마치고 관계자들과 인사를 나눈 뒤, 주원은 서둘러 서점을 빠져나왔다. 헐레벌떡 근처 출구를 통해 지하로 내려가, 뛰는 것에 가깝도록 빠르게 걸어간 끝에 간신히 지하철을 탈 수 있었다. 약속보다 사인회가 늦게 끝난 탓에 시간이 촉박했다.

숨을 고르며 정신을 좀 차렸다 싶을 때쯤, 다섯 정거장을 지나 순식간에 목적지에 도착했다. 그는 그곳에서도 빠르게 걸었다. 지하상가를 여유롭게 거닐고 있는 사람들 사이에서 유일하게 주원만이 다급했다.

5번 출구를 통해 밖으로 빠져나오자 바로 앞에 서 있는 높은 빌딩이 보였다. 바로 이곳 12층에서 시상식이 진행될 예정이다. 주원은 얼른 승강기를 타고 12층으로 향했다. 그곳에는 이미 많은 사람들이 도착해 있었다.

주원이 도착하고 얼마 지나지 않아 시상식이 시작되었다. 가장 먼저 주원이 수상하는 신인 작가상 부분이 발표되었다.

"신인 작가상에 이주원 작가님."

호명되자마자 주원이 자리에서 일어나 위풍당당하게 무대로 걸어갔다. 그리고 트로피를 받은 뒤 소감을 이야기했다.

"감사합니다. 이른 나이에 작가가 될 수 있고 이렇게 큰 상을 받을 수 있게 되어 영광입니다. 이것은 전부 저의 가족과 주변 지인들 덕분이라고 생각합니다. 사실, 저는 몇 년 전까지만 해도 저만의 세상 속에 갇혀 지냈습니다. 그것만으로도 충분하다고 생각했죠. 하지만 3년여 전 여러 일을 겪으면서 다양한 사람들을 만날 수 있었습니다. 그때부터 조금씩 생각이 바뀌었어요. 어쩌면 또 다른 세상과 만나고 부딪혀 보는 것이 나만의 세상을 더욱 풍성하고 풍요롭게 만드는 것 아닐까 하고요. 실제로 그랬습니다. 용기를 내서 사람들과 소통하고 어려운 일에 끝까지 부딪치다 보니 어느덧 저의 세상은 제가 꿈꿨던 것보다 훨씬 더 멋지게 바뀌어 있었습니다. 물론 그렇게 되기까지 많은 분들의 도움이 있었습니다. 저를 더욱 동굴 속으로 집어넣는 이가 있는가 하면 어떻게든 끄집어내려 노력하는 사람들도 있었죠. 저는 그중 후자의 사람들과 함께하려 했습니다. 그리고 덕분에, 이런 좋은 결과를 얻었습니다. 분명 여러분들을 세상 밖으로 나오지 못하게 억누르는 것이 하나쯤은 있을 겁니다. 그것이 외부에서 오는 압박일 수도 있고 자기 내면의 두려움일 수도 있지만, 어떤 것이든 이겨 낼 수 있다는 강인한 마음을 가지세요. 그리고 주변을 잘 살피세요. 여러분들을 도와줄 누군가가 주위에 있을 겁니다. 절대 그 손을 놓지 마세요. 여러분들도 꼭 저처럼, 아니, 저보다 더 대단한 세상을 펼치길 응원하겠습니다. 진심으로 감사합니다."

시상식이 끝나고 주원이 시상식장을 서둘러 빠져나왔다. 지하철을 타고 집 근처 역에서 내린 그는, 3번 출구로 올라와 바로 앞에 있는 카페 문을 열었다.

카페 중앙에 있는 테이블엔 이미 만나기로 한 멤버들이 와 있었다. 그들을 보자 주원의 얼굴에 미소가 번졌다. 그들도 주원을 반갑게 맞이해 주었다.

"오, 작가님. 오늘 상 바, 받고 오는 거라면서?"

성민이 테이블로 걸어오는 주원을 향해 능글맞게 말했다. 그는 테이블 위에 놓인 트로피를 들어 자세히 구경했다.

"뭐, 그냥."

주원이 쑥스러워하며 의자에 앉았다.

"그동안 투, 투고하는 것마다 퇴짜 맞았다고 그렇게 칭얼대더니. 이제는 사, 상도 받고 말이야. 사람 일 모른다, 정말."

"그땐 진짜 힘들었어. 3년 가까이 여섯 작품이나 썼는데 하나도 인정을 못 받았으니까."

"그건 그렇고. 지난번에 상 받을 땐 수상 소감 제대로 못 했다며. 오늘은 어땠어?"

이슬이 커피를 한 모금 마시며 물었다.

"미치겠어. 외워서 갔는데 막상 앞에 서니까 머릿속이 새하얘

지더라고. 그래서 막 생각나는 대로 말했어. 어쩌면 뒤죽박죽으로 말했을 것 같아."

"했을 것 같은 건 뭐야?"

"무대에 올라간 뒤로는 전혀 기억이 안 나. 무슨 말을 했는지도 모르겠어."

"다음엔 아예 종이에 써서 읽어. 그게 더 괜찮을 거야."

미연이 걱정하며 해결책을 제시했다.

"그래야겠다. 근데 다시 상을 받을 일이 있을까."

"받아야지. 다음엔 베스트셀러 1위도 되고 말이야."

준혁이 나약한 소리를 하는 주원에게 꾸짖듯 말했다.

"맞다. 다음 작품은 무슨 내용이야?"

이슬이 호기심 어린 눈으로 물었다.

"아직은 비밀. 나중에 알려 줄게. 그건 그렇고 누나 카페는 잘돼?"

"뭐, 나름 괜찮아."

"거기서 만나지 왜 굳이 여기서 모이자고 한 거야?"

"그래도 우리한테는 여기가 아지트 같은 곳이잖아."

"그렇긴 하지만……."

주원은 이해가 되지 않았지만 더 이상 묻지 않았다.

"누나는 대학 생활 어때?"

"재밌어. 다들 친절하고."

미연이 미소 지으며 말했다. 그녀는 사회복지학과에 입학해 열심히 대학 생활을 하는 중이었다.

"다행이다."

주원은 내심 그녀가 학교생활에 적응하지 못할까 걱정했었다.

"난 왜 안 물어봐."

준혁이 장난스럽게 말했다.

"회사 다니고 계시잖아요. 아이들하고 같이 사시고. 이미 다 아는데요, 뭘."

"잘 아는군."

준혁이 흐뭇하게 미소 지으며 커피를 마셨다.

"형은 야구 교실 잘돼?"

"그럼. 애들 가, 가르치는 게 적성에 잘 맞는 것 같아."

성민이 만족스러워하며 자신 있게 말했다.

"그렇구나. 적성에 맞는 일 찾는 게 참 어려운데. 월급은 안 밀리지?"

"당연하지. 처, 처음에 갔던 곳이랑 전혀 달라."

"다들 잘돼서 모이니까 좋다."

3년이 넘는 시간 동안 멤버들에겐 많은 변화들이 있었다. 그들 모두 주어진 곳에서 자신의 삶을 착실하게 살아왔다. 힘들고 지칠 때마다 멤버들은 서로에게 힘을 주고 용기를 북돋아 주었는데, 그것이 이들에겐 엄청난 도움이 되었다.

"유미도 함께했으면 좋았을 텐데."

미연이 한숨과 함께 혼잣말을 뱉었고 모두가 공감했다. 테이블에 잠시 정적이 흘렀다.

모임의 멤버들은 유미를 구출했던 당시를 잊지 못한다. 단순히 서로를 도와 어려움을 해결했다는 점 때문만이 아니었다. 그 일이 있고 난 후 마음속 깊은 곳에서부터 올라오는 이상한 꿈틀 거림을 다들 느꼈다. 그것이 무엇인지 정확히 알 수 없었다. 하지만 확실한 것은 그 이후로 모두가 변했다는 사실이다.

"내일인가?"

준혁이 근심 어린 얼굴로 물었다.

"네."

☆ ☆ ☆

다음 날, 주원이 아침 일찍부터 가방을 매고 집을 나섰다. 제법 쌀쌀해진 날씨에 톡톡한 점퍼도 걸쳤다. 그가 향한 곳은 시외버스 터미널. 예매한 버스의 출발 시각에 거의 딱 맞춰 도착했다. 빠르게 버스에 올라탄 그는 맨 뒷좌석으로 가 가방을 옆에 내려두고 앉았다.

주원의 얼굴엔 긴장감이 묻어났다. 수상 소감을 할 때보다 더 떨리는 것 같았다. 여러 가지 추억과 감정이 교차했고 그의 머리와 가슴은 몹시 복잡했다. 차창 밖의 풍경도 그의 눈에는 들어오지 않았다. 마치 다른 생각을 하며 글을 읽을 때처럼 눈만 풍경을 바라볼 뿐 기억에 저장되는 건 전혀 없었다.

어렸을 때부터 그는 차에만 타면 바로 잠이 들었다. 조용히 풍경을 바라보는 것은 아주 잠시였고 이내 눈을 감고 꿈나라에 빠졌다. 하지만 오늘만큼은 잠에도 들지 못했다. 너무 흥분되고 긴장되어 두 눈은 아주 또렷했다. 심지어 같은 이유로 전날 밤을 새웠음에도 전혀 졸린 기색이 없었다.

시외버스는 서울에서 아주 멀리 벗어나, 한참이 지난 후에야 어느 평범한 정류장에 멈춰 섰다. 정류장이 있는 다리 위로는 차들이 쌩쌩 달렸고, 아래로는 강물이 흐르고 있었다. 그 외에는 주변에 어떤 것도 없었다.

주원은 버스에서 내려 주변을 한 번 살핀 뒤, 빠르게 걸음을 뗐다. 그의 얼굴은 한껏 경직된 상태였다. 그는 어떤 말부터 꺼내야 할지 계속 고민했다. 어떤 인사가 가장 자연스럽고 어색하지 않을지 도저히 감을 잡기 어려웠다.

목적지에 도착하기 전 마지막으로 나타난 오르막길을 겨우겨우 오르고 나니, 시원하게 자리한 넓은 마당이 나타났다. 그곳엔 몇몇 차량만이 주차되어 있었다. 평일 낮이라 찾는 사람이 별로 없을 것이라 여겼지만 의외로 꽤 많았다. 의아했지만 크게 신경 쓰지 않았다. 신경 쓸 정신이 아니었다. 그들을 뒤로하고 마당을 가로질러, 유리로 된 자동문을 지나 건물 안 로비에 섰다. 바로 맞은편에 안치실이 보였다.

주원은 나지막이 한숨을 쉬고 몸을 돌려 좁은 복도를 걸었다. 복도 끝에는 계단이 있었다. 주원은 잠시 망설이다 무거운 마음을 안고 천천히 계단을 올랐다. 2층에 도착해 복도를 조심히 걸어가니 양쪽으로 안치실이 보였다. 그곳엔 유족들이 자리하고 있었다. 익숙한 듯 평온하게 대화하는 유족이 있는 반면, 깊은 슬픔에 잠겨 흐느껴 울고 있는 유족도 있었다. 주원은 절로 숙연해졌다. 최대한 소리를 죽여 얌전하게 걸었다.

복도 중앙에 도착했을 즈음 천천히 몸을 돌렸다. 정면에 보이는 안치단 앞으로 다가가자 투명한 유리 안에 놓인 둥그런 납골함이 보였다. 보자마자 주원의 눈가에 눈물이 살짝 맺혔다. 붉어진 눈을 숨기려 괜찮은 척 시선을 옮겼다. 옆으로 시선을 옮겨도 눈에 들어오는 건 또 다른 납골함이었다. 주원은 주먹을 꽉 쥐며 아랫입술을 깨물었다.

"후."

다시 고개를 돌려 정면에 있는 납골함을 마주했다. 그 옆엔 증명사진과 작은 인형 하나가 놓여 있었다. 그리고 납골함에는 '김재성'이라는 이름이 적혀 있었다. 그 옆에 있는 납골함은 재성이 아버지의 것이었다.

주원이 한숨을 내쉰 뒤 간신히 입을 열었다.

"이제야 와서 미안해."

차가운 유리에 손을 가져다 대자, 두 눈에선 주체할 수 없는 눈물이 흘러내렸다. 재성이 세상을 떠난 뒤 이곳을 찾은 것은 처음이었다. 초기엔 나만의 세상에 갇혀 지내다 밖으로 나올 힘을 상실해 찾아오지 못했고, 이후로는 미안함에 용기가 나지 않아 찾아오지 못했다. 면목 없게도 이렇게나 시간이 훌쩍 지나버린 후에야 재성을 찾아왔다. 유리에 손을 얹은 주원의 입술이 떨리기 시작했다.

"미안해, 정말."

그동안 찾지 않은 자신을 책망하며 사과를 건넸다. 사과는 한참 동안 이어졌고, 어느 순간 감정이 격해져 거의 울부짖듯 사과를 거듭했다. 그것이 지금 재성에게 할 수 있는 최선이자 유일한 말이었다. 그 외엔 지금의 마음을 표현할 수 있는 어떤 말도 떠오르지 않았다.

"미안해. 미안해."

감정이 격해져 자신도 모르게 큰 소리로 외쳤다. 그러지 말자 다짐하고 왔건만 마음처럼 되지 않았다. 이곳에 오니, 재성의 사진을 보니, 죄책감이 파도가 되어 그를 덮쳐 왔다.

오랜 시간이 지난 후에야 간신히 감정을 추스를 수 있었다. 토해 내듯 한숨을 뱉은 주원은 소매로 투박하게 눈물을 닦았다. 그리고 고개를 들어 다시 납골함을 바라봤다.

"다시 또 올게. 그땐 울지 않을게."

재성과의 약속을 마지막으로 떨어지지 않는 발길을 돌렸다.

그의 두 눈은 여전히 벌겋게 충혈되어 있었다. 올라갈 때와는 달리 느릿한 걸음으로 납골당을 빠져나왔다. 마당엔 여전히 많은 사람들과 차량 몇 대가 주차되어 있었다. 마당을 지나고 내리막길을 걸어, 다시 방금 전 내렸던 버스 정류장으로 향했다. 그가 타고 온 버스 외에도 다양한 시외버스가 멈추는 정류장이었다. 주원은 그곳에 앉아 버스가 오기를 기다렸다.

30분이 지나 슬슬 기다림에 지쳐 갈 즈음 버스가 도착했다. 승객이 몇 없는 버스에 올라타 맨 뒷좌석에 앉았다. 방금 전과 또 다른 기분이 들었다. 긴장감보다 더 큰 설렘이 그의 가슴을 가득 채웠다.

이번에도 마찬가지였다. 단풍잎이 아름다운 바깥 풍경은 그에게 전혀 중요하지 않았다. 그보다 더 중요한 것이 있었기 때문이다. 풍경을 눈에 담아 두는 일은 다음에 해도 늦지 않다고 그는 생각했다.

결심을 확인하듯 주원은 가방에서 무언가를 꺼냈다. 까만 머리끈이었다. 그는 바깥 풍경 대신 특별할 것 없는 그 머리끈을 오랫동안 바라봤다.

한참이 지나 버스에서 주원이 내려섰다. 집 근처에 있는 터미널에 비해 허름하고 낙후된 시외버스 터미널이었다. 여긴 지나다니는 사람도, 대합실 의자에 앉아 있는 사람도 많지 않아 조용했다. 주원은 주변을 한 번 빙 둘러본 뒤 지체하지 않고 빠르게 걸음을 옮겼다.

터미널 밖으로는 오래된 건물들이 줄지어 있었다. 어디로 가야 할지는 알고 있었지만, 실제로 와 보니 길이 조금 헷갈렸다. 그럼에도 조사한 내용을 잘 기억해 실수하지 않고 목적지에 도착했다. 그곳은 또 다른 버스 정류장이었다. 양옆으로 갈색 벽돌이 눈에 띄는. 때마침 시내버스 한 대가 들어오는 것이 보였다. 벌써 몇 번째 버스인지 이젠 기억도 나지 않는다.

버스 안에는 할머니와 할아버지 여럿이 앉아 있었다. 이번에도 주원은 맨 뒤로 가 자리에 앉았다. 30분 정도가 지났지만, 여러 가지 생각들이 머릿속을 가득 채운 덕에 버스에서의 시간이 지루하진 않았다. 그 생각의 대부분은 추억이었다. 그녀와의 추억.

마을 입구에 도착하자 할머니와 할아버지가 우르르 버스에서 내렸고, 주원 역시 그 뒤를 따라 내렸다. 처음 와 본 마을이었지만 익숙한 듯 길을 따라 무작정 앞으로 걸었다. 꼬불꼬불한 길 양옆으로는 작은 구멍가게와 파출소, 그리고 오래된 집들이 있었다. 저 멀리 학교도 보였다. 오히려 마을에 도착하자 한결 여유가 생긴 주원이 주변을 살피며 기분 좋게 걸었다.

그는 마치 과거에 이곳을 와 본 것만 같았다. 아주 어릴 때 할머니가 지냈던 시골이 딱 이런 모습이었다. 정말 그것 때문일까. 확실한 것은 절대 마법을 통해서 이 길을 걷진 않았다는 것이다.

고개를 들어 하늘을 봤다. 구름이 푸른 하늘을 배경 삼아 여유롭게 움직이고 있었다. 길을 걷기에 참 좋은 날씨다. 덕분에 이 마을에 대한 첫인상마저 좋았다. 앞으로 자주 오는 것을 넘어, 오래 머물러도 좋을 것 같았다.

"와아!"

일고여덟 살 정도의 어린 아이들이 소리치며 주원을 지나쳐 뛰어갔다. 그 모습을 보며 주원은 흐뭇하게 미소를 지었다. 이런 작은 마을엔 할머니 할아버지만이 살고 있으리라 생각했기에, 어린 꼬마들이 여럿 있다는 사실이 조금 신기하기도 했다. 멀리 서 있는 학교가 폐교일 것이란 생각도 바로 고쳤다.

한참 길을 따라 걷다 보니 오르막이 나왔다. 오늘만 두 번째 오르막이다. 평소 같았다면 슬슬 지칠 만도 했지만, 오늘은 오히려 더욱 힘차게 오르막을 올랐다. 올라가는 내내 주변엔 아무것도 보이지 않았다. 바로 옆엔 그냥 평범한 산이 우뚝 솟아 있었다.

오르막을 다 오르고 평지에 도착한 뒤에도 그저 앞에 보이는 길을 따라 걸었다. 그러기를 5분여. 깊숙하고 외진 곳에 도착하자 왼쪽에 집이 하나 나타났다. 이곳이다. 이번에도 가슴속 깊숙이 확신이 피어올랐다. 이 문만큼은 과거에 분명히 봤다. 그 마법으로.

주원이 문 앞에 서서 숨을 골랐다. 그럼에도 심장은 조급하게 움직였다. 한 번 더 심호흡을 한 뒤 살며시 대문을 밀었다. 끼익 소리를 내며 반쯤 열린 문틈 사이로 주원은 한 발짝 한 발짝 조심스레 걸음을 내디뎠다.

그리고 이내 주원의 두 눈이 번쩍였다. 툇마루 끝에 걸터앉은 유미를 본 순간 더 이상 몸을 움직일 수조차 없었다. 곧은 단발머리를 한 유미 역시 놀란 마음을 내뱉지도 못한 채, 동그랗게 커진 눈으로 그 자리에 가만히 굳어 버렸다. 둘은 그렇게 한참 동안 서로를 바라봤다.

얼마 뒤, 두 사람은 서로를 향해 반가운 미소를 지어 보였다. 그리고 말했다.

"안녕."

은둔형 외톨이의 마법

2022년 6월 20일 초판 1쇄 발행

지은이 이준호
펴낸이 박시형, 최세현

책임편집 김명래 **디자인** 윤민지 **교정교열** 전해림
마케팅 이주형, 양근모, 권금숙, 양봉호, 박관홍 **온라인마케팅** 신하은, 정문희, 현나래
디지털콘텐츠 김명래, 김혜정 **해외기획** 우정민, 배혜림
경영지원 홍성택, 이진영, 임지윤, 김현우, 강신우
펴낸곳 팩토리나인 **출판신고** 2006년 9월 25일 제406-2006-000210호
주소 서울시 마포구 월드컵북로 396 누리꿈스퀘어 비즈니스타워 18층
전화 02-6712-9800 **팩스** 02-6712-9810 **이메일** info@smpk.kr

© 이준호 (저작권자와 맺은 특약에 따라 검인을 생략합니다)
ISBN 979-11-6534-378-1 (03810)

쌤앤파커스(Sam&Parkers)는 독자 여러분의 책에 관한 아이디어와 원고 투고를 설레는 마음으로 기다리고 있습니다. 책으로 엮기를 원하는 아이디어가 있으신 분은 이메일 book@smpk.kr로 간단한 개요와 취지, 연락처 등을 보내주세요. 머뭇거리지 말고 문을 두드리세요. 길이 열립니다.